수정샘물 제6집

오후의 그리움

수정샘물

나의 유적을 찾아가는 여행

우리나라 사람들은 모두 여행가들입니다. 전 세계 어디서건 한국인이 없는 곳은 없습니다. 그런데 OECD국 중에서 노인 자살률 1위 국가입니다. 모두들 어디를 다녀온 것일까요. 9박 7일이나 되는 먼 곳으로의 여행을 하고 와서도 행복하지 않은 까닭은 무엇일까요?

다녀온 유적지를 물으면 누구나 대답을 합니다. 어디가 아름다웠노라고. 그런데 우리는 모두 왜 그토록 고독한 것일까요? 그것은 아마도 타인의 유적지만을 쫓아다니다 돌아왔기 때문이 아닐까 합니다. 이 세상에서 가장 먼 오지는 바로 내 안에 있기 때문입니다. 이 도심 속에 살면서 우리는 무엇을 잃어버렸을까요? 인간은 그 잃어버린 것들을 찾아서 떠날 때 비로소 나에게로 돌아오는 통로를 찾을 수 있습니다.

우리가 익히 알고 있는 이야기 속에 '나'라는 인간이 존재합니다. 그래서 인간은 자신의 추억이 담긴 사소한 이야기에 열광하고 또 행복해

합니다. 그런데 늘 남의 유적만 쫓아다니다 돌아오니 여행이 끝나기도 전에 이미 새로운 여행을 계획하고 마는 것입니다. 우리가 존재하는 실체 안에 문학이 있고 인생이 있고 꿈이 있습니다.

지금 여기, 이 순간을 바라보는 눈!
그제야 비로소 보이는 것들을 쓰는 일!

그것이야말로 진실을 들여다보는 방식입니다. 그러기에 '여기'서 가장 먼 곳을 볼 수 있으며, 그곳을 보고 생각하는 동안 우리는 선한 인간으로 돌아올 수 있기 때문입니다. 누군가 그런 사소한 이야기를 쓰면서 또는 읽으면서 우리 모두는 행복을 느끼고 비로소 소통을 하며 고독으로부터 죽음으로부터 자연스레 놓여나게 되는 것입니다.

문학은 그러한 일을 가능태로 만들어서 구체적으로 보여주는 일입니다. 문학이 만들어내는 메타의 언어 속에서 언어의 허그테라피를 받으며 인간이라는 이름으로 행복해지는 시간입니다. 그러기에 수정샘물동인들은 오늘도 쉬지 않고 자신들의 유적지를 찾아서 나섭니다.

2014년에 시작한 '수정샘물문학회'의『오후의 그리움』6집이 나오기까지 누구보다 힘을 써준 분들은 동인들이었습니다. 아무런 물질적 혜택이 되지 않는 문학을 하며 지칠 때도 있었겠지만, 아직도 여기서 내일도 여기서 손을 잡고 걸어가고 있으리라 생각합니다.

2019년 11월
봉천동 서재에서

| 인사말 | **이광복** _ 소설가 · 한국문인협회 이사장

목리(木理)의 시간을 건너며

　나무는 평생 결을 짠다. 어느 가을 끝 무렵, 온몸에 단 이름표를 떨굴 때 나무는 속으로 깊어진 물결을 짓는다. 그러다 더운 여름이면 흠뻑 수분을 먹고는 짙은 목리와 뒤섞인 아라베스크 플롯을 만들어 낸다. 나무는 그때 비로소 돌이킬 수 없는 생의 결을 만들고는 온몸을 세상에 던질 준비를 한다.

　그러나 그것으로는 부족하다. 비우고 비우기를 반복하지 않으면 자신의 산고가 아무 소용이 없음이다. 젖어서 온몸을 뒤틀어버리면 그 아름다운 결도 아무 용도가 없기에 나무는 해마다 비우는 연습을 한다. 그래야 삶의 등고선이 스스로 소리를 내며 세상과의 소통을 얻는다.

　글을 쓴다는 것, 나무의 결과 소리를 얻는 일이 아닐까. 지나치게 젖어 저 홀로 뒤틀리거나, 너무 건조하여 스스로 타버린다면. 아니면 너무 단조롭게 살아서 민무늬 토기처럼 깊이가 없다면 그 또한 독자와의 소

　　　　　　　　　　　　　　　　　　　　　　　　　　　　　오후의 그리움

통은 멀어지고 만다.

　글을 읽거나 쓴다는 건 호모에스테틱쿠스의 열락이다. 미학적 인간이 하고픈 가장 고차원 놀이가 글을 짓는 일이라는 이야기이다. 그러기에 라마가 긴 속눈썹을 끔뻑이며 저 사막에 지나간 바람의 결을 만들고, 살아 있는 모든 것들이 호흡한 공기를 인간의 말로 전하는 자들이 글을 쓰는 존재들이라면 지나칠까.

　홀로 깊어져 제 안에 고인 소리를 듣지 못하면 글은 나오지 않는다. 그 시간이 아마도 나무가 결을 만드는 시간이 아닐까. '수정샘물문학회'가 올해도 어김없이 『오후의 그리움』 6집을 발간함을 축하한다. 문인협회를 이끄는 이사장으로서 이토록 문학을 열망하는 도반들이 있음은 분명 행복한 일이다. 동인들과 그들을 이끄는 이수정 지도교수님께도 축하를 전한다.

2019년 11월
가을 깊은 날에

글은 오래도록 남습니다

 글을 쓰거나 글과 가까이 한다는 것은 매우 가치 있고 뜻 깊은 일입니다. 하지만 쉽지 않은 일입니다. 그런데도 인간은 유일한 음성언어의 또한 갈래인 문자언어로 남기는 기록에 대하여 매우 우호적입니다. 말은 곧 사멸하지만 글은 오래도록 남아서 인류에게 영향을 미친다는 의미와도 무관하지 않은 이유입니다.

 미국의 사회학자 레이 올덴버그는 제1의 장소가 가정이고, 제2의 장소가 직장이라면, 제3의 장소를 도서관이라고 하였습니다. 그곳은 편안하면서도 창조적 사유가 가능한 곳이기 때문입니다. 정겹고 뭔가 새로운 영감의 통로가 자리하는 곳, 도서관은 이제 책만 대출하거나 열람실을 이용하는 업무만으로 정의하기 힘든 시대입니다.

 용산도서관 1층은 어느 커피숍보다 아늑하고, 계단을 타고 오르면 작은 전시관이 있으며, 강의실에는 늘 강의가 있어 이제는 도서관이 더는

책 대출 업무만 하는 장소가 아니라 지역사회와 함께 상생하는 마을공동체라는 것을 실감합니다.

그래서인지 '수정샘물문학회'가 용산도서관을 주축으로 제6집이라는 동인지를 내는 게 낯설지 않습니다. 6년간 한결같이 글을 쓴다는 건 어려운 일이었겠지만 그 일을 하는 동안 첨단 기계로부터 고립되어 가는 자신을 소통시키는 행복한 시간 아니었을까 생각해 봅니다.

더 넓은 외부로 갈 수 있는 길을 열어주는 도서관에서 너무나 모범적인 문학회의 길을 열어 가시는 수정샘물 동인들과 지도교수님을 보면서 미래의 어느 날, 나도 저곳의 일원이 될 수도 있겠구나 하는 바람을 가져 봅니다. 맹자 이루장구(離婁章句) 상편에 "부모에게 효도하는 일이 섬기는 일 중에서 가장 큰 것이 된다. 부모를 제대로 섬기려면 먼저 그 자신을 지켜야 한다"고 합니다.

21세기 도서관 모퉁이에서 자신을 바라보고, 글을 쓰면서 자신을 지켜간다는 일은 무엇일까요. 아마도 도연명이 말한 귀거래사가 아닐까 합니다. 책을 읽으며 마음의 고향에 드는 일, 그보다 더 큰 행복이 있을까요.

『오후의 그리움』 6집 발간을 축하드립니다.

2019년 11월 첫날

차례

현명숙

ilianasophia@naver.com

노랑할미새 소리
막냇동생
애니깽의 아리랑
윤숙아, 미안하다

수정샘물문학회와 함께한 지 어언 여섯 해.
어느 날 노발리스가 말을 걸어왔다.
한가하게 느낌이나 이미지를 찾는다고 시가 써지는 게 아니라
부단한 연습과 성찰을 통해 자신의 언어를 찾아야 한다고.

언제 나만의 언어를 찾을 수 있을까?

노랑할미새 소리

우이동 계곡 도린곁 외딴집
아침마다 할머니가 삐걱대며
싸리비로 비질을 한다
하얀 벽 한가운데 빨간색 창문
햇살이 불서럽게 쓰러지는데
아름드리 밤나무 땅을 꽉 부여잡고
비스듬히 기대어 서 있다
오른편 소나무는 벽을 뚫고
하늘로 오르는데
아직도 잡지 못한 하늘이 높다

마당도 기울어진 낡은 집
날리는 커튼 빛바랜 벽지
벽에 걸린 액자 고장 난 뻐꾹 시계
흐려진 백열등 빛을 잃은 은수저
등 굽은 할미꽃 삐딱삐딱하다

기울기 없이 살 수 없는 집
모두 23.5도로 익어 간다

막냇동생

먼 옛날 홍수 때 발이 땅에 묻힌 민들레
꼼짝달싹하지 못해 머리털이 하얗게 셌어요
딸 다섯의 막내, 버스정류장에 쪼그리고 앉아
이제나저제나 큰언니를 기다렸어요

신이 보내준 한 줄기 바람을 탄 민들레
산중턱 양지바른 곳으로 날아가
큰언니 신혼집 다락방에서
바이올린을 껴안고 새우잠을 잤어요

가물수록 뿌리 깊숙히 내리고
밟힐수록 잎을 땅에 바짝 붙인 채
스물일곱부터 중풍 앓는 홀아버지 모시고
손가락에 피멍 들도록 피아노 연습을 했어요

먼동이 트자마자 꽃을 피우더니
마침내 음악 교사가 되었지요
부푼 공 터트린 씨앗 싹 틔울 몽골로
깃털처럼 날아갔어요

민들레 씨망울 달고 선교사가 된 막냇동생

애니깽의 아리랑

전국노래자랑 중이다
키가 훤칠한 망구(望九)의 백발 애니깽
기타 반주에 맞추어 콴타나메라와
올드 랭 사인 곡조 애국가를 서툰 발음으로 부른다

백 년 전 허덕이던 한국인들
사 년이면 부자가 된다는 말에
대한제국 군인조차 머나먼 멕시코로 떠났다
유카탄 용설란 농장과
뜨거운 가시밭 노예생활을 견디었다
돌아갈 조국이 없었던 애니깽, 흩어져
미국으로 쿠바로 흘러든 디아스포라
용설란 꽃 같은 내리사랑

생김새와 말투가 현지인에 가깝지만
한국인임을 잊지 않고
어색하게 〈꼬부랑 할머니〉를 이어가며
아리랑을 부르는 애니깽 노래
조국이 기억하기를
황금색 용설란 꽃이 피기를

〈전국노래자랑〉 끝날 때까지
발가락 장단을 두드리며 간구한다

윤숙아, 미안하다

흙먼지 일던 운동장 진초록 잔디를 입었다
아이들의 해맑은 재잘거림을 물고
아름드리 느티나무는 하늘을 떠받친다

6학년 담임을 했던 교실이 낯설지 않다
하나 둘 떠오르는 기억 속 윤숙이
구술을 받아 학급 문집에 실었다

잎새달 수학여행에서 돌아오는 길
앗! 눈 깜박할 새
달리던 버스가 논바닥으로 굴렀다
울부짖는 진흙투성이 아이들
천만다행 어느 누구도 다친 데는 없었다
윤숙이는 바닥이 보이는 개울가에서
놀리던 아이들을 닦아주던 언니

이웃 할머니와 단둘이 살았던
선생님이 엄마였으면 하던
나의 둘째 딸과 같은 나이 윤숙이,

그 아이 바람을 들어주지 못했다

편지라도 주고받을 것을
이제라도 다시 윤숙이를 만난다면
엄마,
한번 불러보라고 할 수 있으련만

윤숙아, 미안하다

오후의 그리움

조용휘

yonghwicho@hanmail.net

아름다운 눈물
안경과 휴대폰 사이

영국의 노인 심리학자 브롬디는 인생의
4분의 1은 성장하면서 보내고,
나머지 4분의 3은 늙어가면서 보낸다고 했습니다.

브롬디의 말을 곱씹어 보면 늙어가는 4분의 3중에서도
종착역 가까이 와있다는 생각이 들어 조바심이 납니다.

세계 역사상 최대 업적의 35%는 60~70대에 의하여
성취되었다는 통계도 있습니다.
괴테가 「파우스트」를 완성한 것은 80이 넘어서였다고 합니다.

하지만, 일에 대한 열정을 가지면 항상 젊게 산다고 하니,
죽는 날까지 끊임없이 배우고 써야겠다는 다짐을 해봅니다.
비록 「파우스트」같은 세계적인 명작은 아닐지라도.

아름다운 눈물

눈이 시리도록 파란 하늘, 태양은 빛나고. 연초록 나뭇잎은 산들바람에 맞춰 춤춘다. 오월이다. 오늘의 주인공은 홍콩 출신 L. K NG 개리(오락권)군과 중국 동포 김란 양이다. 보라색 턱시도에 흰 나비넥타이가 잘 어울리는 신랑과 물방울 다이아몬드 화관을 쓴 신부의 화사한 미소가 아름답다.

"지금부터 신랑 개리 군과, 신부 김란 양의 결혼식을 시작하겠습니다."

사회자의 멘트에 떠들썩하던 식장이 조용해졌다. 신부의 사촌 오빠인 사회자는 우리말과 중국어를 번갈아 진행을 했다. 우리말을 전혀 모르는 신랑과 신랑 측 하객을 위해서였다. 나는 예식 직전에 식순과 주례사 내용을 신부를 통해 신랑에게 알려줄 것을 부탁했다. 혼주인 양가 어머니의 화촉 점화, 주례 소개, 신랑 및 신부 입장, 맞절, 예물교환, 혼인서약과 성혼선언문 선포, 주례사, 축가, 감사인사, 행진 순서로 진행되었다. 혼인서약을 받을 땐 내가 가장 자신있게 구사하는 영어로 받겠다고 하며,

"신랑 개리 군과 신부 김란 양은, 어떠한 경우라도 항시 사랑하고 존중하며, 어른을 공경하고 진실한 남편과 아내로서의 도리를, 다할 것을 맹세합니까?"

"Yes or No?"

"Yes!"

신랑이 큰 소리로 대답하자 식장엔 웃음꽃이 피었다. 신랑과 신부가 맞절을 하다가 이마를 부딪치고, 예물교환 땐 반지가 바뀐 줄도 모르고 상대의 손가락에 끼우느라 끙끙대는 바람에 하객들은 손뼉을 치며 즐거워했다.

나는 두 사람의 행복한 혼인생활을 위한 주례사를 준비했다. '첫째, 서로의 차이를 인정하고, 둘째, 인내심을 가지며, 셋째, 절대로 다른 부부와 비교하지 말라'고 세 가지를 당부했다. 축가 순서가 되자 신부 친구 두 사람이 나와서 신나는 노래에 맞춰 춤을 췄다. 그때야 신랑 신부도 긴장이 풀렸는지 웃는 얼굴로 하객들과 함께 박수를 쳤다.

"아름다운 신부와 멋진 신랑을 낳아서 사랑과 정성으로 키워주신 부모님께 인사드리겠습니다. 행복하게 잘 살겠다는 마음을 담아 부모님께 경례!"

혼주인 부모에게 감사 인사를 한 후 포옹할 때는 무덤덤한 표정의 신랑과 대조적으로, 신부는 눈가가 붉어졌다.

"다음은 신부가 부모님과 하객 여러분에게 쓴 편지 낭독이 있겠습니다."

예식 마지막 순서인 신랑 신부 행진을 앞두고 예정에 없던 사회자의 말에 깜짝 놀랐다. 신부가 웨딩드레스 안에서 편지를 꺼내어, 떨리는 음성으로 읽었다. 순간 떠들썩했던 장내가 숙연해졌다. 신부가 울음 섞인 목소리로 편지를 읽자 양가 부모와 하객들은 손수건을 꺼내 연신 눈물을 닦았다. 중국어라고는 '씨에, 씨에!' 인사말만 아는 나로서는 자세한 내용은 알 수 없었지만, 가슴이 먹먹했다.

예식을 마치고 사회자에게 편지 내용을 물었다. 신부가 어렸을 때 돈을 벌기 위해 한국에 간 부모와 떨어져 친척 도움을 받으면서 살았다고 했다. 편지에는 그동안 친자식처럼 보살펴 준 친척과 또한 한국에서 힘들게 번 돈으로 자신을 호주 유학까지 보내준 부모에 대한 고마움이 절절히 담겨 있었던 것이다.

신랑 신부는 호주의 브리즈번에서 신혼살림을 차린다고 했다. 앞으로 이국땅에서 외롭게 살아갈 자신의 처지를 생각해서 눈물을 쏟아내는 것일까? 검은 마스카라가 눈물 자국에 흘러내려 식장 도우미가 신부의 얼굴 화장을 몇 차례나 고쳐 주었다. 자신의 인생에서 가장 기쁜 혼인 날, 하염없이 눈물을 흘리는 신부 때문에 양가 부모와 하객들도 함께 울었다. 모든 이가 신부의 심정이 되어. 나는 세상에서 가장 아름다운 눈물을 보았다. 그 눈물 속에는 신부의 한 맺힌 삶이 녹아 있으리라.

신부의 모습을 보면서 불현듯 나의 결혼식이 떠올랐다. 40여 년 전 10월, 나와 아내는 고향 성당에서 혼배미사를 올렸다. 우리말이 어눌한 백발의 프랑스 신부님의 집전으로. 스물아홉 노총각인 나와 꽃다운 아내 나이 스물 셋이었다. 식이 진행되는 동안 아내는 유난히도 눈물을 많이 쏟았다. 검정 마스카라가 흘러 내려 신부 화장이 엉망이 되었다. 아내의 울음에 장인어른을 비롯한 친지들도 눈물을 흘렸다. 순간 식장은 눈물을 훔치는 하객들로 눈물바다가 되었다. 그토록 아내를 울게 한 까닭은 무엇일까? '자신의 혼인을 보지 못하고 하늘나라로 간 어머니 때문일까?' 아니면, '어린 동생들을 돌보다가 헤어지게 된 것이 섭섭해서일까?' 어머니를 대신하여 많은 가족의 살림을 책임지다가 결혼한 아내와 신부의 지난했던 삶이 많이도 닮았다.

지금까지 많은 예식에 참석했지만, 오늘처럼 가슴이 뭉클한 일은 처음이다. 오래전에 사회자가 신랑의 구두를 벗겨 하객들의 돈을 거둬오게 하는 등 혼주와 하객들이 눈살을 찌푸리는 경우도 많았다. 요즘 결혼

오후의 그리움

식은 경건함 대신 흥미 위주의 이벤트로 진행된다. 최근엔 주례 없는 결혼식이 유행이다. 사회자가 뮤지컬 가수, 마술사를 등장시켜 축제처럼 진행하는 예식이 대세이다. 꼴불견은 신랑과 신부가 혼주와 하객 앞에서 막춤을 추기도 한다. 그런데 오늘의 예식은 신랑 신부와 하객들이 한마음이 되어 눈물을 펑펑 쏟다니. 참으로 오랜만에 느껴보는 감동적인 순간이다.

"신랑, 신부! 행복한 앞날을 향하여 행진!"
사회자의 구령에 맞춰 새로운 미래를 향해 출발하는 아름다운 한 쌍의 젊은이에게 하객들의 박수가 쏟아졌다. 그 순간, 예식장 천장이 양쪽으로 열리면서 파란 하늘에서 하얀 꽃가루가 팔랑거리며, 두 사람의 머리 위로 내려앉았다. 아무쪼록 이국땅에서의 첫 출발이 연착륙하기를 빈다. 오월의 햇살이 눈부시다.

안경과 휴대폰 사이

"여보! 내 안경 못 봤어요?"

"안경을 어디 두고 맨날 찾는데요?"

퉁명스런 아내의 대꾸를 귓등으로 들으며 안경을 찾기 위해 안방과 문간방을 드나들었다. 한참 동안 찾다가 컴퓨터 본체 위에 얹어둔 안경을 발견했다. 나이 들어가면서 안경뿐 아니라 다른 물건도 어디에 두었는지 생각이 나지 않아 찾는 횟수가 늘어났다. 몇 해 전까지만 해도 스스로 기억력이 뛰어나다고 자부했었는데…….

나는 오래전에 만났던 사람의 이름, 시기, 상황, 장소를 거의 정확하게 떠올리곤 했다. 졸업한 지 60년 가까이 되지만 초등학교 친구들은 아직도 6년 동안의 담임과 교장선생님 이름은 물론 학창 시절에 있었던 사건(?)을 줄줄이 꿰는 나에게 감탄한다. 1980년대 초, 서울 사직동 교육연수원에서 3박 4일 동안 서울시 교원을 대상으로 실시한 새마을 연수에 참여했다. 이십여 년의 세월이 흐른 후 교장 자격 연수 중 새마을 연수를 함께 받았던 낯익은 얼굴을 발견하곤 반가운 마음에 먼저 인사를 건넸지만 상대는 전혀 내가 누군지 모르는 눈치였다. 오히려 자신을 알고 있음을 놀라워하는 것 같았다. 상대방의 기억을 소환하기 위해 한 방에서 숙식했다는 이야기를 해도 끝내 긴가민가했다.

그동안 남다른 기억력을 지녔다고 자부했지만 해가 갈수록 쌓여만 가는 나이 앞에서는 어쩔 수 없나 보다. 요즘은 오랜만에 학교 동창을 만나도 얼굴은 알겠는데 이름이 얼른 생각나지 않는다. 악수부터 나눈 다음 학창 시절 이야기를 통해서 서로의 이름을 확인한다. 이럴 땐 손해 보는 느낌이 들지 않아서 좋다. 또한 대화 중에 사물이나 현상에 해당되는 낱말이 금방 떠오르지 않을 때가 많다. 아내의 말처럼 몇 년 사이에 총기가 떨어진 것이 분명한 것 같다. 얼마 전에는 여섯 살 된 손자가 나에게 도전해 왔다.

"할아버지, 끝말 이어가기 게임해요."

"좋아, 지는 사람이 이기는 사람 소원 들어주기야!"

가위 바위 보에서 이긴 손자가 먼저 낱말을 외치면서 게임이 시작되었다. 나와 손자는 3초 내에 이어지는 낱말을 교대로 외쳤다.

"기차! – 차도! – 도장! – 장사! – 사자! – 자석! – 석류! – 류……?"

나는 '류'로 시작하는 낱말을 머릿속으로 열심히 찾았지만 얼른 떠오르지 않았다.

"1초……, 2초……, 3초…… 땡, 내가 이겼다!"

생글거리며 쾌재를 부르는 손자를 보니 흐뭇하면서도 약이 올라 한 번 더 게임을 하자고 졸라봤지만 허사였다.

"할아버지가 졌으니까 말 태워 줘야 해요."

"햐. 우리 정우, 낱말 실력이 대단한데?"

신이 난 손자는 말이 된 내 등위에서 만세를 불렀다. 돌이 갓 지났을 때부터 친할아버지는 "하비", 나에게는 "아이"라고 부르던 손자가 이렇게 컸으니 대견했다. 한편으론 손자가 커가는 것과 비례하여 나이 들어가는 내 자신이 서글퍼졌다.

유년 시절, 종갓집 맏며느리 이모 댁에서 겪은 일이다. 망령이 난 이모의 시어머니는 어린 나에게도 "어디서 왔니 껴?"라며 경어를 썼다.

이모에게는 점심을 드시고도 밥을 안 차려줬다며 '나쁜 년이 밥도 안 차려준다'고 심하게 욕을 했다. 시어머니는 하루에도 몇 번씩이나 정신이 오락가락했다. 정신이 멀쩡할 때는 그렇게 단정했던 어른이 정신 줄을 놓으면 상스런 욕을 입에 올리고 심지어 요에다 싼 똥을 벽에다 칠까지 했다. 이모는 시어머니가 돌아가시기 전 이십여 년 동안 병수발을 하느라 갖은 고생을 했다. 그런 이모도 아흔여덟에 치매에 걸려 가족들의 얼굴도 알아보지 못한 채 요양원에서 101세에 생을 마감했다.

치매로 인해 일어나는 기억력 상실과 건망증은 비슷해 보이지만 다르다고 한다. 건망증은 자신이 어떤 기억을 잊어버린 것인지를 잘 알지만, 치매 환자는 자신의 기억력이 사라졌음을 알지 못한다. 건망증은 기억된 것의 일부를 선택적으로 잊어버리지만, 치매는 시간, 장소, 사람에 대한 기억으로 설명되는 지남력(시간과 장소, 상황이나 환경 따위를 바르게 인식하는 능력)과 판단력에 전반적인 장애를 일으킨다. 한편 건망증은 지남력과 판단력은 대부분 온전하게 보존되어 있다고 한다.

요즘 자주 깜박깜박하는 증세가 심하다 보니 혹시 치매가 온 게 아닐까? 의구심이 들 때도 있다. 치매 환자는 오래전 일은 생생하게 기억하나 최근의 일은 기억 못한다는데……. 100세 시대 '암'보다도 더 무섭다는 '치매'는 자신의 과거를 잊게 된다는 두려움도 있지만, 한편으론 뇌리 속에 박힌 상처가 치유될 수도 있겠다는 생각이 든다. 그래도 치매로 인해 지난날 사랑했던 사람들과의 소중한 추억을 망각하게 될까 봐 두렵다.

"여보! 내 휴대폰 못 봤어요?"

오늘 아침에도 휴대폰을 어디에 뒀는지 몰라 애꿎은 아내만 닦달하다 오른손에 쥐고 있는 휴대폰을 발견했다. 가끔 기억과 망각 사이를 오락가락하는 나는 '건망증'일까? '치매'일까? 오지도 않은 미래를 가불하여 미리 걱정할 필요는 없다고 스스로 위안을 삼으면서도 정말 치매에 걸리지 않을까 불안한 마음은 감출 수 없다.

과거와 현재를 이어주는 징검다리인 기억. 그것을 지켜나갈 묘안은 진정 없는 것인가?

김성자

ksjksj0622@hanmail.net

고추와 고추장 사이
잠시 생각한다
무두질
오이지 독백

새빨간 꽃의 맛!
혀끝에 감기는 칼칼하고 끌리는 매운 본성이
앙다문 속내를 풀어낸다

'매운 건 독한 년이 푸는 게야'

고추와 고추장 사이

그래, 맞다
삼십대 맵고 독한 년이다
햇살이 껄껄대며 손을 내민다
신발을 가지런히 놓고 빨개진 얼굴
되뇌고 싶지 않은 모든 것 뽑아 맷돌에 간다

맵고 독한 건 꼿꼿한 거라고 말하는
함지박에 들어간다
못생긴 가슴에도 꽃은 핀다는
메주 뒤따라 들어오고
참고 살았더니 단내가 난다는 엿기름
불지옥에서도 정신만 차리면 산다는
찹쌀죽이 함께 하잔다
물끄러미 쳐다보던, 절벽을 뛰어 내렸다는
물이라는 아이가 한마디 한다
쓴맛도 함께하면 단맛 난다고

살을 부비며 영혼과 체온을 나눈 걸쭉한 마당
응어리 풀어지고 무르익은 정이 차르르, 맥 섞을 동안
십 년 간수 빼고 헛기침으로 걸어오는 신안 지도

소금 한 주먹 휙 뿌리며 하는 말
고년 독하네, 새빨간 꽃의 맛!

혀끝에 감기는 칼칼하고 끌리는 매운 본성이
앙다문 속내를 풀어낸다
'매운 건 독한 년이 푸는 게야'
고추와 고추장 사이 여든 고개 그림자가 깊다.

잠시 생각한다

아파트 베란다 한 평, 내게는 빼앗긴 땅,
그들에겐 궁전이다
부리 맞대고 체온 나누는

창밖을 무연히 내다본다

쫓아내려 촘촘한 그물망 만든 후
비둘기 그는 오지 않는다
이제 통로는 막혔다

오지 않을 것 알면서도 습관처럼
기다려짐은
오지 못할 것의 헛된 그리움인가

미움 속 웅크리고 앉은
그리움의 중량은 얼마나 될까

내 작은 창이 큰 쇠창살 옆에 머물러 있다.

무두질

자갈밭이 물어뜯은 흔적
절뚝거리며 대장간으로 들어간다
빈 주머니 속 같은 허출한 그림자
허망스런 겉옷 벗어 던진다
불 다스리는 사내

철판에 엎어놓고 망치질이다
불과 얼음 사이를 숨가뻐 오가는 담금질
녹슨 조각이 아집을 물고 떨어져 나간다
모진 매를 맞고서야
뿌리박은 욕망이 잠에서 깨어
풀잎보다 낮은 자리 앉음새 바로 잡는다

응어리 풀어진 자리 미쁜 바람이 다독인다
끊어진 손발에 꽃 한 송이 피울 동안
누런 상처 눈물로 발을 씻고
한 움큼 햇살을 수혈하면
상처에 돋은 새싹 꽃의 몸짓이다

혹한을 이겨낸 웃음소리 봄을 부르는 종소리다.

오이지 독백

그녀는 혀를 끌끌 차더니
솜털도 마르지 않은 것이 약물 중독이라며
굵은 소금 휙 뿌리고 박박 씻겨
짠물에 밀어 넣고 빗장을 건다

바람 한 점 없는 동굴 속
백 년 기다렸다는 듯 달려드는 누름돌
분초를 다투는 주름살 탄식이 천장을 뚫는다
턱을 괴고 생각한다
왜, 당신의 입맛을 위해
나는 오그라들고 쪼그라져야 하는가

어느 날 그녀, 빗장을 푼다
빈 숟가락 물고 흐뭇한 미소로 입맛 다시더니
냉큼 집어 도마 위에 눕힌다
번쩍이는 칼날이 심장에 꽂힌다
어렴풋이 들리는 토토 토토토톡
겨울 견딘 계곡의 얼음장 터치는
단비에 꽃 몽우리 터치는 소리다

몽롱한 가운데 어느새
내 얼굴 접시 중심에 앉아있다
식탁에 둘러앉은 환한 얼굴들
와! 꽃이다
음, 아삭아삭 바로 이맛이야

입안에 도는 오도독 상큼한 속삭임
너는 처음부터 꽃이었다고.

박진호

pjh322302@daum.net

태풍이 불러온 가을
옹아리 잔치
수박
테오티우아칸의 피라미드를 보고

시작詩作은 새로움을 창조하는가?

옛것에서 발견하는 시선이
새것으로 둔갑할 수 있지 않나

일상에서 작은 다름을 경험하여
본 것, 보이는 것, 느낀 것,
느끼는 것, 들은 것, 들리는 것……

내 안과 밖에 일어나는 현상들
온몸에 뒤섞임을 문장과 문장
사이로 표현해 안과 밖 경계에서
나를 찾아 나서는 것

태풍이 불러온 가을

떼거리 몰려든다 요란하다

전파 타고 몰려드는 집채만 한 파도
거친 주름골 지나가
언제 그랬던가 드리운 적막 속이다

온갖 방송 채널과 긴급재난 문자들이
야단을 치는 동안
굼벵이 걸음마로
19호 '솔릭' 느림보
할퀸 상처 아물지 못한 채
작별 인사한다

깊은 메마름
가마솥 염천에
온 나라가 열대야를 외쳤던 여름을 보낸다

초가을 문턱이
풀벌레 울음 몰고
높은 하늘에 흰 양떼구름

그을린 이마에 멍청히 스치는 솔바람
태풍이 밀어 올린 가을 한 줄

시를 쓴다

옹아리 잔치

눈 덮힌 땅 헤집고 나선 복수초
노랑동네 산수유
꽃이 잎보다 먼저 피워난다
두견새가 빚은 절기주 진달래 물고 울어대던
춘사월 초입,
분주한 애벌인사 피뜩대고
빠알간 명자나무 가지 사이로
갓 세상 구경 온 참새가
밀당 중이다

지천인 연둣빛 봄소식에
분홍 벚꽃도 질세라 봄 잔치 불러와
줄줄이 행락객 손잡고
비단 바람길 솔솔
또박대는 발자국만 남기고
흰 그늘에 난분분하다

봄 옹아리 꽃잔등에 올라
얼마간 쳐다보니

참고 참았던 초록이 터졌다

수박

껍데기 길은 두 갈래이다

검은 길은 좁은 마을 골목길
초록 길은 넓게 퍼진 농로길
막히지 않고 맞물리며 가지런하다

칼끝으로 한여름을 쩍 갈라 놓으면
반항도 없이 속살 드러내
오르르 빨간 살점 꽉 차 있다
사이사이에는 검은 반점들이
1열로 때로는 2열로 헤쳐 모였다

살점은 순두부처럼 말랑하다

물 머금은 조각들은 포크로 찔려도
아픈 시늉도 없이 시원 달콤한 말문 열고
악머구리 울리며
총총 별밭에 모인 가족들
시간 지난 줄도 모르고
이슬 깔리는 멍석

한 곁에 펼쳐지는 여름밤,

햇빛 달빛 먹은 수박이
어릴 적 수다를 아스라이 떤다

조각난 수박의 우주는 어지럽게
여름 수다를 식혀주고 있다

테오티우아칸*의 피라미드를 보고

죽은 자의 거리다

전설 속 신들이 내린 곳
태양의 제전
달에게 희생 공물 바치고
신성 달래고
영혼 옮겨 와
육신과 단절된 채
지금은, 산 자들 인파 빽빽하다

가파른 계단 따라 올라보니
한 햇살 조각 구름에 걸려
옛 그림자에 살아온 내력
아즈텍인과 나란히 걷는다

몇십 년 몇백 년 쌓아 올린
거대한 높이 피라미드
수많은 주검이 차곡히 깃든
테오티우아칸 제단,

오후의 그리움

누군가의 손발을 빌렸을까

태양 달 물의 멕시칸들
전생과 현생이 교행하는 피라미드
몇 겹 동안 곤한 잠자면서
죽은 자가 신이 되고
돌 무덤 속에서 영면하는 테오티우아칸의 거리

세월의 겹 뚫고 걷는 동안
어릿한 영靈을 관조해 본다

*테오티우아칸(teotihuacan) : 멕시코의 해발 2,300m 고대 신들의 도시

이오순

sungdohwa@hanmail.net

냄비를 부탁해(미니픽션)

"글은 곧 그 사람이다."
단어 하나부터 사유의 깊이나 성격까지도 문장 속에 묻어
나온다는 말일 것이다.

요즘 내 글이 건조하고 단순하기 짝이 없다. 부족한 내 글로
인해 문우들의 작품이 흐려질까 걱정이 많다.

언제나 촉촉한 글이 나올지······.

냄비를 부탁해

김치찌개가 끓고 있었다. 식기 전에 어서와 먹으라고 아들을 불렀다. 얼른 씻고 먹겠단다. 어제 찌개를 먹으면서 어찌나 맛있다고 하든지 딱 한 번 먹을 만큼 아껴두었다. 금방 나오려니 하고 물을 몇 방울 붓고 김치가 뭉근하도록 불을 약하게 줄여 놓았다.

마침 요리 프로그램을 보던 중이라 다시 텔레비전 앞에 앉았다. 요즘은 채널마다 음식 만드는 게 많이 나온다. 전국의 맛집 소개부터 말 그대로 먹방 시대다.

지금은 방송국에 초대받은 사람 집 냉장고에서 재료를 찾아 두 쉐프가 요리 겨루기를 하는 프로그램이다. 15분 동안에 먼저 요리를 완성한 사람이 종을 울린다. 최종 심사는 냉장고 주인이 먹어 보고 나서 맛있는 쪽 쉐프에게는 가슴에 별을 달아주는 것으로 승부가 결정된다.

오늘 초대 손님은 개그맨으로 무엇이라도 맛있게 잘 먹을 것 같은 몸집이다. 진행자가 냉장고 문을 열어 보이자 큰 음식점 냉장고가 무색할 만큼 식재료가 골고루 들어있다. 고기, 생선에서부터 건강식품과 야채, 과일까지……. 두 쉐프는 각자 필요한 재료를 찾아다 요리를 하면 된다.

시작 신호가 떨어지자 쉐프들 손놀림이 바빠진다. 찹스테이크를 만들겠다며 李 쉐프가 미리 달궈놓은 팬에 도톰한 목살 고기를 얹는다. 치익 소리를 내며 기름이 튀어오르자 내 코에까지 냄새가 나면서 벌써부터

오후의 그리움

먹고 싶어진다. 초벌구이로 한 번 뒤집자 노릇한 색깔만 보아도 더 군침이 돈다. 한 가지라도 배워볼까 해서 목을 빼고 점점 화면 가까이 다가서며 자세히 본다.

고기가 서서히 익을 동안 쉐프는 거기에 곁들일 고명과 소스를 준비하느라 바쁘게 야채를 써는데 어찌나 손이 빠른지 꼭 장난하는 것처럼 보인다.

"5분 남았습니다. 과연 시간 안에 완성이 될 수 있을까요?"

진행자의 독촉에 이 쉐프가 힐끔 시계를 보면서 도마질을 하는 사이 고기를 올려 둔 팬에서 그만 연기가 난다.

"고기 탄다, 빨리 뒤집어 빨리."

나는 자리에서 일어나 무릎을 치면서 걱정을 했다. 얼른 봐도 많이 타버렸다. 놀란 쉐프가 능숙하게 고기를 뒤집는다. 요란한 소리와 함께 연기가 더 많이 피어오른다. 아이고 저걸 어떻게 해. 나도 모르게 손바닥을 막 비벼댔다.

전문가도 쫓기다 보니 저럴 수가 있구나, 혼자 중얼거렸다. 이 쉐프의 가슴에는 이미 다섯 개의 별이 반짝이고 있다.

오래전 사람들은 농담처럼 말을 했다. 앞으로는 길이 움직이는 시대가 온다고. 당시는 말도 안되는 소리라고 웃었지만, 무빙워크(moving sidewalk)가 나왔으니, 말 그대로 자동 길이 생기긴 했다. 더 놀라울 일은 텔레비전에서 요리를 하면 시청자가 냄새를 맡고 맛을 느낄 수 있는 시대가 온다고도 했다. 귀 얇은 내가 그런 말을 들어서인가. 솔솔 타는 냄새를 맡으며 '내 후각이 뛰어나서 텔레비전을 보고 이렇게 냄새를 느끼는구나.' 생각했다.

'아니다, 책을 읽고 글쓰기를 하니까 감정이 깊어서 보기만 해도 냄새를 느끼는 거야, 역시 문학을 하는 사람은 달라!' 혼자 우쭐해지면서 흐뭇했다. 그러면서 기분이 좋아 텔레비전에 더 집중했다. 한편으론 오직 고기 타는 것에 신경을 쓰느라 나까지 조급해진다. 쉐프는 고명으로 무엇을 넣는지, 무슨 향신료를 얼마나 뿌렸는지 손이 보이지 않을 만큼 분주하다. 익은 고기를 팬째 들고 능숙하게 뒤집는데 앞면보다 더 많이 타버렸다. 타는 냄새가 진동을 한다.

"아이고, 못 먹겠다. 어떻게 해?"

나는 머리를 긁적이며 고기가 아깝다고 소리를 쳤다. 벌써 종료를 알리는 빨간불이 들어왔다.

"아하, 까맣게 탔군요? 남은 시간 30초, 그래도 마무리하세요. 과연 이걸 누가 먹을까요?"

방송진행자도 자꾸 시계를 보면서 왔다갔다 발을 구르며 어쩔 줄을 모른다. 냄새는 진해지고 고기 타는 연기로 텔레비전 화면까지 뿌얘질 때다. 내 눈앞에까지 점점 연기가 번졌다.

"엄마, 뭐 타는 거 아니에요?

"어머나, 내가 미쳤어, 미쳐!"

창문을 열어젖히고 팬 후드를 최강으로 눌러놓고 신문지를 들고는 영혼 없이 휘휘 젓기만 했다. 아무리 생각해도 기가 막혔다. 언젠가 아들이 치매 검사를 해 보자고 할 때 멀쩡한데 미쳤냐고 화를 낸 적이 있다. 하지만, 이제는 나도 겁이 나고 무섭다.

따끈할 때 아들이 잘 먹었더라면 엄마 김치찌개는 역시 대장금이라고 했으련만……

전민정
vienna334@hanmail.net

텅 비어 갈라진 늑골 사이로
추억과 기억은 고독의 화살로 박히고
새벽이 되면 이슬처럼 사라지는 사유.
침묵 속에 숨은 비명소리 들으며
무엇을 잡을까
고독의 여름밤은 깊어만 간다

세족식

하나의 끝이
다른 하나의 시작으로 이어지는 지금
나는 손과 발을 내민다

들키고 싶지 않은 하루는 맑았고
눈먼 내 모습은 깊숙이 감추고 숨어
과거 조각 블럭을 쌓는다

그리운 것들은 언제나 눈에 밟히는 것이구나
강 건너 불빛의 온기로 지탱되는
맨발로 걸어온 저녁이 허리를 접는 시간

수척한 발이 나를 들여다 본다

등뼈로 인해 나의 하루가 완성되고
발끝은 묵묵히 제 본분을 다한 하루가
엄숙히 손과 발을 닦는다

등꽃

덩굴과 함께 휘감겨진
보라색 등꽃 한 송이
오른쪽으로만 감아 돌며 맺힌
콩꼬투리 속 4개의 씨앗
잎 겨드랑 사이에서
모두 굵직하게 잘 자라 주었다

철없던 시절 동네 꽃이란 꽃은
이름도 모르고 죄다 꺾던 날부터
나는 꽃도둑이 되었다

화병에 물이 마를 때
밤 깊도록 꽃 찾아 맴돌다 돌아온 밤
꽃향기까지 따라와 멀미를 하던 순정

보잘것없는 덩굴나무 가지를 휘어잡고
보랏빛 한 세기를 사신 어머니
살아계시는 동안 꽃도둑은 면할 수 있을까

청계천 다리에서

건어물을 사려고 중부시장으로 향했다
공구상회를 지나고 아크릴 가게도 지나고
인쇄소 골목에 접어드니
60년은 족히 넘었을 간판이 시선을 당긴다

도로 하나 사이로
먹고사는 문제가 시끄러이 들리고
개천에서 용이 나왔다는 전설도
어릴 적 다리 밑에서 주워왔다는 이야기도
내 살아온 길 따라 변함없이 흐르는데
쪼그려 앉아 훌쩍대던 그 옛날의 돌다리를

지금은 중년의 여인이 되어 건넌다

번쩍 고개 들어 바라본 세상
빌딩은 높고 자동차들은 분주하다
내가 태어난 집은 이미 그곳에 없다

잠시 머뭇거리는 사이
봄 햇살은 언제부터 따라왔는지

오후의 그리움

내 마음 뒤에서 젖은 등을 말리고 있다

쓰레기통

나는 껴안는다
모든 이들이 찌푸리는 걸,
불평 한마디 없이
편안한 자리 마다하고
구석에 자리 한 채
시키면 시키는 대로
주면 주는 대로 받아먹으며,
누추한 삶의 처마 아래
거북하게 속 가득 찬
당장 버려야 할 것들
온몸으로 껴안고
더러움 속에 슬그머니
버린 알량한 양심까지도,
세상에 떠돌던
한때 아끼던
낱말들을 소중히 보듬는다
간밤에 버리지 못한
쉬어빠진 추한 목소리까지
거르지 않은 채 터질 듯 물고
굳게 다문 입술로

모퉁이에 버티고 서 있다

누구나 한때는 다 버려지는
아픔을 견디며.

문명희

impaccho@naver.com

개심사에 꽃잎 날리면
그림 소나타
해탈
돔배기

시에 취해서
시를 말하고
시를 생각하고
시에 세상을 그린다

개심사에 꽃잎 날리면

청겹 벗꽃 만발한 고찰
머리통보다 큰 꽃들이
부산스레 뒤꿈치 들고 있다

흐드러진 벗꽃 살살 마음 간지럽히고
바람에 떨어지던 날
분분히 날리는 꽃잎 따라
시간의 향기도 절간에 나부낀다

낙화한 꽃잎마냥 널브러진 공간
불확실한 날들이 부산스럽다

얼룩진 마음 푸르게 닦아 내는
개심사, 벗꽃은 맑은 하늘 담아서일까
소라색으로 웃고 있다

그림 소나타

아버지 구둣발 소리
나부끼는 어지러운 초상화
널브러진 오색물감 번지면
살풀이 춤춘다

수렁에 빠진다는
백 마디 말보다 더 진한
할아버지 천둥소리 하늘에,
울리면 붓은 아버지를 꺾고
검은색으로 퇴색한 오방물감

붓 잡던 손으로 대침 어루만지고
서까래에 매달린 약봉지
탕제기에 끓어 오르는 약초
감초는 향기를 남기고
못다 그린 그림 속 아버지

유언이 되어 버린 마지막 언약
붓으로 점을 찍는다

해탈

코끝에 진동하는
치자꽃보다 황홀한
청국장보다 구수한
저 꽃
꽃보다 진한 내음
팔뚝만한 황금덩이
작은 연못에 누워있다

유쾌
상쾌
통쾌
해탈일까

돔배기

상어를 잡고
상어를 토막 내고
돔배기를 졸인다

기를 돋우기 위한 토막들이
북망산으로 간다
돔배기결 따라
아버지를 일으킨다

생선 토막에 눈물 반 숟가락 얹어
그리운 마음 보낸다

파노라마처럼 펼쳐지는 아버지
혀끝에서, 살살 녹는 돔배기로
돌아와 밥을 잘 먹인다

소반에 둘러 앉아 돔배기를 먹던 시절이 스쳐간다

김평년

boost45@daum.net boost45@naver.com

봄을 이기는 겨울은 없다
숲속의 간이역에서
가을이 익어가는 소리
어디로 떠나갔을까?

덕수궁 안뜰 능소화 주렁주렁 열리고
화담 숲 때 늦은 물봉선 한 송이 수줍다.
떡갈나무 잎새는 소쩍새와 이별 이야기하며
재 넘어 성큼 다가올 가을맞이 채비를 한다.

유난히도 무더운 여름이었다.
온몸으로 찬바람 맞으며 시작한 글쓰기가
이수정 교수님의 열정적인 가르침으로
미숙하나마 동인지에 글을 싣게 되어
가슴 한가득 뿌듯하다.
유년시절 아련한 꿈을
고희가 지나 이제야 이루었나보다.
아무나 누릴 수 없는 행운이라
더욱 감사한다.

봄을 이기는 겨울은 없다

겨우내 눈밭에 서서
긴 ―밤을 새운
앙상한 나뭇 가지들

한파 속에 묻히여
겨울을 견뎌온 봄
쌀쌀한 바람 사이로 걸어와
양지 바른 언덕에 누워 쉬고 있다

얼어죽은 듯 누워있는
마른풀 속잎
물 오른 가지마다
꽃들을 불러 내려

남풍은 주야로 불어오고
햇빛은 밝은 미소 지으며
빈 가지마다 찾아다닌다

떠나리라 던 꽃샘추위
다시 돌아와 눈발을 흩뿌려도

봄은 가는 길 멈추지 않고 더욱
바쁘게 뛰어 다닌다

아~대지를 뚫고 솟아오르는
새 생명을 잉태한 이 봄
누군들 이길 수 있겠는가~!

숲속의 간이역에서

바람 한 점 없는 신록의 계절
줄장미 곱게 피어나고
우거진 숲 사이로
유월의 하늘은 고요하다

세월은 흘러 어느 덧
2019년 절반을 보내고 맞으며
숲속의 간이역에서 쪽빛하늘 바라보며
차를 마신다

그동안 가족이 함께 만든
조각배 타고 노를 저으며
세월의 강물 따라 흘러온 이곳
노을은 저녁을 품어 안았다

하지의 달빛 머무는
고요의 뜨락엔
내일에 피워 낼 희망의 꽃
봉오리 송이송이 시가 익어간다

가을이 익어가는 소리

여름이 지나간 자리에서
가을이 익어가는 소리가
풍성하게 들린다

산새들이
이산 저산 날며 물어다 엮은
푸른 하모니 협주곡 소리
청아한 계곡 물소리

싱그럽게 풍겨오는
나뭇잎 곱게 물드는 소리
오곡백과 탐스럽게 익어가는 소리

손꼽아 기다리던 추석 한가위
가까이 다가오면 하도 좋아서
밤새도록 뒤척이던 소리

엄니가 사다주신 꽃신
만져보고 신어보고 품에 안고
잠 못 이루던 소리

가을의 소리는
세상에서 가장 아름다운
오케스트라의 향연

오후의 그리움

어디로 떠나갔을까?

가엾은 들꽃만 남겨놓고
8월은 어디로 떠나갔을까
폭염만 데리고~

아직 햇볕은 따갑지만
바람은 가을을 머금고
옷깃으로 스민다

서녘 하늘엔 정연히
질서와 조화를 이루며
줄지어 날아가는 기러기 떼
어디로 날아가는 것일까

자연 속 고독은 때로
마음을
충일한 경지에 이르게 한다

배은성

bes57@naver.com

나의 물방개
빛이 없는 그곳
가을의 끝자락에 서서

차창 넘어 바람에 날리는 은행잎이 한 잎 두 잎 물들어
져 오늘 따라 유난히 노랗게 보였다. 기억도 저렇게
노랗게 변해 가는 것일까. 우리가 친구였던 것은 맞는
지. 내가 나인 것은 맞는지. 어쩌면 친구보다 먼저 나
와의 해후를 해야 할 시간은 아닐까.

나의 물방개

툭툭 터지는 웃음
쌔근쌔근 잠든 모습
열렸다 닫혔다 우주

오늘도 버둥버둥 몇 번
도로 눕는다
"어쿠, 잘한다."
그 말에 힘입었는지
휘 물방개 뒤집으며 환히 웃다가
이내 머리를 박는다
와~ 해냈다
할머니 입가에 지구가 일어선다

너만 보면 찾아오는 입가에 웃음꽃

파란 잎 꿈을 심는 돌돌이
내 오후의 물방개!
돌아라 돌아라

빛이 없는 그곳

서리 맞은 구순이 병상에 누워
지는 해를 보려고 애를 쓴다

가족보다 친절한 간병인들
한 사람씩 붙어서 자꾸만 희망을 걸고 있다

"할아버지 하루빨리 쾌차하셔서 좋아하시는 추어탕 사먹으러 가요."

지난날은 어떤 것도 무시되며
고장 난 전구처럼 들어왔다가 꺼졌다
그들은 끔벅이고 있다

오늘도 빛이 없는 그곳에 갔다
고칠 수도 없는 시간의 종점에서
길 잃은 나그네마냥
중심 잃은 발걸음을 내딛고 있다

앞으로 펼쳐질 나의 다른 모습에
소름이 돋는다
빛이 없는 그곳은

우리 모두에게 열려있다

대피할 길을 찾아 오늘도 헬스장을 향한다
나이 든 언니들이 착붙은 옷으로 맞이한다

가을의 끝자락에 서서

바스락바스락
울긋불긋
낙엽의 바다를
걸어가는 무술년
끝에서 한번쯤 돌아본다

한 폭의 동양화를 속으로
잔잔하게 그리면서
늦가을의 향기를 만끽한다

온몸으로 스며드는 정취
그 속에 찾아든 수많은 군상들
한해의 모습이 보고 싶었지만
올해도 내 모습은 보이지 않는다

서정문

sjmloveu@naver.com

저물어 가는 강
양자역학
산을 보려면
애니미즘
투명인간

다시 또 그리움의 계절, 반갑고 반가워라.
폭염이 떠난 빈자리는 어느새 가을 차지다.
미련도 욕심도 접어두고 가을 속으로 떠나야겠다.

저물어 가는 강

여름내
분주하던 강물이
이제야 한숨을 돌렸네
서둘지 않고
흘러가는 모습이
정염조차 남지 않은 여인처럼 고요하다
모든 걸 주고
가을 하늘처럼 투명해진 모습으로
저 혼자 저물어 가는 강
그 옆에서 나도 저물어 간다

양자역학

양자역학은 말한다
우주 만물이 에너지 덩어리라고

그렇다면 너와 나도
흐르는 에너지 아니냐
우리 그렇게 물처럼 흐르고 흐르면
어찌 만날 수 없으랴
어찌 사랑할 수 없으랴

동과 서, 남과 북
바람처럼 흐르고 흐르면
어찌 통하지 않으랴
어찌 하나 되지 않을 수 있으랴

산을 보려면

산을 보려면
산으로 가지 말고
산과 떨어진 들로 가야 한다
빛을 보려면 어둠 속으로 들어가야 하고
오른쪽을 보려면 왼쪽으로 가야 한다

따듯한 봄 향기를 맛보려면
한겨울 추위를 견뎌야 하고
시원한 가을은
한여름 폭염 속을 지나온 이들에게 주어지는 선물이다

자신을 알려면 자신을 떠나야 한다
지금까지 자신을 감싸주던 것,
자기 것이라고 믿었던 모든 것으로부터

산을 떠난다고 산이 떠나겠는가

애니미즘

재개발을 앞둔 거리는
얼마 전까지 사람이 살았던 곳이라고
믿기지 않을 정도로 쇄락하고 초라하다
주인이 떠난 집은 빠르게 삭아간다
뒤뜰의 감나무와 대추나무도 열매를 맺지 않는다
한동안 사람을 태우지 못한 자동차는 하루가 다르게 녹슬어가고
주인 잃은 개들은 두려움과 불안한 눈빛으로 떠돈다
모두 멀쩡했던 것들이 시름시름 앓고 있다

그들도 느끼는 것이다
자기들이 더 이상 살아갈 이유가 없다는 것을
오래전 원시인들은 알고 있었다
그들도 외로움을 타고 사랑을 갈구한다는 것을
똑똑한 현대인들만 알지 못할 뿐

나는 요즘
옛 전 사람들이 믿었던 신앙, 애니키즘에 귀의했다
매일 풀과 나무들 짐승들이 행복하길 기도한다
다 많은 사람들이 이 종교에 들어왔으면 좋겠다

투명인간

6411번 버스는
매일 새벽 4시
구로구 가로수공원을 출발하여
신도림과 영등포, 강남을 거쳐 개포동까지 간다
구로시장 근처에 오면 버스는 이미 만석
늦게 탄 사람들은
통로와 계단에 신문지를 깔고
아무렇지도 않은 듯 자리를 잡는다

대부분 오십 중반이 넘은 이들이 출근하는 곳은
강남의 화려한 빌딩숲
버스가 도착하면
각자 담당구역으로 사냥꾼처럼 흩어진다
아무도 출근하지 않은
텅 빈 사무실과 화장실, 유리창 청소를 마칠 때쯤
말쑥하게 차려입은 자식뻘 젊은이들이 기분 좋게 출근한다
이들은 투명인간처럼 사라진다

한달에 단돈 백만 원의 힘이 이렇게 세다
괴물처럼 거대하고 복잡한 현대 도시는

수많은 투명인간들의 피와 땀으로 굴러간다
우리는 이 피를 먹고 사는 괴물에 기생하는 작은 생물
그런데 우리는 누군가에게 또 나는 투명인간 아닌가

*이 시 내용은 고 노회찬 의원의 연설 〈6411번 버스를 아시나요?〉(2012년)에서 가져온 것임.

심재원

lojshim@hanmail.net

길
그곳으로 가련다

사유란 의자에
침묵이 자리잡고
고독을 묵상한다.

꺾어진 불혹을 바람에 얹어 보내고
유한의 공간 속 모래에 남긴 발자국
들풀도 구겨진 바람도, 생각하는 당신은……

길

들풀이 길을 묻는다
어디쯤 왔냐고

한 폭의 그림도
힘찬 팔뚝도
꽃향기에 날리고

들풀도
젊은 구름도
모래 위 발자국에 기대여

나무 향기 나는 길로
문도 길이요 길도 문인 것을.

그곳으로 가련다

바람벽에 키재기를 그려놓고
나의 어린 꿈이 자라던 그곳

그냥 메리라는 이름의 강아지
솜바지에 얼음판 썰매가 있고
토담 벽에 말뚝박기 놀이하며
앞 산 아지랑이 꼬물거리면
진달래가 기지개를 켜는 곳

노오란 참외꽃을 엄마 앞치마에 던지며
꽃다발이라 선물하던 그때

필통의 딸그락 거리는 소리가
신작로를 삼키는 곳

춤추는 허수아비 어깨에
메뚜기 뛰놀던 으기 뜰

풀과 흙의 냄새가 살아있고
자빠져도 신이 나는

단발머리 영희가 있는
그곳으로 가련다

손정옥

jeongok4672@daum.net

학교엄마
오후의 그리움의 축제
선정릉 참배하며

강의받던 중간에 건강이 따라주지 않았던 상황 속에서
삶의 방편으로 휴강의 아쉬움 속에서도 앞에서 이끌어
주시는 스승의 노고에 힘입어 미흡한 글이지만 세 번째
동인지에 올릴 수 있는 영광을 허락해 주심에 고마운 마
음을 전합니다.

학교엄마

대입 검정고시 2학기가 끝날 즈음에 소녀들은 나를 "학교엄마"라고 불러주었다. 가슴이 뭉클했다. 내가 한 일은 마음을 다해 공감해 주고 편지지가 없다 하면 조금 사 준 것밖에 한 일이 없다. 지금도 그 소녀들의 편지를 보물처럼 간직하고 그들이 생각나면 꺼내서 읽고 소녀들의 얼굴을 떠올려 본다.

소녀들은 어린 나이이고 한창 공부할 시기여서인지 수녀원 기숙사에 온 지 2년 후 모두 대입검정고시 자격 합격증과 미용기술국가 자격증을 취득했다. 내 자식 일같이 기뻐하며 축하해 주고 사진 촬영도 했다. 소녀들은 두 번 다시 가출하는 어리석은 행동은 하지 않겠다고 약속하고 자신들의 새 출발을 위해 가족들의 품으로 돌아갔다. 나도 2002년에 한국방송통신대학교 교육과에 02학번으로 합격하여 대학생활을 시작했다.

딸을 출가시키고 아들은 군대 입대 후 나 자신의 시간을 가질 시기가 온 것이다. 그때에 예기치 않게 대입검정고시 준비를 시작하게 되었다. 사십대 후반 친구들과 어울리며 여행도 다니며 세상의 갖가지 일도 경험해 보고 싶었다. 그런데 우연히 성당의 주보에 서강대학교 야학에서 대입검정고시반을 운영한다는 소식을 접했다. 늘 동경하던 대학이라는 상급 학교에 망설임 없이 전화를 걸어 신청했다. 야학이 시작되기를 가습 설레며 준비하고 기다렸다. 내 마음 한 구석이 그토록 배움을 갈망하고 있었는지 스스로도 놀랐다. 1998년 3월 초 서강대학교 이냐시오 야학과 조급한 마음에 주간엔 가톨릭계의 마자렐로 중고등학교에 동시에 입학했다.

설레는 마음으로 새 학기 공부를 시작하였다 .하지만 학업을 중단하고 보낸 세월이 너무 길었던 탓인지 입학 후 공부에 적응이 잘되지 않았다. 공부를 계속해야 할지 말아야 할지 기로에서 갈등을 겪어야 했다 그러던 어느 날 국어 선생님이 말씀하셨다. "콩나물시루에 물을 주면 물은 다 빠져 나가지만 콩나물은 쑥쑥 자랍니다. 여러분도 어렵게 시작한 공부이니 끈기있게 하다 보면 성취감을 맛보게 될 날이 오게 될 것입니다." 나에게 말씀 하시는 것 같아 그때부터 마음을 굳게 다졌다.

그곳 마자렐로 학교에서 옛날 나와 비슷한 형편의 사연 등으로 가출하여 사회의 어두운 곳의 덫에 걸린 소녀들을 만났다. 나쁜 사람들이 파놓은 구렁텅이에서 곤욕을 당하다가 불심검문 경찰에게 넘겨져 수녀님들이 신원보증을 서고 기술과 공부를 연계해 주는 마자렐로센터로 오게 된 소녀 세 명이었다. 그 소녀들의 감성과 메마른 마음을 감싸주기 위한 방편으로 어머니들과 합실을 시키는 것이다. 그때 내가 대면했던 15살의 제일 어린 소녀는 집안 사정 때문에 가출하여 티켓다방이라는 올가미에 걸려 6개월이나 몸도 마음도 다 찢겨버렸다. 삶의 희망이 없을 때 급습한 경찰의 구출 덕분에 지옥 같던 그곳을 나오게 된 것이다. 16살의 인신매매단에 붙잡힌 소녀는 강제로 윤락가에 넘겨져 감금당하여 일 년이나 그곳에서 인권을 말살당하는 수난을 겪었다. 끝으로 17살의 소녀는 인신매매에 납치당하여 탈출하려다가 붙잡혀 심한 매를 맞고 머리도 삭발당하는 악행을 당했다. 이들의 가슴엔 얼마나 큰 상처가 남았을까.

17살 소녀를 처음 본 순간 깎아 놓은 조각 같아서 영화배우 강수연의 아제아제바라아제를 떠올렸다. 정말 미인형의 예쁜 얼굴이었다. 수업시간에 소녀들이 들어오면 너무 마음이 아파서 아무 말도 할 수 없어 씽긋 웃어 주기만 하였다. 일주일쯤 지나서 17살 소녀가 내 옆에 앉았다. 수업은 안중에 없고 엎드려서 자다가 낙서를 하며 나에게 분심만 들게 했다. 그래도 눈이 마주치면 웃어 주고 찡긋해 주었다. 수업이 끝난 12시에 느닷없이 그 아이가 상상밖의 질문을 했다.

"아줌마는 담배 피워 봤어요?"

순간 나는 이때 내가 이 아이와 공감대를 형성할 수 있는 대답을 하면 아이가 나를 동병상련의 동지로 생각할 수도 있겠다는 마음이 들었다. 확신을 가지고 점심시간을 이용해서 교실 앞의 큰 나무 밑 의자로 가서 얘기를 꺼냈다.

"응, 그때 피워 보고 싶었는데 아줌마는 기침이 나고 목이 안 따라 줘서 못 피웠어. 그때 한 번 피워 보고 싶었는데."

아이는 기다렸다는 듯이

"그때 언제요?"

내게 바싹 다가앉으며 되물었다. 그래서 나의 우상이던 아버지가 갑자기 돌아가신 후 세상 밖으로 내몰렸던 것 같았던 나의 사춘기를 잘 보내게 된 사연을 들려주었다.

정이 그리워서인지 동병상련의 동지를 만난 걸로 생각하는 것 같았다. 그 이후 소녀 셋은 틈만 나면 내 주위로 모여왔다. 그러면서 사춘기 방황하던 얘기를 들려 달라고 했다. 소녀들에게 도움이 되는 방향으로 얘기를 해 주었다. 헤어지면 그 애들은 매일 같이 쪽지 편지를 써서 경쟁하듯 건네주었다. 공부할 시간도 빠듯했지만 소녀들에게 도움이 되려고 밤늦도록 답장을 써서 편지를 주고 받았다.

오후의 그리움

그 이듬해 8월 초 딸아이가 외손주를 출산하여 복습해야 할 방학 기간 동안 해산 간호를 했다. 복습할 시간을 놓쳤지만 예쁜 손주를 보느라고 힘든 줄 모르게 한 달이 지나갔다. 2학년 2학기를 열심히 공부하여 고등학교 학력고사 국가자격시험에 합격했다. 정말 기뻤다. 할 수 있다는 자신감이 붙었다. 1999년 학기 초 마자렐로 중고등학교 봄소풍을 다녀온 후 "소풍"이란 주제로 교내 백일장에서 상상도 못했던 대상을 타게 되어 글을 자주 접할 기회가 되었다.

그렇게 한 번 가족에게 돌아간 소녀들은 가출 때의 서울에서 나쁜 기억들을 생각조차 하기 싫었는지 주소는 주고받지 않았지만 서울의 딱 한군데 마자렐로 중고등학교로 편지를 보내면 내가 받을 수 있을 텐데. 소녀들 한 사람이라도 소식을 주기를 기다렸지만 지금까지 그들의 소식 한번 듣지 못하고 세월이 흘렀다.

마자렐로 수녀원에서 주부와 지역의 가출 청소년, 소녀들 대상으로 가톨릭재단에서 운영하는 비영리단체 학교. 경찰서에서 문제가 된 학생들이 보호감호소로 이송되기 직전에 수녀님들과 수사님들이 책임지고 보증을 서서 데리고 와서 남자아이들은 살레시오 돈 보스코센터로 보내서 자신이 원하는 본인들의 적성에 맞는 기술과 공부를 하고 소녀들은 이곳 마자렐로센터에서 무료 숙식을 제공하여 미용, 양재와 원하는 공부를 할 수 있고 대입검정고시 자격시험까지 기술자격증을 취득하게 하여 사회로 복귀시켜 새 출발을 하는 역할을 하는 곳으로 엄마들과 한 교실에서 격이 없이 공부한다.

20여 년의 세월이 훌쩍 흘러서 30대 중반이 넘어섰을 소녀들을 가끔 생각한다. 마음과 정성을 다해 그들을 이해해 주고 감싸주고 자녀 같은 마음으로 대해준 것이 그 소녀들이 새로운 생활을 시작하는데 도움이 되었는지, 살아가면서 가장 보람되었던 일인 것 같아 마음이 뿌듯하다. 돌이켜 보면 나의 사춘기 방황하던 시기가 없었다면 그 소녀들을 이해 했을까? 그 소녀들에게 실질적인 체험담을 들려줄 줄거리가 없을 거고 공감대도 갖지 못했을 거라는 생각을 해 본다. 사람은 나쁜 짓, 남에게 해가 되는 일은 빼고 살면서 사회적 경험은 조금은 필요한 것이라고, 타인을 이해하는데 도움이 된다는 마음이 든다.

지금 그 소녀들은 각자의 위치에서 제 몫을 다하며 잘 살고 있을 거라는 생각을 하며 자신들의 삶을 열심히 살면서 예쁜 가정을 이루고 이 세상에서 우뚝 서서 살아가는 사람들로 성장했기를 염원해 본다.

그 소녀들이 보고 싶을 때는 함께 찍은 사진을 보고 주고받은 편지를 읽고 또 읽으며 그리운 마음을 삼킨다.

오후의 그리움의 축제

팝페라 라이브의 잔잔한 선율이 그윽히 축제의 개막을 장식하며
은은히 실내에 스며들고 그 위로 살아있는 문학의 언어와 시어들이
숨 쉬듯 유유자적 노닌다.

그도 식상해 질 즈음 색소폰의 숨막히듯 흐느끼는 듯한 음율이
가슴을 적셔온다 그 음율에 가슴이 벅차오를 때쯤 난타의 폭발하는
음색이 호흡을 가쁘게 재촉하며 시원스레 가슴을 후려친다.

울려퍼지는 리드미칼한 리듬에 가슴이 쿵쾅쿵쾅 요동친다
오후의 그리움에 숙연해졌던 마음을 고동치며 들뜨게 한다
문학이 익어가는 초겨울의 오후에 그리움의 날개를 살포시
펴본다.

선정릉 참배하며

선정릉 참배하러 도시 소음 뒤로하고 빌딩숲
휘어 돌아 릉 입구 다다르니 싱그런 바람
5월의 볕 아래 옛 님들도 반긴다.

그 모습 어서 오라 손짓하듯 정겨운데 이어진
숲속 오솔길로 꿈길인 듯 밟아가서 솔향기 그윽한
그 품에서 잠시 한숨 돌린다 향긋한 솔향기가 온
몸에 스며든다

순백의 한복 차림 마음을 가다듬고 양지쪽 포근한
보금자리 평화로운 잠 이루신 오백 년도 무상한
선조 릉에 경건이 참배하니 기원이 간절해진다.

선조여 이즈음 닥친 선박 환란 죄 없이 희생된 어린 넋들
천지 신께 빌으사 남겨진 가족의 고통을 헤아리고 어루만져
주시어 하루속히 모진 참상의 굴레에서 헤어나게 해 주소서.

오후의 그리움

김보희

kbobee410@naver.com

시간에 갇힌 오늘

치매는 누구나 자유로울 수 없지만 누구나 걸리는
것은 아니다. 지인들이 만나면 치매환자가 가족에
게 발생했다는 이야기를 자주 듣는다.

자신이 처한 자리에서 인정받고 예절 발랐던 사람
이 일반인이 감당하기 어려울 정도로 돌변한 모습
으로 되어 있습니다. 시간 속에 갇히어 오늘을 잃
어버려 세상의 질서를 모르는 치매환자는 서로 다
른 세계 속에서 같이 살아야 하는 고통을 가족들이
겪고 있습니다.

인간은 완벽할 수 없어 언제인지 어디인지 모르지
만 서로 보살핌이 필요한 인간들입니다. 보살피는
일은 건강한 사람들의 몫이라고 생각이 듭니다. 인
내가 필요한 사랑을 베풀어야 합니다. 이 일은 우리
의 사명 중 하나라고 깨달아야 한다고 생각합니다.

시간에 갇힌 오늘

그녀는 오늘 요양병원에서 지낸다.
밥 먹는 것도 잊어 간호사가 떠먹여 주면 아기처럼 방실방실 웃는다.

"○○○ 씨 이 방송을 듣는 대로 공항 사무실로 오시기 바랍니다."

시간마다 방송을 해도 그녀는 결국 나타나지 않았다.

지난밤 한국으로 가자고 억지를 부리며 나를 애먹이더니 오늘까지도 연속이다. 그녀의 나이가 나와 띠동갑이다. 나와 그녀는 시 월드이다. 거리가 하늘과 땅만큼 멀기도 하지만 사이가 어려워 난 고양이 앞에 쥐와 같다. 그녀가 남편 생전부터 약간의 치매가 시작되었는데 그녀 남편이 하늘나라로 이사 간 후, 혼자 남게 되었다. 해가 지날수록 심해져 가끔씩 4차원적인 엉뚱한 말과 행동을 해댔다. 그 어느 누구도 그녀를 돌보는 것이 예사로운 일은 아니었다.

일제 때 일본어를 초등학교 5학년까지 국어인줄 알고 배워서 지금까지 일본말을 얄밉게 잘했다. 그뿐 아니라 시누이는 이십대부터 해외생활을 오래해서 영어도 수준급이었다. 뇌세포가 건강할 때 배우면서 기억했던 것이라 치매환자이지만 잊지 않고 정확히 사용하고 있음이 증명되고 있었다.

시누이는 일본인에 대하여 항상 하는 말이 있다.

우리가 일본 사람에게 나라를 빼앗겨서 그렇지, 예의 바르고 상냥해서 개인적으론 미운 감정도 없고, 관계를 유지해도 나쁘질 않았어. 만날 때마다 허리를 구십 도로 계속 구부리며 참새처럼 조잘거리듯 인사를 하였어. 그래서 그런지 시누이는 평소 일본인에 대한 감정이 매우 좋았다. 특히 일본을 동경하고 가고 싶어도 했다. 나는 그 소원을 치매가 조금이라도 덜할 때 풀어 주기로 마음먹었다. 일본 여행을 무리하게 계획했다. 드디어 삼박 사일 여행을 결정을 하고, 일본행 비행기를 탔다. 나리타공항에 도착하자 시누이의 얼굴은 어린아이처럼 천진난만하게 밝았고 기뻐했다. 신이 났고 발걸음을 사뿐사뿐하게 옮기며 호기심으로 일본인에게 다가갔다. 온 얼굴에 환한 미소를 가득하게 지으며 유창한 일본어로 말을 건네고 괜히 헤헤거린다. 그녀의 모습은 마치 일본인 같았다. 언어의 톤까지 일본인 특유함이 묻어 나왔다. 해방 이후 한글을 배울 때도 한글 밑에 일본어로 토를 달아가며 한글을 익혔단다. 일본어가 더 이해가 빠르다는 그녀였다.

일본에 사는 내 아들이 공항에 나왔다. 여행계획은 아들 집에 짐을 풀고 관광을 하려고 했다. 저녁을 먹고 시간이 흐를수록 밤이 깊어지면서 점점 어둑어둑해져 갔다.

"형님, 오늘은 ○○네 집에서 자고 내일부터 관광을 해요."
"안 돼, 호텔에서 잘 거야."

떼거지가 시작되었다. 또다시 다그쳤다. 나는 이 밤중에 예약을 하지 않은 상태에서 호텔로 이동하는 것이 번거로우니 오늘은 여기서 자자고 했다. 그런데 갑자기 시누이는 호텔로 가지 않으면 지금 한국으로 가겠다고 짐을 주섬주섬 싸면서 가방을 들고 밖으로 나가려 했다. 큰일 났다. 고집이 발동하면 이겨낼 도리가 없었다. 또다시 밖으로 나갈 태세였다. 조카네 집인데 못잘 곳도 아니지 않느냐고 하니, 젊은 부부가 사는 곳에 늙은이가 있으면 실례라며 당장 가자고 우겨댄다. 시누이는 나가려 하고 나는 있으라 하고 실랑이가 벌어졌다.

미국에 친동생이 있어도 항상 호텔에서 지냈다. 남편 생전에는 보통 사람들과 격이 다른 삶을 살았기에 여행이나 방문을 하면 호텔에서 지낼 수 있는 것이 가능했다. 고집이 세고 과격한 성격에 치매였으니 떼를 쓰니 상대하기 쉽지 않았다. 시누이는 일본 성향의 모습이라 원래는 상냥하고 애교가 많았는데 치매환자가 되면서 바뀌어 갔다.

시누이가 우겨서 그 길로 일본 공항에 전화를 했다. 오늘은 없고 내일은 두 개의 항공시간이 있는데 좌석은 하나씩 있단다. 둘이 같이 가긴 틀렸다. 상황은 여의치 않는데 시누이는 지금 당장 한국에 가자고 우겨대었다. 정말이지 마음이 캄캄해졌고 걱정이 태산 같았다. 혼자 보내다 잃어버릴 염려가 앞섰다. 그러니 대한항공 외엔 다른 대안이 특별히 없었다. 대한항공 시간이 오전 열 시 삼십 분과 오후 두 시 삼십 분이 있었다. 좌석이 오늘은 하나도 없고 내일은 하나씩 있었다. 시누이하고 같이 갈 수가 없었다. 결국 먼저 나는 열 시 반 항공편으로 먼저 한국에 가서 인천공항에서 기다리는 것으로 결정했다. 그리고 시누이에게 두 시 반 도착 항공편을 타고 한국으로 오라고 했다. 내가 한국에 가서 기다린다고 먼저 떠났다.

"형님이 두 시 반 항공편을 타고 오시면 저하고 한국에서 만나요."

밤새도록 실랑이를 벌이며 온 가족이 모두 쉬지도 자지도 못하고 하

오후의 그리움

룻밤을 지샜다.

날이 밝아오자 공항에 나가면서 아들에게 고모를 패밀리 케어를 신청해서 오후 비행기에 태우라고 부탁했다. 한국에 도착해서는 다른 출구로 나올까봐 걱정이 있었지만 한편으론 그렇지 않을 거라는 믿음이 있었다. 치매환자는 옛 기억을 잊지 않는 특성이 있다는 것을 시누이를 보살피면서 알게 되었다. 젊어서 해외 나들이를 많이 해서 인천공항이라는 공간에 익숙해 있었다. 그래도 한편으론 마음 한편엔 예측이 빗나갈 것 같은 두려움이 있지만 모험을 했다.

나의 정신이 어수선했던 하루는 새벽부터 일 초도 평안할 수 없는 상황이 밤까지 지속되었다. 시누이의 영혼은 자유로웠다. 구십 가까이 살면서 평탄한 삶만 있지는 않았을 것이다. 젊었을 때 도전해 왔던 고난이나 누렸던 행복은 언제 어디에서 발생했는지 구별을 못했다. 미래의 소망이나 걱정도 염두에 없다. 다만 지금 편안하면 족한 모습이었다. 스트레스를 받을 상태가 없었다. 그래서 치매환자들이 오래 산다는 말을 많이 들었다. 보통사람들은 온종일 발바닥에 불이 날 정도로 권력이나 물질, 명예를 얻으려고 투자할 수 있는 노력은 다하는데, 다 내려놓은 사람처럼 되었다.

인천공항에서 오후 두 시 삼십 분 비행기의 출구 앞에서 기다렸다. 암만 기다려도 시누이의 얼굴은 보이지 않았다. 나는 오후 여덟 시 삼십 분까지 여기저기 공항 안을 헤갈하고 돌아다녔다. 시누이의 행방을 알 길이 없었다. 한 시간 있다 일본의 아들한테 뻔한 대답을 알면서 또 전화를 했다. 고모가 지정된 출구로 나오질 않았다고. 아들은 분명히 패밀리 케어로 공항 직원에게 좌석까지 안내를 부탁했다고.

나는 인천공항에서 기다리는 동안 머릿속에 별별 생각이 뒤엉켜 있었다. 시누이를 잃었을 때를 상상하니 혼이 들락날락했다. 몸이 둥둥 떠다니는 것 같았다. 시누이는 좋으나 싫으나 내가 보살펴야 한다. 나이가 어느 정도 든 사람들은 좋다는 표현을 거꾸로 한다. 난 미운 마음이 쌓인 적은 한 번도 없었다. 파르르 성질을 내고 나가서 들어올 때 먹을거리를 많이 사가지고 와서 먹으라며 내 마음을 풀어 주곤 하였다. 그리곤 괜히 웃으면서 나 늙으면 구박하지 말고 잘 부탁해 하면서…… 시누이는 자식이 없어서 의지하려는 마음이 있었던 것 같았다. 가엾은 생각이 머릿속에 가득했다.

나의 마음은 조바심으로 가득차서 입이 바짝바짝 말라갔다. 공항에 시누이가 없다고 판단되었고, 바깥은 점점 어두워지니 공항에 머무를 이유가 없어졌다. 결국 최종 방법을 시도했다. 시누이 집에 한 사십 년 파출부로 일하는 아줌마 집에 연락을 했다. 한 삼십 분 후에 연락이 왔다.

"할머니가 집에 계시는데요?"

정말 다행이라는 생각이 들면서 안심이 되자 갑자기 다리에 힘이 빠졌다. 멀쩡하게 집에 와 있다니 어처구니가 없었다. 공항에서 리무진을 타고 도착하니 열한 시가 넘었다. 파출부 아줌마와 아줌마의 남편과 시누이가 함께 있었다. 집에 들어가면서 두 시 반에 만나자고 한 약속을 왜 지키지 않았느냐고 다그치듯 날 선 목소리로 말했다. 아니 소리쳤다. 그리고 왜 혼자 왔냐고. 시누이는 언제 너하고 약속했냐고 잡아뗐었다. 내가 언제 너하고 일본에 갔었냐고도 했다. 이런 모습을 치매라고 할 수 있지 않은가?

정말 기가 막히는 순간이었다. 죽이고 싶도록 미운데 서글퍼지는 건

오후의 그리움

웬일인가? 아들 가족이 증인이다. 어제부터 오늘 있었던 것을 어디로 흘려보내고 태평스럽게 대꾸했다. 어떻게 집에 왔냐고 하니 택시 타고 왔다고. 그녀는 피곤한지 그저 소파에 앉아 눈을 감았다 떴다 하면서 조용히 쉬고 있을 뿐이었다.

　시누이가 일본 여행에서 일어났던 사건을 다 모른다고 해도 그녀가 잠시나마 환한 미소를 지으며 행복했었던 모습을 난 보았다. 적어도 그 순간만은 과거가 아닌 시점을 기억하길 원하는 나의 기대가 너무 큰 것일까? 시누이를 잃을까봐 온몸에 지진이 난 듯 영혼육의 출입을 감당하느라 꽤나 힘들었다. 나의 영혼도 서서히 평안해지고 있었다.
　시누이의 기억이 시간에 갇혀 오늘을 잃었어도 일본 여행 중 잠시나마 행복했을 거라고 믿고 싶다. 기억은 시간이 흐르면 점점 희미해져 사라져 간다. 세상에서의 기쁨도 괴로움도 같이 소멸되면서 빠져 들어간다. 그러다가 어느 날 잠들어 있는 기억이 깨면서 떠오른 것이 정확하지 않아도 여행했던 때를 행복하다고 느끼면 그것으로 여행의 종착지에 도착한 것이다.

김선자

seasjk@hanmail.net

밀밭에서 만난 청보리밭 그녀들
등산화 신은 자아

글을 쓴다는 것은
현실이라는 신작로를 걷느라 잊고 산
내 유년의 기억 속 샛길을 찾아 나서는 일이다.
그 샛길
긴 모퉁이를 돌아
나를 만나러 간다.

밀밭에서 만난 청보리밭 그녀들

발코니에 선다. 꿈과 현실의 경계에서 돌돌 말았던 여독을 함께 밀어낸다. 새벽안개가 다나르알프스 산맥 위에 내려앉아 간밤의 이야기를 피어내며 산허리를 지나 설원의 봉우리로 경중경중 오른다.

동유럽 발칸 6국, 동화 속 힐링 여행. 슬로베니아 근교 리조트에서 사흘째 아침을 맞는다. 만년설 알프스 산맥 끝자락 우뚝 솟은 봉우리에 소도록이 쌓여 있는 눈은 아직도 겨울의 함성을 품고 있었다. 큰 산 자락에 둘러싸여 있는 산중의 스키장, 가슴까지 차오르는 정적을 안고 산을 마주한 채 납작 엎으려 있는 대지는 초록으로 채석되어 있다. 스키시즌 비성수기를 이용해 리조트에서 일박을 했다. 새벽안개 속에 피어나는 초록이 말을 건다. 어느새 내 뒤꿈치는 푸른 대지의 풍경에 막 피어나는 하루 속으로 젖어간다.

리조트 뒤뜰에 선다. 드넓은 초원 사이로 몸매가 매끈하게 잘빠진 자작나무들이 양쪽으로 줄지어 산자락 아래까지 자작자작 길을 내고 있다. 그 주변은 토끼풀, 노랑, 하양 이름 모를 들꽃과 초록이 사방으로 새벽을 안고 있다. 가만히 이슬을 털어낸다. 작은 잎들이 움츠러든다. 잠에서 깨어나 기지개를 켜는 모습이 눈앞에 아른거렸다. 나는 천천히 일어나 디딤돌로 열어놓은 오솔길을 걷는다. 숨을 들이켰다. 초록 물이 온몸으로 스며든다. 자작나무 사이에서 팔을 벌려본다. 양손 끝에 수피가 닿는다. 오톨도톨한 수피, 절기를 넘나든 흔적들이 그대로 덮여있는

오후의 그리움

것처럼 보였다. 그 시간이 지나간 자리에 남겨진 상처. 자작나무에 기대어 내가 걸어 나온 시간을 뒤돌아보았다. 작고 굵은 영상들이 자작나무 사이사이로 유영을 한다. 새벽의 촉촉함이 내 몸을 감싸 안는다.

그녀가 다가왔다. 자작나무에 기대고 있는 나를 카메라로 담는다. 자작나무처럼 매끈한 자태를 흉내냈지만 옆 라인이 밉살스럽게 툭 튀어 나와 있다. 늘어선 주름은 자작나무 수피와 닮아있다. 나도 모르게 언니에게 큰소리를 냈다. 배경을 화면 가득 넣고 나는 작게 더 멀리 가서 담아 달라고 했다. 몇 번을 찍고 지우고 반복해도 초록 안에 담겨 있는 나는 낯선 이방인처럼 어색한 웃음만 띠고 사진 속에 서 있다. 어색한 웃음의 포장지로 쌓여 있는 사진 속 그녀, 지나온 시간들을 헤집고 있다. 이런저런 생각에 말려 있는 내 표정을 읽은 언니, 새벽을 부산스럽게 흔든다. 그림이 압권이다. 아랫배 나왔네. 배에 힘주고 시선은 저 멀리 보내고 하나 둘 셋. 그냥 자연스럽게 걷다가 무심한 척 고개만 뒤로 하나 둘 셋⋯⋯. 언니와 나란히 이슬을 털어내며 산새 소리, 풀 향기, 초원을 깨우며 언덕을 넘는다. 밀밭의 풍경이 언덕 아래로 드넓게 펼쳐졌다. 바람이 불어왔다. 바람에 쓸리는 밀밭을 본다. 먼 해역으로부터 푸른 파도가 끝없이 밀려오는 해안에 앉아 있는 것만 같다. 바람이 그녀를 지나 내게로 불어온다. 그녀를 지나온 바람 끝에 빛바랜 오월의 향기가 서성였다.

고만고만한 산들과 들판이 어우러진 내 유년의 들녘이 어슴푸레 아른아른 거린다. 오월의 청보리밭. 보리꽃이 피어 한들거리면 엄마와 언니는 보리밭으로 놀러가듯 손에 가위와 비닐 포대를 들고 보리밭 속으로 들어간다. 엄마는 언니에게 쌀보리 이삭은 작고 통통하다 이것이 쌀보리다. 쌀보리는 자르면 안 된다. 쌀보리보다 몸통이 납작하고 길쭉한 이 녀석이 밀, 한 개의 낱알로 길게 올라온 요 녀석이 귀리다. 밀과 귀리 이삭만 잘라 비닐 포대에 넣는다고 했다. 엄마 왜, 왜 그래야 되는데……. 이것만 구워 주려고 호기심 많았던 나는 엄마를 졸졸 따르며 궁금함을 채워갔다. 보리 이삭이 노랗게 익으면 수확하고 잘 말려서 농협 수매에 등급을 잘 받으려면 쌀보리만 들어있어야지, 잡종 밀, 귀리가 섞여 있으면 좋은 등급을 받지 못한다고 했다. 엄마의 설명이 끝나기도 전, 또다시 내 입이 나풀거렸다. 등급을 잘 받아야 돈을 더 많이 받을 수 있다고……. 지난번 다녀간 봇짐장수 보자기 안의 리본 달린 분홍색 구두가 활짝 웃으며 내게로 성큼성큼 다가온다. 쌀보리는 토종이라 밭에서 나오는 쌀과 같고, 밀은 서양에서 물 건너와 잡종, 서양은 밀보리로 가루를 내어 빵을 만들고, 귀리는 풀과 같아 쓸모가 없다고 했다. 서양, 빵, 두 단어에 내 귀가 머리카락을 젖히고 한없이 커져가는 상상을 비닐 포대에 담아갔다. 마을회관 탁아소에 농촌활동 온 대학생 언니가 읽어 준 동화. 까막눈으로 만났던 신비로운 그림이 펼쳐지는 서양 책. 어떻게 밀로 빵을 만드는지 대여섯 살 머리로는 그림이 그려지지 않았다. 엄마는 귀찮은 듯 너는 저기 돌무덤에 가서 놀아. 하며 나를 몰아냈다. 밭에서 나온 돌을 모아 쌓아올린 돌무덤에서 흙으로 빵이 아닌 떡을 빚었다. 그녀들은 한참 동안 밀보리인지, 귀리인지 삭둑삭둑 자르면서 밭 한가운데 돌무덤까지 걸어 나왔다.

"언니, 쌀보리 아니, 리본 달린 분홍 구두는 안 잘랐지?"

"빵가루와 풀만 잘랐지."

언니의 비닐 포대를 쳐다보며 검사를 했다. 언니가 곁눈질을 한다. 혀를 날름 내밀고 돌무덤에 앉아 인어공주를 만났고, 토끼와 거북이처럼 보리밭을 누비고 다녔다. 몇 년이 지나서야 내 손에도 동화책 대신 언니처럼 가위와 비닐 포대가 들여질 때 그녀들이 보리밭에서 나눈 은밀한 대화를 알게 되었다. 엄마가 왜 밭으로 언니만 데리고 갔었는지, 엄마 혼자서 밭일하면 심심할까봐, 콩쥐 계모처럼 일만 시키는 언니의 계모도 아니었다는 것을……. 초등학교 졸업 무렵 그 숙제가 풀렸다. 엄마는 밭에서 풀을 뽑고, 곡식을 키워낼 때 언니와 내게 주문을 걸었다.

"동생한테는 나를 비춰주는 정직한 거울이 되어야 한다. 친구는 더하고 빼고 셈으로 나누지 말고, 마음으로 나누고, 머리로 셈하는 친구는 까끄라기 보리 이삭 수염처럼 곁에서 맴도는 친구가 된다. 초경이 오면 내 몸이 맞이한 손님이니 겁내지 말고, 몸가짐을 어떻게 해야 하는지……."

오 형제의 맏이인 언니는 엄마를 따라 유독 들녘에 자주 세워졌던 유년의 보리밭이 서양 밀밭에서 펼쳐졌다.

봄바람이 두 뼘도 안 되는 밀을 흔들고 지나간다. 내 곁에 앉아 있는 그녀를 본다. 유년의 청보리밭에서 어느새 사십 년 하고도 다섯이나 훌쩍 흘러나온 시간들이 그녀와 함께 앉아있다. 청보리밭에서 인성교육을 했던 엄마보다 더 익어있다.

그녀는 오 년 전 오월, 유방암 수술을 했다. 다 들어냈고, 다 빠져버린 그 흔적들과 마주하고 있다. 암흑의 터널에서 방황하던 그녀는 그 습한 잔향을 오월의 햇살에 말리고 있는 중이다. 지난해부터 조심스럽게 용기를 꺼내 든 언니는 오월이면 트렁크에 날개를 달았다. 초록의 풍경을 찾아 따스한 오월의 향기를 새롭게 담아가며 싸우고 있는 그녀의 뒤꿈치는 지난해보다 유독 헉헉거렸다. 전날, 언니에게 사진도 못 찍고 멋진 풍경을 있는 그대로 담는데 왜 이렇게밖에 안 되냐. 때론 자세를 낮추고 앵글에 맞추어 무릎도 꿇고, 성의껏 찍어 달라고 퉁퉁거리며, 셀카봉으로 바꿔버린 철부지 같은 내 모습, 유년의 보리밭에서 만난 내가 아직도 꿈틀거렸다.

잡종 밀보리로 가루를 내어 만든 크로아티아 오토칵 모닝빵 앞에 앉는다. 우리를 보리밭에 세웠던 녀석이 너란 말이지. 빵을 없앨 기세로 반을 가른다. 햄과 치즈 토마토 양상추를 겹겹이 넣었다. 구운 계란과 커피 두 잔이 비워질 때까지 서양 빵과 대립 중이다. 딱딱하고 제법 거친 녀석이다. 진열된 빵 중 유독 손이 가는 바게트, 여섯 끼를 먹다보니 입천장이 벗겨졌다. 유년의 보리밭에서 보리고추장을 넣고 쓱쓱 비벼줬던 엄마의 보리밥.

　"보리가 입안에서 빙글빙글 맴돌아. 하얀 쌀밥으로 바꿔 줘."

　유년의 그리운 투정이 서양 빵 앞에 아른거렸다.

　엄마도 같이 가자는 물음에 망설임 없이 대답만 빨랐던 엄마.

　그 옛날 밭고랑을 훨훨 날던 나비는 어느새 날개를 접고 멈춰 서 있다.

　긴 비행 시간, 장시간 버스 이동, 굽은 허리와 마음대로 움직여 주지 않는 걸음걸이에 접은 날개는 더 오므라들었다. 밭고랑을 훨훨 날던 그녀의 향기가 서양의 포크와 라이프 앞에서 머뭇거리며 낯익은 엄마의 목소리가 들렸다.

　오월의 푸른 향기를 가득 실코 인천에 도착한 우리는 8박 9일의 시간을 제각각 기억의 서랍에 넣고 떠나 왔던 일상으로 다시 끌고 간다. 붉은빛 석양이 그녀의 뒤를 따라간다.

　엄마의 붉게 달궈진 석양의 시간에 언니와 나는 엄마의 곡식으로 익어있다.

　언니와 나도 그녀가 되어 그 석양의 시간에 서 있다.

등산화 신은 자아

세로(世路)의 길 위에
커피를 내린다 회고를 첨가하여
짧고 굵은 도심의 이야기를 메고
뒷걸음질하는 발꿈치를 질끈 묶는다.

코끝을 살며시 두드리는 숲 향기
달콤하게 말을 거는 신선한 바람
한 걸음, 한 걸음 나를 열어간다

찌르르 찌찌
핏이 핏
헉 헉
사그락사그락 회고를 벗겨내는 소리

커피 한 모금의 여백
짙어진 영상들 하나씩 걷어 내리는
산허리

굽이굽이 물소리를 듣는 도심의 그늘

산허리에 멈춰 선다.

오후의 그리움

최미숙
2030cms@hanmail.net

김밥을 말며

바람이 스산하게 불어옵니다.
옷깃을 여미고 따뜻한 국물에
김밥 한 줄 맘 편히
먹을 수 있으면 좋겠습니다.
허기진 마음 조금이나마 채울 수 있게……

김밥을 말며

봄비가 사부작사부작 내리는 출근길에 아들 또래의 김 선생의 얼굴이 떠올라 김밥 두 줄을 더 챙겼다. 가냘프고 맘이 여린 그녀가 이번에 상심이 클까봐 걱정이다.

"선생님, 이번에도 또 수강생이 줄었어요. 폐강되면 어떡해요."

역사논술을 가르치는 그녀는 막 서른 줄에 들어섰다. 이번 분기에 접수한 서너 명의 학생을 두고 수업을 계속할지 고민 중이다. 나를 보면 벚꽃처럼 수줍게 웃어주는 그녀가 언제쯤 꽃다운 젊은이답게 환하게 미소 지을지 안쓰럽다.

"엄마한테 늘 죄송해요. 맏이 노릇도 못하고……" 줄줄이 동생을 거느린 그의 하소연이다. 용돈 벌이도 안 되는 강사료로 버티기 힘들다는 풀죽은 그녀에게 마땅한 위로의 말을 찾지 못한다. 그녀와 김밥 한 줄 나눠먹었다.

날카롭게 잠을 깨우는 알람을 서둘러 껐다. 아침부터 손이 바쁘다.

"엄마, 웬 김밥?" 샤워를 마친 아들이 김밥 꼬랑지를 집어 든다.

"오랜만에 솜씨 좀 부려봤다."

좋아하는 참치 치즈 김밥을 뚝딱 먹어 치운 아들이 내 어깨를 몇 번 주무르더니 출근 채비를 서두른다. 아르바이트로 늦게 잠들어 부스스한 얼굴로 일어난 딸아이가, "엄마 김밥 쌌어요? 맛있겠다. 친구랑 학교 가서 먹게 두 줄만 싸줘요."

대학 4학년인 그녀는 늘 몸과 마음이 바쁘다. 김밥을 좋아하는 식구들을 위해 넉넉하게 몇 줄 더 말아놓았다.

　매일 아침 김밥을 말던 날이 있었다. 취업을 준비하는 아들을 위한 것이었다. 아이의 낯빛이 어두운 날엔 김발을 누르는 손에 힘이 빠졌다. 옆구리 터져버린 김밥처럼, 쓰린 내 가슴도 타들어갔다. 그럴 때마다 먹빛 같은 김을 펼치고 기도하는 마음으로 김밥을 말고 또 말았다. 인생을 건너는 뗏목 위에 선 아들, 김발같이 얇은 그 위에서 보이지 않는 길을 찾으며 얼마나 힘들고 불안했을까? 단단한 밥알 속에서 피어오르는 삼색의 꽃들처럼 그도 이제 서서히 꽃망울을 터트릴 준비를 하고 있다.

　어릴 적 김밥은 특별한 날에나 맛보는 기다려지는 음식이었다. 소풍날이면 김밥 싸달라고 엄마에게 졸라댔지만, 맨밥 도시락으로 소풍 가기 일쑤였다. 어느 소풍 가는 날 아침, 참기름 냄새가 집안 가득했다. 아픈 엄마를 대신해 할머니가 김밥을 싸주셨다. 점심시간 친구들과 둘러앉아 두근거리며 도시락을 열었다. 참기름으로 버무려 싼 내 김밥은 빛깔이 누르스름해서 하얀 쌀밥으로 싼 아이들 것과 달랐다. 어린 마음에 누런 보리밥으로 싼 것처럼 보일까봐 부끄러웠다. 할머니를 원망하며 서둘러 꾸역꾸역 밀어 넣었던 기억이 아련하다. 모양이나 빛깔은 예쁘지 않았지만 정성이 듬뿍 들어갔을 할머니표 김밥의 맛은 아직도 입안을 감돈다.

　김밥을 마는 것이 행복한 시절도 있었다. 아이들이 어린 시절, 우리 가족은 콜로라도 덴버에서 두 해를 살았다. 아이들에게 더 많은 세상을 보여주고 싶어 시간 나는 대로 여행을 떠났다. 여행할 때면 경비 절약을 위해 전기밥솥을 가지고 다니면서 모텔에서 밥을 해먹으며 다녔다. 때로는 아침에 먹고 남은 찬밥에 김치와 고추장, 참기름을 넣고 양푼비빔밥을 만든 후, 김 한 장 통째로 김밥을 말아 손에 들고 우걱우걱 먹곤 했다.

빈약한 속 재료였지만 웃음 가득했던 못난이 김밥을 잊을 수가 없다.

　대학을 졸업하고, 취직을 하고, 결혼하고 아이 낳고 사는 일상적인 삶이 요즘 젊은이들에게는 그저 평범하지만은 않다. 청춘은 아름답다 하는데, 빛나는 그 시절을 온통 취업 걱정에 짓눌린 무거운 어깨를 보면 가만히 다독여 주고 싶다. 어젯밤 뉴스에 노량진 학원 수험생들이 밥 먹는 시간이 아까워 김밥 한 줄 사먹으며 공부를 하고 있는 모습이 비춰졌다. 그들 속에 있었던 아들의 모습이 떠올랐다. 진로를 또다시 고민하는 김 선생의 모습도 지나갔다. 저들에게 따뜻한 김밥 한 줄 입에 넣어주고 싶다. 김밥은 내가 먹기 위해서 만들기보다는 식구들을 먹이기 위한 음식이다. 그래서 김밥을 싸는 마음이 더 애틋하다. 한 줄 김밥이 나에게는 단순히 배를 채우는 음식이 아니라, 가슴 먹먹한 위로이고 아득한 추억인 것이다.

　유난히 화창한 오후, 특별히 아이들이 좋아하는 불고기 김치 김밥을 싸서 둘레길에 나섰다. 모처럼 동행하는 딸아이가 아빠와 오빠에게 진로에 대한 고민을 털어놓는다. 졸업반인 딸아이도 이제 사회로 나가야 할 기로에 서 있다. 고민도 많고 걱정도 많을 것이다. 아슬아슬한 김발 같은 뗏목 위에 인생이라는 항해를 시작했으니 도착지점이 나올 것이다. 옆구리도 터져가며 김밥을 말다 한 장의 김에 삼색의 재료가 꽃을 만들 듯 앞으로 펼쳐질 아이들의 미래도 활짝 꽃 피우길 소망한다. 끈적거리는 밥알처럼 붙어있는 가족이라는 울타리가 늘 힘이 되고 아이들의 열정과 노력이 빛을 발할 날이 멀지 않았음을.
　딸아이의 조잘거리는 소리를 들으며, "그래, 많이 물어보고 실컷 고민해라. 내년에는 엄마가 또다시 김밥을 말며 가슴 아프지 않게 해다오!" 중얼거리듯 내뱉는 이 말을 바람이 삼켜버렸는지 딸아이 여전히 해맑다.

　　　　　　　　　　　　　　　　　　　　오후의 그리움

오두석

ocdc7182@hanmail.net

경춘선을 깨우다
월악산 프란체스카!

오랫동안 곁에 있던 것이 없어진다면 서글프다.
젊은 날 싸돌아다니던 춘천가는 기찻길이 우리
들 허락도 없이 뜯겨졌다. 만만했던 대성리 포장
마차, 강촌 민박집 따위의 낭만도 이젠 물어야만
하는가? 일부 남겨둔 철길 침목을 따라 타박타박
걸어보았다. 다행이었다

경춘선을 깨우다

젊은 날의 백수가 다시 찾아왔다. 예전부터 오지랖이 넓다는 소리를 많이 들어왔는데 넉넉해진 시간은 그걸 확인하는데 충분했다. 그래서일까 문득 가보고 싶은 곳이 생겼다. 덜컹대는 열차 소리에 흥분하던 해방구 경춘선.

서슬 퍼렇게 번쩍거리던 철길은 사라지고 녹이 슬었다. 들풀이 무성한 채 침목은 떨어져 나가고 자갈은 저들끼리 뒹굴고 있었다. 거미줄 투성이 시골 폐가 같았다. 메뚜기가 개구리처럼 뛰놀고 잠자리가 제집인 양 오르내리며 간지럼을 태워도 철길은 혼내지 않았다. 제법 우렁찼던 굉음은 어디가고 그냥 잠들어 있는 경춘선. 늙은 반려견 같다. 이미 없어진 철길이건만 저기 어디쯤 춘천가는 열차가 돌아 나올 것만 같아 한참을 쳐다보았다.

철길을 그냥 두었다니 다행이었다. 옛날이 그리울 때면 여기로 찾아오라는 배려일지도 모르겠다. 철길이 이어준 인연으로 결실을 맺은 사람은 행복하다. 그러나 인연이 아닌 경우는 아픈 기억이 되고 추억과 낭만이 되었다. 철길은 그것들을 간직하며 붉은색 녹이 된 건 아니었을까. 나는 철길에 가만히 앉았다. 덕지덕지 내려앉은 녹을 벗겨내며 잠들어 있는 경춘선 철길을 살며시 흔들어 깨웠다. 묻어 두었던 기억들이 툭툭 불거져 올라왔다.

'영은'에게 편지가 왔다. 방송국에 전시된 내 엽서에 호감을 느꼈다고. 당시 처지를 비관하며 엽서에 험악한 얼굴를 그렸었는데 그게 누구인지 궁금하다고 했다. 살구빛 종이에 정성껏 예쁘게 써내려간 글자들을 읽고 또 읽었다. 행복했고 설레였다. 밥상머리에 엎어져 자다 깨보니 날이 밝았고 여기저기 구겨진 종이가 널려있었다. 답장의 흔적들이 요란했다. 쓰다만 편지를 읽는데 너무나 유치했다. 역시 밤새워 쓴 연서는 부치면 안된다고 누가 말했는지 명언이었다. 이번엔 방바닥에 엎드려 볼펜을 집었다. 어젯밤과 달리 또박또박 글씨도 잘 써졌다.

그녀는 강원도 춘천에 살고 있으니 중간쯤 만나면 제법 멋있을 거라 생각했다. 경춘선의 경강역은 원래 서천역인데 장항선의 역과 혼동되므로 경기도와 강원도 한 글자씩 땄다는 의미도 덧붙이며 그곳에서 만나자고 했다. 누구에게 글로써 나를 소개한다는 게 얼마나 쑥스러운지 처음 알았다. 보통의 키와 몸무게, 길게 기른 머리칼과 옷 색깔 등. 나의 소개를 어색하지만 뻔뻔하게 늘어놓았다.

약속시간보다 일찍 도착하여 둘러본 역은 아담했고 왠지 낯설지 않았다. 춘천에서 온 열차는 한무리의 사람들을 내려놓았다. 플랫폼에서 역으로 이동하는 사람들을 훑어보았다. 내가 상상했던 작은 키와 단발머리 같은 여자는 없었다. 혹시 저 사람이 아닐까 기대하며 안 보는 척 슬쩍 바라보았지만 무심히 지나갔다. 친구끼리 수다를 떠는 여자들 또한 뭐가 그리 좋은지 마냥 웃으며 나를 버리듯 비켜갔다. 시간은 반나절이 지났고 사방이 어둑해지려 했다. 지나가는 열차 안 사람들이 나를 보며 비웃는 듯 보였다. 화물열차도 내 앞을 지날 때마다 덜컹거리며 석탄가루를 날리고 있는데 갑자기 슬퍼졌다. 편지를 받기는 했을까? 답신을 했는데 내가 받지 못한건가? 온갖 추측을 하다가 결국 급한 사정 때문에 못 온 것으로 마음을 추스렸다. 멀찌감치서 나를 보고 실망해 그냥 돌아갔다면 그것처럼 비참한 것은 없을 테니. 개찰구를 빠져나왔다. 신물이 난 열차 대신 버스를 타야 했다. 터덜터덜 걸음과 달리 왜 그런지 기분은 잘 정돈된 책꽂이 같았다. 차창에 비친 나의 일그러진 얼굴이 낯설었다. 고개를 돌리니 버스 안에서 환청이 들렸다. '젊은이, 인연은 억지로 맺는 게 아니라네' 잊자고 했지만 그건 생각뿐이었다.

시간이 많이 흘렀건만 그때의 느낌은 판화가 되었으니 지금도 잊힐 리가 없었다. 전화가 없던 시절 사는 곳과 이름만 빼고 아무것도 몰랐다. 살면서 한번쯤 첫사랑이란 홍역을 치른다지만 나에겐 안 왔다. 그녀와 인연을 이어갔다면 나에게도 홍역이 찾아왔을까? 만남은 좋은 것이지만 인연이 아닌 경우가 더 많고, 기다림은 설렘과 같이 오며, 지키지 못할 약속은 하면 안된다는 가르침을 주었다. 만나지 않은 것이 오히려 좋았다고 스스로를 다독였다. 살아가며 여유와 감성을 키워 준 계기도 되었다.

저 길을 따라 가면 경강역에 다다를 것이다. 그때의 흔적들은 얼마나 남아 있을까? 마침내 구겨버렸던 딱딱한 승차권이 아직도 자갈에 묻혀 있진 않을까? 하염없이 기다렸던 낡은 플랫폼, 껑충한 소나무들, 나에게 수없이 발길질당했던 애꿎은 철길은 그대로 있을 테지. 젊은 날이 그리우면 잠든 경춘선에 언제라도 찾아와 깨우리라. 지금 나는 어디쯤 와 있는지, 남은 시간을 허투루 쓰고 있는 건 아닌지, 주변의 소중한 인연들을 돌아보는 시간이 될 테니.

이제 복선 전철로 바뀐 경춘선은 편해진 대신 추억과 낭만이 사라졌다. 그래도 새로운 철길 어딘가엔 또 다른 멋진 인연을 만들고 있을 테지. 그리고 버려진 인연은 예전처럼 철길에 내려앉아 붉은 녹이 될 테고, 누군가는 녹을 뜯어내 아픈 기억을 소환하겠지. 세월이 아무리 흘러도 사람 냄새 나는 곳엔 서성대는 인연이 있기 마련이니.

　경춘선 자전거 길에 등굽은 노인이 유모차 휠체어를 잡고 힘겹게 서 있다. 건너편 길에선 멋진 유모차에 어린 딸을 태운 젊은 엄마가 빠르게 지나간다. 세대교체가 되고 있는 중이다. 추억과 낭만을 찾으러 왔다가 어느새 저들 틈새에 끼여 있는 나를 발견했다. 엉거주춤 서 있는 나에게 자전거 한 대가 길을 비키라며 찌르릉거렸다. 급하게 철길로 두 걸음 피하는데 메뚜기 서너 마리가 놀라 달아나고 있었다.

월악산 프란체스카!

"물이 깊지는 않나요?"

여인은 미소를 띠며 물었다. 화장기 없는 얼굴에 긴머리를 뒤로 말아 올린 모습은 싱그러웠다. 옆에는 딸인 듯 어린아이가 손을 꼭 잡고 있었다. 물의 깊이는 적당하나 차가워서 아이들 놀기는 위험하다고 아주 친절하게 말해 주었다. 고맙다며 돌아서서 가는 뒷모습을 보니 그냥 이불 껍데기를 말아 놓은 듯한 옷을 입고 있었다. 어쩌면 헐렁한 원피스 한 장을 걸치고 있다는 표현이 정확할지도. 힘들게 텐트 설치를 끝낸 후, 계곡에서 땀을 식히고 있는 나에게 캠핑의 첫날은 이렇게 시작되었다. 월악산 닷돈재야영장에서.

계곡 바로 아래쪽에서 커다란 갈색 텐트가 날개를 펼치는 중이었다. 얼핏 눈에 들어온 것은 아까 계곡에서 만난 그 여인이었다. 올망졸망 아이들이 셋이나 되었다. 남편이 펼치려고 하는 텐트는 여러 차례 쓰러지기를 반복했다. 얼굴이 빨갛게 된 걸 보니 텐트와 한판 결투를 벌이는 게 분명했다. 여인과 아이들은 텐트엔 전혀 관심없었고 자기들 놀이에 빠져 있었다. 안쓰러운 마음에 도와주고 싶었지만 선뜻 나서게 되면 캠퍼들의 자존심이 상한다는 걸 알기에 꾹 참았다. 잠시 한눈을 팔고 있었더니 텐트는 제법 틀을 갖춰갔고 가족들은 그 속으로 들어갔는지 보이지 않았다.

저녁식사 준비를 위해 취사장으로 향했다. 그 여인은 토마토를 씻고 있다가 나를 보더니 환하게 웃어 주었다. 어떻게 혼자 왔느냐 언제까지 있을 거냐 따위를 물어왔지만 그런 틀에 박힌 얘기들은 둘 사이의 어색한 시간들을 잘 버무려주었다. 쌀뜨물을 흘려보내며 이번엔 별로 궁금할 것 같지 않은 표정으로 어디에 사느냐고 물었다. 뻔한 질문이 좋았다. 여인과 그런 식의 살점 없는 대화가 좋았다. 단 둘이 취사장에 있다는 사실이 좋았다. 낮에 보았던 빛바랜 푸짐한 원피스는 여전히 편안한 느낌을 주고 있었다.

장작불을 호기롭게 피워 삼각대에 더치오븐을 걸었다. 그 속엔 올리브유와 후추를 듬뿍 바른 닭 한 마리와 돼지목살 등이 자리잡았다. 사방의 캠핑족들이 앞다투며 고기를 굽고 있었다. 하얀 연기와 함께 퍼지는 냄새는 대략 어떤 음식인지 짐작이 갔다. 다양한 식재료를 꿴 꼬치구이 익는 냄새가 압권이다. 나의 식탁에서도 남부럽지 않은 냄새가 풍기기 시작했다. 이 시간만큼은 어떤 잘못도 용서가 된다는 친구의 말이 생각났다. 올해는 사정이 생겨 나 혼자 왔지만 황홀한 안주에 시원한 맥주한 캔을 딸 때 비로소 캠핑의 꽃이 핀다는 말도 실감났다.

음주를 곁들인 풍요로운 식사 후엔 모든 평화가 밀려왔다. 릴렉스 의자에 몸을 던졌다. 모처럼 밤하늘을 올려다 보았다. 쏟아질 듯 별들이 촘촘하게 박혀있는 그곳에선 드보르작의 신세계교향곡이 울려퍼졌다. 오랫동안 바라보아도 질리지 않았다. 별 하나 나 하나, 별 둘 나 둘, 별 셋 나 셋……

나를 흔들어 깨우는 손길이 느껴졌다. 눈을 살며시 떴다. 그녀의 환한 미소는 눈이 부시도록 아름다웠다. 나를 처음 만난 순간, 오래전 알고 지냈던 어떤 남자와 너무 닮아 놀랐다고 했다. 두 손엔 레드와인을 가득 담은 커다란 풍선 잔을 들고 있었다. 그녀와 잔을 가볍게 부딪치며 한 모금씩 마셨다. 나는 무슨 말을 하려고 했으나 아무 생각이 나지 않았다. 와인은 모두 비워졌고 그녀는 가족이 있는 텐트로 걸어가고 있었다. 손을 뻗어 잡으려 했지만 몸이 움직이지 않았다. 입에선 말소리도 나지 않았다. 갑자기 누군가 얼굴을 때렸다. 손으로 만져보니 물푸레나무 씨앗들이 바람에 우수수 떨어져 내렸다.

꿈은 고약했지만 깨고 나니 아쉬웠다. 그녀가 머물고 있는 텐트 쪽을 바라보았다. 환한 불빛 식탁 주변엔 그녀는 보이지 않고 가족끼리 해먹을 타며 놀고 있었다. 어디로 간걸까? 정말 나한테 왔다 간걸까? 여운은 계속 가시질 않았다. 그때 그녀가 세면장 쪽에서 내 앞으로 지나가고 있었다. 이번엔 우수에 젖은 얼굴이었다. 낯설고 불편해 보였다.
"어디 편찮으신가요?"
용기를 내 물었지만 대답 대신 말없이 웃어주었다. 그녀는 꺼져가는 장작불씨를 부지깽이로 뒤적거리더니 말을 조심스럽게 꺼냈다. 아까 나의 더치오븐을 보는데 옛날 생각이 나서 많이 힘들었다고 했다. 결혼 후 십 년 동안 아이 낳고 열심히 살아온 것밖에 아무것도 없다며 고개를 떨구었다. 슬그머니 캔 맥주를 건넸으나 아이들한테 가 봐야 한다며 조심스럽게 사양을 했다. 원피스는 어제보다 더 구겨졌고 끝단에는 기다란 실밥이 나풀거렸다. 커다란 두 눈과 대조가 되는 느낌이었다. 누군가를 사랑하려면 그 사람의 그림을 그리면 된다는 말을 했다. 자신이 원망했던 아버지였지만 초상화를 그리려고 일주일간 사진을 들여다보니 미움은 없어지고 연민과 사랑이 느껴지더란 말도 했다. 그러면서 캐리커처

오후의 그리움

작가를 포기했던게 제일 아쉽다고 했다. 문득 주책맞게 나의 사진도 그려달라고 주문하고 싶었지만 그럴 수 없었다. 꼰대일 수 없었고 마음을 들키기 싫었으니. 나이 사십 세에 아이 셋 달린 여인들의 권태기인가? 자신의 세계에서 벗어나고 싶은 가여운 여인이여. 갑자기 안아주고 싶은 충동이 일었다. 그렇다 '메디스카운티의 다리'가 떠 올랐다.

그녀는 프란체스카다. 나를 따라 나서고 싶지만 가족 때문에 그럴 수 없는 가엾은 여인이다. 나는 남자 주인공 로버트. 여기 계곡도 작은 아치형 다리가 있다. 우리 또한 나흘 동안 마주하고 있다. 그런데 그의 가족들은 출타하지 않았으니 애석했다. 스케치북을 펼쳤다. 주변 풍경을 담는 각도에서 그녀를 담기로 했다. 그러나 편안한 원피스와 그들의 텐트만 그렸을 뿐 얼굴은 그릴 수가 없었다. 남편의 선한 얼굴에 죄를 짓는 것 같아 차마.

월악산에 파묻혔던 날들이 지나갔다. 흘러간 시간의 팔 할은 온통 나의 프란체스카였던 그녀에게 할애되었다. 며칠 동안 싱그러운 시절로 데려다 주었던 캠핑장을 빠져나가다 잠시 멈추었다. 아직 캠핑장에 남아 있는 그 여인을 향해 손을 몰래 흔들었다. 나의 프란체스카여 잘 있어요. 그리고 잘 이겨내기 바랄게요. 그러나 아니면 다행이고요. 좌회전 신호를 기다리는데 휴대폰이 울렸다. 화면 가득 아내의 웃는 얼굴이 떴다.

한인숙

hhislyh@hanmail.net

순례의 길
신두리 해안사구에서 만난 여인

태풍이 지나간 불광천변엔, 뿌리뽑힌 나무가
누워있고, 불어난 냇물에는 물고기와 원산지
가 중남미라는 열대어 구피와 철새들이 활기
롭다. 생과 사가 뒤섞인 세상에 아주 작은 점
처럼 내가 살고 있다.

순례의 길

꿈속에선지 생각 속에선지 나는 환하게 웃고 있는 남편을 바라보고 있다. 다정한 대화도 나누었다. 남편의 손을 잡아본다. 잡히지 않는다. 분명 잡았다고 생각하지만 손은 자꾸만 허공을 휘두른다. 꿈이었다. 집 안은 텅 비었고 남편은 사진 속에서 웃고 있다. 그는 지난해 늦가을 세상을 떠났다. 긴 겨울이 지나고 아직도 찬바람이 옷 속을 파고드는 삼월, 어느 사이 산수유나무의 노란 꽃망울이 봄소식을 알린다. 평생을 함께 살아온 남편이 세상을 떠나도 살아남은 세상은 눈 하나 깜짝도 없이 정해진 대로 계절도 변하고 아침이면 해가 뜨고 저녁이면 해가 진다. 세상은 그대로인데 그 사람만 없다.

폐암 4기 판정을 받았을 때 남편은 치료를 거부했다. 여동생이 같은 병으로 병원에서 시키는 대로 치료를 다 받았지만 투병한 지 일 년도 넘기지 못하고 죽었다. 그 모습을 모두 지켜보았던 그의 선택이었다. 치료받자고 설득하였지만 꺾지 못하고 퇴원하였다. 남아있는 시간을 아무 일 없다는 듯 보냈다. 매일이 바늘방석 위였다. 나는 답답한 집에서 남편 시중드는 일이 끝나면 밖으로 나와 서성였다. 길을 걸으면서 옛일을 생각한다.

가슴에 묻어둔 딸이 자꾸만 생각난다. 어느덧 30년이라는 시간이 흘러갔다. 학교 도서관으로 공부하러 간 딸이 죽었다고 연락이 왔다. 공부

오후의 그리움

하다 남자친구와 바람 쐬러 홍천에 놀러 갔다가, 사진 찍으며 뒷걸음질을 치다 낭떠러지 물속으로 떨어지고, 딸이 구한다고 뛰어들고 젊은 커플이 같이 죽었다. 모질게도 그날을 흘려보내지 못한 나는 여전히 한곳에 머물지 못하고 있다. 그 아이가 다니던 서강대 캠퍼스를 헤매고 다녔다. 그곳에 가면 단발머리 그 청춘을 만날 수 있을 것 같았다. 누군가 열심히 따라가다 보면 어디까지 갔는지 알 수 없는 거리의 미아가 되어 헤매는 이방인. 스스로에게 낯설다. 수십 년이 지난 지금도 묻고 싶었다. 어찌 그리도 빨리 갔느냐고.

그는 내가 해 주는 대로 식사도 잘하고 규칙적으로 운동도 다녀오고 별일 없는 듯 그날그날 잘 지내는 듯하였다. 맛있게 식사를 하고 나면 "잘 먹었습니다. 황 여사님!" 꼭 인사를 한다. 밖을 헤매다 돌아오면 "어서 오세요. 황 여사님!" 호탕한 웃음으로 반긴다. 6개월이 지나면서 병세는 깊어지고 스스로 일어나지 못하더니 구급차에 실려 병원을 드나들다 그 아이 곁으로 떠났다.

장례를 치르면서도 허공을 딛고 있는 것 같았다. 손님들이 오고 위로의 말을 나누는 자리에서도, 입관을 하는 자리에서도, 화장장 안으로 들어가는 그를 보며, 잘 가라는 인사도 눈물 한 방울도 나오지 않았다. 나는 혼자 중얼거린다.

"나는 뻔순인가? 영이별인데 어쩜 이렇게 눈물이 안 나올까?"

그냥 내일이 아닌 남의 일 같았다. 그건 지금도 그렇다. 어딘가에서 나타날 것만 같다. 그렇게 미워했었는데 지금은 그리움인가? 해야 할 일이 없었다. 아니 무엇을 해야 하는지 알 수가 없다. 하루 종일 텅 빈 집에서 누군가를 기다린다. 창밖을 내다보니 마스크로 입을 가린 수없는 사람들이 서둘러 오간다. 하늘을 올려다보니 뿌옇게 황사가 뒤덮고 있다. 세상은 아옹다옹 다툼의 연속인가. 아니면 보이지 않는 질서 있는 행진의 대열인가. 그 대열에서 혼자만 뒤쳐져서 방향을 잃은 느낌이다.

결혼했을 때 홀로 되신 시할머니와 시어머니 그리고 시동생과 시누이 대가족의 장남이었다. 철없는 나이에 활짝 웃는 호탕한 웃음소리와, 장래에 정치인이 되고 싶다는 그의 패기 있는 젊은이의 꿈에 자신을 맡겨 보고 싶었다. 그러나 현실은 달랐다. 커다란 문구 도매를 하였다. 아침에 눈을 뜨면 잠자리에 들 때까지 하루 세끼 밥하랴 가게 일 도와주랴 매일이 전쟁터였다. 아이들 삼 남매가 태어나고 힘든 마음을 알아주고 보듬어 주던 시할머니는 돌아가시고, 시누이와 시동생이 결혼을 하고, 아이들 학교 보내기 전에 정선에서 서울로 이사를 하였다. 시어머니는 키가 아주 크고, 살림에는 전혀 관심이 없었다. 고부갈등 사이에서 남편은 언제나 나에게 참으라고 했다.

딸의 장례를 치루고 돌아온 날 딸의 방으로 들어가 보니 시어머니가 아이가 입었던 옷과 소지품 그리고 아이 사진을 모두 태워버린 후였다. 어처구니가 없었다. 버리더라도 내가 버리고 태우더라도 내가 할 것이었다고 악을 썼다. 새끼 잃은 어미의 심정을 몰라주는 시어머니가 너무 밉고 싫었다. 아이가 아끼던 책과 입었던 옷에서라도 체취를 느끼고 싶었건만 사진 한 장도 안 남기고 다 태워버린 시어머니는 나를 거리로 내몰았다. 남편 사업이 곤두박질을 치고 있던 시기라 아이들 용돈도 잘 주지 못했다. 죽은 아이 지갑 속에 만 원짜리 한 장이 달랑 들어있었다.

잃어버린 아이를 찾아다니다가 기진해서 집에 돌아오면 시어머니는 하루 종일 어디 갔다 왔느냐고 따지듯 물었다.

그는 여전히 시어머니 편을 들면서 어머니가 사셔야 얼마나 사시겠냐고 하였다. 속을 꾹꾹 누르며 대걸레질을 하다가 남편에게 휘둘렀다. 귀에 딱지 안겠다고 고함을 질러댔다. 나보다 더 오래 사실거야 그만해. 덧붙였다. 두 다리 뻗고 앉아서 딸아이 이름을 부르며 통곡을 하였다. 가슴이 답답하고 터질 것 같았다. 그때부터 남편은 남의 편이 되었다. 아니 그 아이가 세상을 떠난 그날부터 내 편은 없었다. 나는 사라진 딸아이 대신 길 잃은 미아가 되어 이곳저곳 기웃거리는 이방인이 되었다. 집에 들어가면 가슴이 답답하고 밖으로 나와야 조금은 숨을 쉴 수 있었다.

딸아이가 떠나고 십년 후에 큰아들이 결혼하고 첫 손녀가 태어났다. 신기하게도 손녀는 제 고모를 쏙 빼다 박은 것처럼 닮았다. 직장생활하는 며느리 도와주며 손녀를 매일같이 길러주었다. 금이야 옥이야 기르면서 딸아이를 잃은 아픔도 조금씩 흐려져 갔다. 95세에 시어머니가 돌아가시고 2년 후에 남편이 아프기 시작했다. 어머니 가시고, 짐 덜고 홀가분하게 살아보지도 못하고 남편은 그 뒤를 따라갔다. 꿈 많던 청춘은, 이루고 싶었던 희망을 한번이라도 성취해 보았는가. 살아가는 일에 허덕이여 세월만 보내다가 가버렸다. 내 곁에 이제 아무도 없다. 밖에 나가서 거리를 헤매고 돌아와도 기다리던 사람은 없다. 무엇을 하며 살아야 하나? 영영 마음을 놓아버릴 것 같다. 텅 빈 마음을 추스르고 싶은 생각도 없다. 머리가 허연 노부부가 손을 잡고 길을 가고 있다. 그들은 어디로 가는 걸까.

3월 중순이다. 봄바람은 가슴을 파고든다. 개천 변을 따라 걷고 또 걸었다. 오늘도 미세먼지가 온 하늘을 뒤덮고 있다. 걷다 보니 강가였다. 무심히 흘러가는 강물을 하염없이 바라본다. 남편이 좋아하던 메기의 추억 노래가 들리는 듯하다. 옛날에 금잔디 동산에 메기같이 앉아서 놀던 곳. 물레방아 소리 들린다. 메기 내 사랑하는 메기야…… 입속에서 웅얼거려 본다. 강변의 풀밭에 바람을 뚫고 올라온 새싹들이 파릇파릇하다. 얼굴을 내민 민들레 그리고 냉이도 제법 자랐다. 무심히 길을 걷다가 그들을 보기 위해 쪼그리고 앉았다. 겨우 얼었던 땅이 제대로 녹지도 않은 듯한데 파릇한 얼굴을 내밀고 봄을 노래한다. 너희들은 춥지도 않니? 밤이 되면 더 추울 텐데 안 그래?

생명력이 대단하네. 사람은 가면 그만인데 너희들은 살아있었구나. 이렇게 살아났는데…… 자꾸만 되뇌인다.

어두운 밤. 12차로에 오고가는 차들이 경적을 울리고 헤드라이트의 현란한 움직임에 대로가 흔들린다. 어떤 운전자는 창문을 열고 소리를 지른다. 나는 아무런 반항도 하지 않고 길을 따라간다. 앞에는 나풀나풀 앞서서 뛰어가는 어린 딸아이가 있다.

"아가야! 아가야! 엄마하고 같이 가자."

신두리 해안사구에서 만난 여인

　장마가 시작되어 빗소리에 밤잠을 설쳤다. 여행 가기 전날의 설레임 때문인지 자다 깨다 반복이다. 비는 그쳤지만 하늘은 잔뜩 흐려있다. 차 창 밖은 밤에 내린 비로 싱그러운 초여름의 초록들이 넘실댄다.

　'나 아닌 나에게로 떠나는 여행'이라는 주제로 떠난 문학기행은 홍성에 자리잡고 있는 만해 한용운의 생가, 문학관 방문과 태안의 신두리 해안사구 두 곳을 찾는 일정이다. 나에게 문우들과 떠나는 여행은 오아시스다.

　홍성에서의 오전 일정이 끝나고 태안으로 건너가니 신두리 해안사구에서 우리를 기다리고 있던 문화해설사가 반갑게 맞이한다. 자그마한 키에 친근감이 느껴지는 그녀의 첫마디에 보통 사람과 다른 범상치 않음을 발견했다.

　"해안에 피어오르는 해무가 오늘은 바다와 바람에 춤추며 노니느라 온종일 엉금엉금 기어다니고 있어요."라는 그녀의 말에 귀가 번쩍 띄었다. 처음 발 디뎌 본 해안사구에 호기심이 생겼다. 그 여인이 이야기하고 설명하는 것을 한마디라도 놓칠세라 귀를 바짝 열고 따라다녔다. 사구센터는 해안사구가 시작되는 지점에 자리 잡고 있었다. 앞마당에는 숨비기라는 이름의 키 작은 낯선 나무가 있다. 그녀는 잎을 따서 비벼보라고 한다. 향긋한 내음이 난다. 제주도의 해녀들이 물속에서 물질을 하다 물 밖으로 올라올 때 거칠게 내쉬는 숨소리를 숨비소리라고 하는데 이 소리를 내는 해녀들이 두통을 잊기 위해서 가지를 꺾어 방에 두었다고 한다. 순비기나무를 바라보면서 고된 물질로 가족을 부양했던 고달픈 해녀들의 사연을 엿본다.

그녀의 모습에서 해안사구를 얼마나 깊이 사랑하는지 느껴져 점점 그 사랑에 함께 빠지고 싶어졌다. 해당화 동산을 지나며 보니 키 작은 해당화가 꽃은 몇 송이 남지 않았지만 열매가 불그스름하게 익어가고 있다. 우리나라 아줌마들의 에피소드를 들려주었다. 어느 날 방송에서 해당화 열매가 당뇨에 좋다고 했단다. 바로 그다음 날로 열매를 따가느라고 해당화나무가 수난을 당했다니 쓴웃음이 나온다. 자신의 이득을 위해서는 자연 훼손도 그 무엇도 아랑곳하지 않는다고 안타까워하는 그 여인이 사랑스럽다.

사구는 차츰 현대의 산업 발전과 더불어 본래 모습에서 많이 변화되어 가고 있지만, 신두 해변을 따라 펼쳐진 사구의 전체 길이는 3.5km, 그 여인은 펼쳐져 있는 사막을 걷고 또 걸으며 무슨 생각에 사로잡혀서 이곳에서 살다 싶이 할까?

곰솔 생태 숲에 들어서서 튼실하게 자리 잡은 곰솔 군락지를 자세히 살펴보며 설명을 들었다. 곰솔에게는 이름이 몇 더 있다. 바닷가에서 자란다고 해송, 껍질이 검다고 흑송이라고도 부른다. 곰솔은 양분이 적고 바닷바람이 강한 곳에서 자라서인지 소나무보다 더 강한 잎을 지니고 있으며, 이 곰솔 숲은 태풍이나 해일을 막아주고 바닷가의 모래를 멀리 날아가지 않도록 한다니 자연의 힘이 놀라웠다.

곰솔 생태 숲을 지나는 자리에 개미귀신이 살고 있었다. 모래 굴속에 살고 있는데 신두리 모래밭을 걷다 보면 움푹움푹 깔때기 모양의 웅덩이가 파여 있다. 그 깔때기 속에 살고 있는데 정식 이름은 명주잠자리 애벌레이다. 땅바닥을 기어다니던 개미가 깔때기 집 속으로 떨어지면 후다닥 낚아채 모래집 속으로 끌고 들어가 탈출하지 못하고 쥐도 새도 모르게 개미귀신의 밥이 되어 그런 별명이 붙었다며 그 모래집을 파서 개미귀신의 모습을 보여주었다.

초종용 군락지를 지나 모래 언덕에 오르니 신두리 해안사구가 한눈에 들어온다. 나무 데크에 모두 앉아 기념사진을 찍는다. 단체사진을 찍을 때는 보통 잠깐이라고 생각하고 바짝 붙어서 쪼그려 앉아 찍었는데 그녀는 편안한 자세로 맘대로 앉으라 한다. 우리가 앉은 앞에 플래카드도 눕혀놓았다. 다 같이 히~하고 찍고, 김치~하고도 찍었다. 그녀는 사진작가란다. 어쩐지 다르다 싶었다. '사구'라는 사진집을 책으로도 출판하고 지난주에는 인사동에서 사진 전시회를 갖기도 한 현역 작가였다. 일주일에 세 번은 사구해설사로 활동하며 고향을 사랑하는 열정 때문일까? 아니면 인생의 사막을 건너며 공통점을 발견한 때문일까? 그렇다면 나는 몇 km의 사막을 횡단하여 이 지점에 도달했을까? 어느 날 부터인가 글 쓰는 작업을 하지 않고도 밤잠을 설치지 않고 깊은 잠을 잘 수 있던 그날부터, 어쩌면 나는 원래의 내 꿈을 버리고 그냥 밥 짓고 빨래하고 아줌마로 포기한 삶을 시작한 때가 사막을 건너는 지점이었을까? 그렇다면 그 사막은 가늠할 수도 없을 만큼의 먼 거리였지. 사업가의 아내, 아이들의 엄마, 지지고 볶는 생활에서 늘 갈증과 허기를 느꼈다.

사막의 한 귀퉁이 고라니 동산엔 삘기라는 풀이 무리져 피어 눈이 부시다. 나의 어느 곳인가에 피어 있을 삘기도 누군가 이처럼 눈 가늘게 뜨고 바라보고 있을까? 그 아래로는 분홍빛 꽃들과 금계국의 노란색이 사구를 더 빛나게 한다.

작은 별똥재를 지나 엽랑게 달랑게가 살고 있는 해안으로 내려왔다. 내려오는 길에는 길게 자란 억새가 장관을 이루면서 해안과 사구를 경계 지우고 있다.

회색빛 해변은 누구를 그리도 그리워하는지 저물도록 해무는 걷히지 않고 저 혼자 춤추며 노닐고 있다. 썰물로 멀리까지 바닷물은 나가 있고 열정 넘치는 지도 선생님은 맨발로 몇 명의 문우들과 뛰어가 물을 밟고 있다. 신발을 벗고 싶다. 명주보다 더 고운 모래를 밟고 싶다. 몇 사람은 이미 벗고 자유롭게 활보한다. 그러나 나는 그냥 싫었다로 남았다. 나이 탓인가도 생각했지만 그냥 그랬다. 꿈처럼 아름다운 해변을 눈에 가득 담았다. 마냥 그리움으로 남겠지……

해변은 살아있다. 그 처절했던 기름 유출 사건 이후에 회복된 바다다. 12년 전 이 해변을 닦으러 왔을 때, 기름을 뒤집어쓰고 있던 엽랑게 달랑게들이 열심히 집도 짓고, 짝짓기도 하고, 모래밭에서 방울방울 모래알을 짓고 있다. 잘 들여다보면 열심히들 살고 있다. 마중물이 되어 사구를 찾는 사람들의 갈증을 해소해 주는 사진작가 그 여인처럼, 끝까지 한 가지라도 더 들려주려 애쓰는 그이처럼 나도 그렇게 열심히 살아야겠다. 오늘의 이 아름다운 시간이 벌써 추억이 되고 있다.

박정순

parkcs03@hanmail.net

아침
꽃길
공룡시대
옛날 옛적에

우물 뚜껑을 열고 물을 뜨니
바닥이 긁힙니다.
사유의 깊이 만큼만 차오르는 글의 샘물
갈증도 채 못 달랠 물 한 컵 내밉니다.

아침

동문을 열면
마중 온 태양

지하철을 타러 가는 출근길
마을버스 먼저 보낸다
일없는 고양이의 기지개를 따라하며
골목을 내려오면
비탈진 작은 공원엔
새벽잠 없는 어르신들
팔 다리 펴시는 소리

길 위의 아침식사다
빵 한 입 우유 한 모금
먹이 찾는 참새 떼에게도
빵부스러기를 날린다
후르르르 낙엽의 하강과 비상
떨어진 것들 되돌아가는 순간,
멈춰 섰던 책가방이 흔들흔들
이어폰 길을 따라
가벼운 리듬을 탄다

부석부석 핏기 없는 낯에
반짝 화장을 입히는
햇살의 붓질
핼쑥했던 얼굴이 꽃처럼 피어난다

학교와 직장을 동쪽에 두고
해를 향해 나아가는 시간은
언제나 아침이다

꽃길

꽃길 위 백발여인은
웃을 듯 말 듯

가시밭길 끝나고
이어지는 길에
백합 향기는 아득한데

눈앞에서 흩어지는 것들
품어 안으려
자꾸 오그라들던 몸
깨끗이 닦고
굽은 곳 펴고
일곱 송이 꽃 매듭으로 잘 동여맸으나
마음은 묶이지 않아
허우적허우적

빈 몸을 어디로 보내려는가
조화처럼 상자에 곱게 담아서

젖은 눈으로 따라오는

반백의 아들
붉어진 눈시울

애야, 많이 보고 싶겠지만
조금만 참자

산책 나가시듯
깐닥깐닥
어머니 떠나가신다

공룡시대

그림자도 숨어버린
고층 건물 사이
아무거나 통째로 구워먹을 듯
잘 달궈진 프라이팬에
소방차 소나기 퍼붓는다

불 꺼지고 물안개 피는데
삐죽 고개 내미는 그림자 따라
길 가생이로 흐르는 물
나뭇잎 몇 장 몰고 졸졸 내려간다

스테고사우루스가 나타났다

푸른 뿔 옷의 아이
엄마 손 놓고 나뭇잎 따라간다
첨벙첨벙
잔뜩 몸을 구푸리고
구석으로
낮은 곳으로

중복과 대서가 겹친
여름 한낮
아파트 숲에서
어린 공룡 한 마리
나뭇잎 배를 쫓고 있다

쩅쩅한 햇빛
프라이팬을 다시 달구는데
공룡들은 다
어디로 갔을까

옛날 옛적에

동당동당
서울 가신 엄마 오시기도 전에
창호지 구멍 내다보며 기뻐 뛰던 작은 발

봄 들판 몰려다니며
냉이 씀바귀 지칭개
요깄다 찾았다 숨바꼭질하고
빈 바구니 끼고 돌아왔지

소나기 빗물 받아
사마귀 키우던 손으로
마당 가득 쌓아올린 낟가릴랑
초가지붕과 함께 불살라 먹고
빈 논 달리며 고드름 칼싸움에
동상 들어 꼼지락대던 손가락 발가락

물려 입은 옷소매는
눈물 콧물로
얼룩덜룩 반들반들

배고파 생가지 먹고
부르튼 입술도
입 크는 중이란 말 믿었었지

연이야 연이야
연밥 먹고 연똥 싸고
연대장을 짊어지고
제 이름으로 노래부르던 옛적

아득한
이야기 속으로 들어간 순한 계집애

박경화

ch-s-wha@hanmail.net

추석 밤의 공항

글로 가는 길.
막연한 관심이 배움을 통해 과정을 밟아가고 있다.
부족하고 서투르지만 천천히 오르고 싶다.

추석 밤의 공항

　밤의 공항은 추석이라고 별다르지 않았다. 떠나는 사람들은 질서 있게 길을 따라 이동했다. 도착한 사람들도 행선지를 향해 신속하게 움직였다. 차분하면서도 바쁜 분위기에 동참한 혜영은 이방인 같기도 했다. 자신의 존재도 모르고 마중을 나오라고 한 적도 없는 사람을 찾아서 입국장으로 들어섰다. 한편에 몰려 서 있는 한 무리의 여자들이 눈길을 끌었다. 연령대도 다양하고 공통점을 찾기 애매한 집단이었다.

　비래. 누군가 소리쳤다. 순간 가수 비가 나타났나 싶어 잠시 동요했지만 혜영은 움직이지 않았다. 인천공항 제2터미널 A출구 앞을 지키는 다른 사람들도 마찬가지였다. 정우빈이 언제 나올지 몰라 눈을 떼지 못하고 기다리는 일이 중요했기 때문이다. 그러다가 몇몇이 뛰어가자 웅성대기 시작했다. B래. 아까 들린 말은 정우빈이 B출구로 나온다는 말이었다. 모두 밀물처럼 그쪽으로 몰려갔다.

　로마에서 오는 비행기가 한참 연착된다는 소식을 들었을 때 아무도 불평하지 않았다. 수십 명의 팬들은 너그럽게 모든 것을 받아들였다. 정우빈이 언젠가 잠시라도 모습을 드러내 주기만 하면 되었다. 공항철도를 타고 달려오면서 우려했다. 거의 다 여고생들이고 혼자만 40대 중반이어서 뻘쭘하지 않을까 싶었다. 예상밖으로 아줌마들이 많았다. 머리가 길고 화려한 차림의 30대 여자가 다가왔다.

　　　　　　　　　　　　　　　　　　　　　　　　　　　오후의 그리움

레인보우예요. 팬클럽 회장이었다.

수연이에요. 큰딸 이름으로 만든 아이디를 댔다. 비니랑 팬 카페에 사진과 영상을 많이 올리는 올리브 님은 어린 학생인줄 알았는데 50대 여자분이었다. 지방에서 올라온 사람도 있었고 일본과 중국에서 온 사람도 있었다. 미혼인 일본 아줌마 팬 요오코는 휴직을 하고 한국에 와서 한국어학당에 다니고 있었다. 드라마를 한국말로 알아듣고 싶다며 노력을 해 국내 팬들과 의사소통이 가능했다. 정우빈이 표지 모델로 나온 잡지를 소중하게 두 팔로 안고 있었다.

여기 온 사람들은 '에버그린'의 김현우, 아니 정우빈을 보러 온 사람들이었다. 팬들은 두 부류로 나뉘었다. 정우빈을 실제로 본 사람들과 혜영처럼 처음 보게 될 사람들. 실물을 본 사람들은 TV 화면이 실제 모습의 10프로도 안 나온다고 했다. 본 사람들도 두 부류로 나뉘었다. 정우빈이 팬의 존재를 아는 사람과 모르는 사람. 자신의 존재를 아는지는 미지수이기에 팬들의 노력은 가상할 정도였다. 손 편지를 써서 선물과 함께 주기도 했고 꽃다발을 주기도 했다. 그래야 잠시라도 눈을 마주칠 기회를 잡게 되었다. 우빈짱 님은 나올 때마다 분홍빛의 옷을 입고 나와 존재를 알리려고 했다. 정우빈이 어설픈 연기를 하던 데뷔 때부터 팬인 온리우빈 님은 정우빈이 먼저 알아보고 인사를 하는 팬이었다. 자기를 쳐다보고 악수해주던 행동을 재현까지 하며 얼마나 친절한지 자세하게 설명할 때는 부러움을 한몸에 샀다. 여기에서 '하느님' 다음 존재는 '우빈 님'이다. 그의 말과 손짓의 디테일까지 다 의미가 있었다. 이번 비행기가 아니다 연착되었다 다음 비행기다 라는 설이 있었다. 설. 설. 수많은 설이 있었다. 사람들은 정우빈이 반듯하게 성장했다며 부모와 형제 이야기도 하고 알고 있는 정보를 늘어놓았다. 수많은 추측으로 설왕설래 했다. 그때 만약 정우빈이 나타났다 하더라도 쳐다볼 여유도 없이 신격화된 가상의 인물에 대해 이야기를 하고 있을 것만 같은 분위기였다. 멀쩡하게 차려입고 배울 만큼 배운 사람들이 푼수처럼 굴며 철없이 떠들어댈 때는 소녀 시절로 돌아간 것 같았다. 혜영은 감성적이고 들뜬 분위기가 좋았다. 조금 전까지 집에서 되풀이 되던 긴장을 생각하면 다른 세상이었다.

추석 전날 나물하고 전 부치고 탕국 끓이고 앉을 새가 없었다. 새벽에 일어나 산적 굽고 생선 찌고 추석 차례상을 차렸다 남편은 지방 쓰고 돗자리를 깔았다. 매년 반복되지만 추석 아침 분위기는 살얼음판이었다. 시어머니는 시아버지에게 악을 쓰고 도련님을 야단치고 시할아버지 시할머니 욕을 했다. 온 가족이 잠잠했고 시어머니의 래퍼토리가 시작됐다. 옛날에 시할아버지 생일상을 차리려고 시장을 봐왔더니 다 집어던졌던 일은 죽어도 잊을 수 없다고 했다. 시할머니를 떠올리면 더 열을 받는 것 같았다.

그 이옥순이 라고 이름까지 부르면서 감정을 주체 못할 때는 딱할 지경이었다. 맏며느리인데 무일푼으로 쫓겨났고 집은 작은아들에게 넘어갔으니 떡 벌어진 상을 보면 분노만 치미는 것 같았다. 사람의 침도 독이 될 수 있다는데 차례상도 원한이 있는 상태에서는 무슨 소용이 있을까 싶었다.

아침식사 후 성묘 간다 해서 북어포와 과일 등 음식을 쌌다. 고1 딸은 공부한다고 방으로 들어갔고 중1 딸과 초등 2학년 아들은 성묘를 따라갔다. 산더미처럼 쌓인 설거지를 하며 정리를 했다. 한숨 돌리려 하는데 성묫길이 막힌다며 식구들이 돌아왔다. 점심상을 차렸고 설거지가 끝나가자 손아래 시누가 온다는 전화가 왔다. 손위 시누도 부부가 왔다. 친정에 온 시누들은 거실에서 하하 호호 웃으며 옛이야기 꽃을 피웠다. 토란국과 전을 데우며 저녁상 차릴 준비를 했다. 손위 시누가 부엌으로 왔다.

"올케, 이 전 했어? 샀어?"

이런 질문을 예상하면서 동그랑땡과 생선전과 녹두전을 만들었다.

시누는 끓고 있는 토란국의 큰솥 뚜껑을 열어봤다.

"올케, 국에 기름 안 걷어내? 나는 하루 전날 냉장고에 넣어서 굳으면 싹 걷어내. 그러면 기름이 하나도 없어."

시누는 약간 코맹맹이 목소리로 말했다.

국을 끓이면서 계속 기름을 걷어내느라고 신경을 썼다. 정보제공을 받는다기보다 지적을 당하는 기분이 들었다.

"올케, 제사 몇 번 지내?"

"시할아버지, 시할머니. 구정, 추석. 네 번이요."

시누가 맏며느리로서 애환을 함께 나누자는 의도인 줄 알고 조금은 경계심을 풀고 대답했다.

"나는 아홉 번 지내."

누구누구 하며 이야기하는 시누의 근거 없는 당당함에서 말투는 다르지만 시어머니가 연상이 되었다.

저녁상이 차려지자 시누들은 고사리나물이 뻣뻣하다느니 무슨 음식이 짜다느니 수요미식회가 무색하게 평가를 시작했다. 물김치가 맛있다는 평을 들었으니 무조건 악평을 하는 건 아닐지 몰라도 평가 기준은 높았다. 소파와 바닥에 편하게 자리잡은 시댁 식구들은 TV를 봤다. 부엌에서 저녁 설거지를 하는 혜영은 거실의 대화와 웃음소리에 섞인 남편

의 목소리가 낯설고 멀게 느껴졌다. 하루 종일 서 있어 퉁퉁 부은 다리
는 코끼리 다리 같았다. 그대로 주저앉고 싶을 지경이었다. 시댁 식구들
은 늦게 일어났다. 작은시누가 가면서 한마디 했다.

"언니, 이제 상 차리는 선수겠다."

"민수 엄마, 왜 그렇게 살아. 참 착하다. 나는 시집 식구들에게 할 말
다해. 그러면 꼼짝 못하더라구."

쓰레기 버리러 나갔다가 802호 아줌마를 만났다. 막내 민수와 그 집
아들이 같은 학년이어서 평소 마주치면 이런저런 이야기를 하던 사이였
다. 상처 자리에 또 생채기가 난 느낌이었다. 동네 아줌마의 반응에 또
대꾸를 못하니 가슴이 더 뻐근해졌다. 착하다는 말이 싫었다. 약해 보인
다는 것으로 여겨졌다. 마음속에서는 냄비 안 내용물이 요동치며 끓어
오르듯이 감정이 솟구치는데 목은 콱 막혔다. 표정은 변화도 없었고 말
은 밖으로 튀어나오지 못했다. 가슴은 터질 듯 답답한데 말은 안으로 기
어들어가서 사라져 버렸다.

언제부터였을까? 천사표라는 말을 들은 게. 막내로 자라면서 오빠 언
니 따라가기 바빠서 눈치를 살피기 시작했을 때부터였을까? 근무하던
은행이 다른 은행과 통합되면서 남자보다 우선순위로 밀려날 때 아무
대항도 못했을 때부터였을까?

현실에서는 착한 것이 욕으로 들렸지만 에버그린의 현우는 아니었다.
착한 것이 아름다울 수 있다는 것을 보여주었다. 한없이 따뜻한 눈빛의
진지한 태도는 마음을 환하게 해주었다. 정우빈이 그 모습 그 느낌 그대
로 남아있기를 바랬다. 정우빈은 남자다운 이미지로 변신을 시도하려고

액션 영화 출연을 결정했다.

반항적인 역할이라서 좋다. 섹시하다. 터프하다. 팬들의 반응은 뜨거웠다.

혜영은 그런 모습에 적응이 안됐다. 심지어 싫어질 것 같기까지 했다. 고개를 흔들었다. 드라마에서 현우의 애틋한 표정을 떠올려야 정우빈의 팬으로서 무리에 합류할 수 있었다.

쓰레기를 버리고 들어오니 거실에 과일 접시와 찻잔들이 그대로 놓여 혜영을 기다리고 있었다. 설거지를 하고 있는데 시어머니가 다가왔다. "대충해라. 덜그덕 거리지 말고." 막 시작했는데 맥이 빠졌다.

때로 힘겹고 지루해서 빨리 갔으면 하는 시간들도 오후 햇빛 사위어 가듯 저물어가고 있었다. 반복되는 일상 속에서 실타래처럼 얽힌 감정들을 잠으로 지워버리곤 했다. 날카롭던 감정도 무뎌지면서 다른 날을 맞았다. 굴레에서 벗어나지 못하고 그냥 하루가 기억 속에 묻혀 버렸다. 세 아이를 키우고 살림하며 하고 싶은 것들은 접어두고 언젠가로 미루었다. 비행기를 타고 떠나고 싶었다. 사람이 아무도 없는 조용한 바닷가를 혼자 걸어보고 싶었다.

혜영은 고무장갑을 벗고 식탁에 앉아 핸드폰을 열어봤다. 팬 카페에 이태리로 촬영을 갔던 정우빈이 밤늦게 공항에 도착한다는 긴급소식이 떴다.

그래, 가보는 거야.
전철 안에서 혼잣말을 중얼거렸다. 자신의 모습을 누가 눈여겨보고 있지는 않겠지만 마음을 들킨 듯 얼굴이 화끈거렸다. 차량이 지상을 통과하자 차창 밖으로 불빛들이 스쳐갔다. 멀리 줄지어 서 있는 수은등과 가까이 있는 나트륨등이 검은 창문에 무늬를 만들었다. 그 위로 혜영이 앉아 있는 줄의 사람들이 투영되어 있었다. 실내의 칸막이 투명 유리를 통해 보이는 사람들 위로 멀리 앉은 사람들의 이미지가 반사되어 있었다. 반대편 차선의 멈춘 차량 안의 사람들은 어둠 속에서 더욱 또렷하게 보였다. 혜영의 시야에는 크고 작고 뚜렷하고 희미한 사람들의 이미지가 겹쳐져 어지러웠다. 하지만 눈이 마주치는 사람은 없었다.

공항 입국장은 에버그린의 현우와 지현이 처음 스치듯 만나는 장소였다. 현우는 첫사랑을 닮은 지현에게 끌렸고 둘은 가까워졌다.

사람들은 끈기 있게 정우빈을 기다렸다.

대기 시간이 길어지자 사람들은 최근에 종영된 에버그린에 대해서 이야기했다. 현우는 처음에는 밝았지만 회를 거듭할수록 많이 참고 힘들어했다. 공항에 모인 팬들은 1회와 2회 때는 로맨틱 코미디 분위기였는데 어두워졌다며 작가가 바뀐 것을 탓했다. 상사의 약혼녀를 좋아하게 된 현우는 미안하다는 말을 많이 했다. 혜영은 분위기상 드러내지는 못했지만 현우의 후반부 모습이 좋았다. 할 말을 못하고 한숨을 몰아쉬며 삭일 때는 안쓰러웠다.

대꾸를 못하는 게 혜영의 문제였다. 화살처럼 날아온 말에 뭐지? 하며 생각하다 어 어 하다 보면 상황은 지나가 버렸다. 예전에 시어머니가 넘어졌다 회복 중일 때 어떠세요? 할까 순간 갈등을 하다 괜찮으세요?

라고 물어봤다. 말 끝나자마자 시어머니는 괜찮은지 어떤지 내가 아니? 라며 화를 벌컥 냈다. 어떠세요? 라고 했을 때는 그게 금방 낫는 거니? 라고 해서 선택한 말이었는데 무색했다. 시어머니에게는 항상 뭐 잘못한 게 있나 싶게 좌불안석이 되었다.

첫딸을 낳고 퇴원할 때 시어머니는 간호사에게 빨리 수속을 안 해준다며 소리를 질렀다. 혜영은 아기가 아들이 아니어서 시어머니가 화가 났나 싶어 불편했다. 시어머니는 습관적으로 소리를 질렀는데 무슨 큰일이 날 것처럼 공포분위기였다. 놀랍게도 다른 가족들은 만성이 됐는지 아무렇지 않게 받아들였다. 시어머니도 금방 언제 그랬냐 싶게 일상으로 돌아왔다. 시어머니는 혜영의 산후조리를 정성스럽게 해주었다. 본인이 시집살이 당한 것을 며느리에게 하소연하듯 털어놓았다. 아이를 업고 물을 길어 밥을 짓는데 시할머니는 머리에 기름 바르고 곱게 한복을 입고 앉아서 잔소리를 했다. 물에 담가놓은 미역이 많다고 해서 반을 건져내 말리면서 울었다. 동네 사람이 진규 엄마 착한데 왜 그렇게 사냐고 동정을 했다. 시어머니가 시할머니 욕을 할 때는 맞장구를 쳐야 할 것 같으면서도 어정쩡했다. 자신은 며느리에게 잘해 주려는 의지가 강한 듯이 고기를 듬뿍 넣어 미역국을 끓여주었을 때는 고마웠고 잘해야겠다 싶었다. 저녁이 되어 가족들이 들어오면 시어머니의 태도는 돌변했다. 다정했던 태도가 언제 그랬냐 싶게 싸늘하게 느껴졌고 헷갈렸다. 그 식구들 중에 외톨이가 된 느낌이 들었다.

제사 때 작은시아버지 손자 둘이 상 앞을 왔다갔다하는데 혜영은 두 딸을 보면 마음이 편치 않았다. 시어머니가 딸 둘도 괜찮다 하면서도 둘째 딸에게 저년이 하면서 미워하는 눈치를 보이면 할 일을 못한 것 같았다. 첫딸 낳고 10년 만에 셋째로 아들을 낳고야 비로소 마음의 짐을 덜었다.

어떻게 보일까 남이 어떻게 생각할까를 신경 쓰며 살아온 동안 혜영의 마음은 스스로 불덩이를 안고 지냈다. 누군가에게 마음을 털어놓으면 약점이 잡혀 더 힘들어질 것 같아 위장을 하고 살았다. 자신과 똑 같은 존재가 있어 한없이 받아주고 위로해 주기를 바라는 몽상만 키워갔다.

현우가 상처받고 눈물을 흘릴 때는 따라서 울었다. 동화 같은 드라마의 마지막 회가 끝났을 때는 그 자리에서 일어날 수가 없었다. 부드러운 눈빛을 지닌 사려 깊은 이미지의 현우가 현실에도 있을 것만 같았다. 현우가 이 세상에 없는 캐릭터라면 정우빈을 좋아할 수밖에 없었다. 정우빈에게도 속 깊은 면이 있으니 정감 어린 말투로 절절함을 표현할 수 있을게 분명했다.정우빈이 데뷔한 20대 초반부터 좋아한 사람들도 있었지만 대부분 에버그린을 보고 팬이 된 사람들이 더 많았다. 정우빈은 최근에 실제로 실연의 아픔을 겪었나 싶을 정도로 20대 후반의 원숙한 남자의 감성을 섬세하게 표현했다. 드라마에서 지현은 현우에게 뒷모습이 슬퍼 보인다고 했다. 현실의 정우빈은 손해 보지 않고 뒷모습까지도 행복하면 좋을 것 같았다.

정우빈은 겸손하게 인사를 하며 걸어 나왔다. 잘 보이지 않았지만 수많은 사람들 속에 둘러싸인 정우빈은 TV 속의 인물이 현실에 있는 듯 무리 속에서 단 혼자의 존재로 빛나고 있었다. 현우의 느낌 그대로였다. 현실의 정우빈은 밝고 귀염성 있는 건장한 청년이었다. 순간 정우빈의 맑은 눈빛과 마주친 것 같았다. 혜영이 팬 카페에 올린 '사람들에게 위안을 주니 이 세상에 존재하는 보람이 있는 배우'라는 댓글을 읽었을 것 같은 느낌이 들었다. 정우빈은 보디가드들에 둘러싸여 사람들은 다가갈 수 없었다. 꽃다발과 선물을 들고 온 팬들도 직접 전해줄 수가 없어서 보디가드에게 간신히 전해달라고 할 정도였다. 사람들은 공항 밖까지 따라 나갔지만 정우빈은 준비된 차를 타고 사라졌다.

사람들은 쉽게 자리를 뜨지 못했다. 그 눈빛과 목례를 하는 친절한 태도를 복습하듯 각자의 관점에서 말하고 또 말했다. 누구는 정우빈의 눈을 본 순간 총 맞은 것 같았고 누구는 주저앉을 뻔했다고 했다. 그런데 누구나 다 정우빈이 자기와 눈빛을 마주쳤다고 생각하고 있었다.

팬클럽 활동은 중독성이 있었다. 증세가 비슷한 아줌마들은 공감대가 같았고 꿈을 꾸고 있었다. 현우에게 반해서 맹목적이 된 사람들은 허구의 세계에서 허우적대었다. 현우의 능력 있는 상사로 나온 남자 배우는 현실에서 정우빈의 경쟁 상대였다. 팬들은 두 배우의 인기 경쟁에서 정우빈이 우위를 차지하도록 SNS 활동도 열심히 했다. 정우빈에 대해 악성 루머가 돌면 발 벗고 나서 방패막이가 되어주었다. 옆집 아저씨를 좋아하는 것이 문제지 정우빈을 좋아하는 것은 이루어질 수 없는 사랑이니까 건전하다 했다. 팬클럽 활동으로 정우빈이 잘되면 우리가 한류발전에 일조하는 것이라며 사명감을 갖는 듯 비장했다. 하지만 정우빈에게 캐릭터의 의미를 주고 탑을 쌓기 시작한 모든 것은 밤하늘의 별처럼 반짝이다 뜬구름처럼 흩어지듯 허망하기도 했다.

추석 밤의 공항 불빛은 환했다. 혜영은 유리창에 비치는 자신의 모습을 바라봤다. 혼자 오롯이 서 있는 모습을 마주대하기는 오랜만이었다.

산책을 하다 보라색 맥문동 꽃대에 달려있던 매미의 우화 껍질을 본 적이 있다. 매미의 모양 그대로 단단하게 달려있던 껍질은 매미가 날아간 뒤 고스란히 남아있었다. 7년의 세월을 땅속에서 지내다 꽃송이를 움켜쥐고 힘겹게 탈피과정을 겪었을 매미를 떠올렸다. 어떤 어려움이 기다릴지 모르지만 1주일간의 삶을 살아내기 위해 몸부림쳤을 수고가 가상했다.

틀을 벗어나 날고 싶어졌다.
레인보우 님의 말이 떠올랐다.
"다음달에 싱가포르 팬 미팅 같이 가실래요?"
멀리서 비행기 이륙하는 소리가 들리는 것 같았다.
혜영은 비행기를 타고 떠나는 상상을 했다.

오후의 그리움

신명호
constelling@naver.com

도둑놈 잡기
7일 기도

남산을 오르락내리락하며
'나 없는 나'를 그리워하고
글로 말하기를 배우고 있습니다.

도둑놈 잡기

학교 앞 차 안에서 아들을 기다렸다. 어딘가 아들이 있을 차 밖의 하늘은 푸르다 못해 시렸고 차 안은 시베리아 벌판으로 내 몸은 꽁꽁 얼어붙었다. 카메라를 머리에 인 주차 단속 차량이 어슬렁대면 10미터 정도 차를 옮겼다. 10분 뒤에 같은 자리에서 찍히면 6만 원이 날아가는걸 모르고서 벌금 통지서를 받던 날, 아들을 무릎 꿇려놓고 버럭 소리를 질렀다.

"6만 원 이거 네 용돈으로 낼까? 이건 네가 아빠 돈을 훔쳐간 거나 마찬가지야!"

아들은 때때로 내 시간도 훔쳤다. 수영 강습반에 들어가는 아들에게 아빠가 일이 있어서 강습 끝나기 10분 전까지 나오라고 신신당부를 해도 놈은 다음 강습이 시작돼서야 물에서 나온다. 샤워실까지 쫓아가 일찍 나오라고 한 말 잊었냐고 들이대자 능글능글한 입술로 "미안미안미안"을 뱀처럼 토해내더니 휙 돌아서서 수영반 동료 아저씨 팔을 휘감으며 내일은 접영 시합하자며 살가운 혀를 날름댔다. 귓전에 수영장 할머니의 카랑카랑한 목소리가 주문처럼 맴돌았다.

"어른들이랑 참 잘 어울리네. 저러다 아들 빼앗기겠어. 정말 아들 빼앗기겠어. 호호호."

막걸리 두어 잔 걸친 아버지는 당신 어릴 적에는 애 없는 집에서 남의 애를 훔쳐다 길렀다며 아이에게서 눈을 떼지 말라고 했다. 반신반의 하면서도 아들 간수에 신경을 썼지만 사춘기를 코앞에 둔 지금, 누가 아들을 데려간다면 보따리를 챙겨주고 싶은 지경에 이르렀다.

"아침 미팅 있어서 일찍 나간다더니 왜 인제 와? 국 다 식었잖아!"

현관문을 열자마자 터지는 아내의 일갈에 아들을 째려봤다. 아들은 날아가듯 식탁으로 달려가 밥을 퍼 넣었다. 평소 배고픔을 오래 참지 못하는 내 습관 때문에 아내는 시간 맞춰 밥과 국을 떠놓고 현관문을 노려봤다. 현관문에 들어섰을 때 밥과 국이 놓여있지 않으면 내가 짜증을 냈고, 반대로 제 시간을 넘겨 현관문을 열면 아내가 버럭 소리를 질렀다. 오늘은 아내의 1승. 패배는 더 허기지게 만들었고 허기진 만큼 내 삶의 한 부분을 아들에게 도둑질당한 기분이 들었다.

"학교 끝나면 강 박사 아저씨가 데리러 온 댔고, 저녁 6시까지 다시 학교에 데려다 준대."

아들과 수영을 같이 배우는 로봇 연구원인 강 박사 아저씨가 아들과 친구들을 연구소로 데려가 로봇을 보여준다고 했다. 나는 반대했지만 아내는 찬성했고 아들은 강 박사를 따라갔다. 그리고 약속한 시간이 한 시간이 넘도록 나는 시베리아 벌판 같은 차 안에서 아들을 기다렸다.

"아빠 지금 연구소인데 저녁 먹고 갈게. 한 8시면 학교 앞에 갈 수 있어."

기다리다 지친 끝에 전화를 걸자 '지금은 미팅 중이라 전화를 받을 수 없습니다.'라는 문자에 이어 찍힌 아들의 문자였다. 어이 없는 마음 달래려 담배를 물고 차창을 내리는데 아들 친구 건휘가 지나가면서 인사를 했다. 운전석 너머로 손을 뻗어 건휘를 붙잡았다. 아들은 민서, 건휘랑 같이 연구소에 간다고 했었다. 건휘 말로는 아들은 민서랑 어디 간다고 했는데 어딘지는 모르겠단다. 엄마 지갑에서 돈을 훔쳐 권총을 샀을 때도 아들은 민서와 함께 있었다. 또 둘이 함께 있다니 무슨 일이 벌어질까 가슴이 콩닥거렸다.

"여보, 얘가 전화를 계속 받지 않아. 당신 민서 전화번호 알아?"

민서도 전화를 받지 않았다. 아내가 민서 엄마 전화번호를 수소문하는 사이, 몇 년 전에 아내와 함께 봤던 무슨 목소린가 하는 유괴 영화가 떠오르면서 머리 속이 복잡해졌다. 아이를 찾기 위해 절규하는 부부의 모습을 애써 지워내자 그 자리에 아이 훔쳐다 기른다는 아버지 목소리가 한가득 울려 퍼졌다. 새가슴에 겁이 많은 나는 밤에 화장실 갈 때는 형 손을 잡고 갔다. 10살 넘어서까지 화장실 문 안에서 "형 거기 있지? 어디 가지 마"를 외쳐댔다. 전화벨이 울리자 가슴이 덜컥 내려앉았고 반사적으로 마음속에서 외쳐댔다. '아들! 거기 있지?' 아들 대신 아내가 답했다.

"우리가 또 속은 거야. 민서 엄마 말로는 둘이서 PC방 갔다가 민서는 먼저 학원 갔대."

강 박사는 PC방 주인이었고 그가 보여준다는 것은 로봇 게임이었다. 아내가 PC방으로 달려간 사이, 어둑어둑해진 밤하늘을 쳐다봤다. 지금 아들 나이 정도부터 나는 떨칠 수 없는 공포가 있었다. 하늘에 끝이 있는지 없는지 알 수 없다는 것이 무서웠다. "끝이 있다면 그 너머에는 무엇이 있을까? 끝이 없다는 것은 말이 되지 않잖아?" 도무지 알 수 없는 '무지'가 너무나 생경스러웠고 소풍날 올려다본 파아란 하늘도 그 생각만 떠오르면 오금이 저렸다. 과학적으로는 '유한한 무한'이라고 하는 우주의 섭리 앞에 서면 늘 몸이 떨렸다.

"너 돈이 어디 있어서 PC방에 간 거야? 또 엄마 지갑에서 훔쳤어?"

아내가 자베르 형사처럼 도끼눈으로 아이를 추궁하자 굵은 눈물 줄기와 함께 자백이 이어졌다. 교통카드를 해지하고서 그 돈으로 PC방비를 냈단다. 교통카드 해지는 수수료가 드는데 어른들의 카드깡처럼 수수료를 날리더라도 돈으로 바꾸는 방법을 쓴 것이었다. 이걸 훔쳤다고 해야 하나? 뭐라 하지? 머릿속에서 킥킥대는 웃음이 비어져 나오는 걸 숨기며 창 너머 밤하늘을 올려다봤다. 끝이 있을지 없을지 도무지 알 도리가 없는 까만 하늘이 더 이상 무섭지 않았다.

아들이 태어난 날, 거짓말처럼 하늘에 대한 공포가 사라졌다. 내가 떠나도 아들이 이 세상을 살아가겠구나. 그렇게 '유한한 무한'이 반복되는구나. 아들이 태어나 제일 먼저 훔친 것은 나의 하늘에 대한 공포였다. 연신 도둑질하는 아들이 오늘은 아빠의 조바심을 훔쳤다. 하루 종일 도둑놈 잡기에 혈안이 되었던 나는 잠든 아들 곁에 가만히 누웠다. 아들 코 고는 소리에 맞춰 스르르 눈을 감으면서 꿈속에서 아들이 내 꿈을 도둑질할까 걱정하다 까무룩 잠이 들었다.

7일 기도

1일. 아빠와 엄마를 사랑하자. 난생 처음 기도드렸다. 파란 목소리가 일러준 대로 꼼지락 대는 손가락, 버둥대는 다리갱이에 흩어져 있는 마음들을 모아서 아빠와 엄마를 사랑하겠다고 기도했다. 어제 아침 아빠가 일하러 간다며 현관을 나설 때 엄마는 편의점 그만둔 거 다 안다고 소리지르며 아빠 꽁무니를 잡아챘다. 아빠는 엄마 얼굴에 몇 마디 욕을 던지다가 쾅 문을 닫고 집을 나갔다. 그 결에 잠에서 깨어보니 엄마가 아기 침대로 다가와 눈물을 떨어뜨렸다. 내 뺨을 굴러가는 눈물방울이 간지러워 나는 덜 깬 목소리로 앙앙 울어대며 웃었다. 간지러워 웃음이 나는데 이상하게 앙앙대는 소리가 났다. 나는 아직 소리 내서 웃는 걸 못 배웠다.

엄마는 할머니에게 와달라고 전화 걸고는 분유 물 데우고 라면 끓이더니 라면만 후루룩 먹고 홀랑 집을 나갔다. 분유 물이 완전히 식을 때까지 할머니는 오지 않았고 누구라도 들어와 분유 타주기를 기다렸다. 아무도 오지 않고 하루가 지난 새벽에 파란 목소리가 생각나서 기도드렸다. 나를 낳아준 아빠와 엄마를 사랑하자. 둘이 왜 싸우고 집을 나갔는지 잘 모르지만 아빠 엄마를 사랑하자. 내가 태어나던 날 엄마가 내게 입맞추고 미안하다며 울었다. 엄마가 왜 미안해하는지 모르겠지만 내가 엄마를 사랑하면 엄마가 덜 미안해할 거란 생각이 들었다. 그래서 하루 종일 엄마 아빠 기다리며 기도했다.

2일. 착한 사람이 되자. 태어나기 전, 저 세상에서 파란 목소리가 말

오후의 그리움

했다. 기왕 태어나는 거 착한 사람이 되어야 한다. 착한 사람은 남을 미워하지 않고 남의 마음 아프게 하지 않는다. 태어난 지 두 달 지난 지금까지는 파란 목소리가 기억난다. 앞으로 1년 정도 지나 말을 하게 되면 저 세상 기억은 사라진다. 지금의 이런 생각들도 사라진다. 말을 배우면서 점점 아기가 된다고 했다. 그 전에 착한 사람이 되자고 열심히 기도드리기로 마음먹었다. 아직 엄마도 아빠도 할머니도 오지 않았지만 착한 사람이 되기로 기도드렸다. 내 기도 소리에 말라미가 끙끙대며 다가왔다. 전생에는 북극에서 썰매를 끌었다는 말라미와는 아직 말이 통했다. 말라미는 배고프면 사료를 좀 줄까? 하지만 난 이도 없고 혹시 말라미에게 젖이 나오는지 물었지만 말라미는 나보다 두 살 많은 오빠였다. 엄마 아빠와 말이 통하게 되면 아마 말라미와는 말이 통하지 않게 될 것이다. 말라미는 자동사료급여기에 가득 찬 사료와 물 덕분에 이틀 동안 아무것도 먹지 못한 나에 비하면 상팔자였다. 원래 개가 사람보다 팔자가 좋은가 보다. 나도 개로 태어날 걸.

3일. 배고픈 사람들을 돕자. 나는 커서 배고픈 사람을 돕겠다고 기도했다. 태어나서 먹어본 건 엄마젖과 분유와 보리차다. 처음 엄마젖을 물었을 때 너무 보드랍고 냄새도 맛있었다. 허겁지겁 젖을 빨다가 엄마 젖꼭지가 목젖을 쳤는지 재채기를 한다는 게 그만 젖꼭지를 깨물었다. 엄마는 빨간 볼을 찡긋거리며 내 이마를 주먹으로 가볍게 밀었다. 그게 마지막이었다. 이후로는 젖병만 빨았다. 배고프면 제일 먼저 엄마 젖 냄새가 났다. 울다 잠들다 다시 깨어나면 분유가 생각났다. 다시 깨어나니 물이라도 먹고 싶었다. 보리차 생각하다가 엄마젖 깨물러 꿈으로 기어갔다.

4일. 어른이 되고 싶다. 그러면 아빠를 이길지도 모른다. 엄마가 아빠에게 맞을 때 이상하게 내 뺨이 아팠다. 내가 어른이 되면 아빠가 엄마

뺨을 때리지 못하게 막을 수 있다. 그리고 아기 침대에 갇혀 있지 않고 아빠처럼 편의점에 가서 우유를 사 먹을 수 있다. 말라미가 한나절에 걸쳐 아기 침대를 물어뜯어준 덕분에 자동급여기까지 기어가서 물을 먹었다. 말라미가 하는 대로 혀를 대고 빨았더니 꿀물이 나왔다. 보리차, 분유, 엄마젖보다 더 달고 맛있다. 한참을 빨아먹고 좀 힘이 나서 잠을 청했다. 그동안 너무 힘이 없어서 잠들지도 못했다. 잠 문턱을 넘기 전에 간절히 기도했다. 내일 깨어나면 어른이 되어있겠지.

5일. 기도가 이루어지길 기도한다. 내가 아빠와 엄마를 사랑하면 아빠가 돌아올까. 내가 착한 사람이 되면 엄마가 돌아올까. 내가 배고픈 사람을 돕는 어른이 되면 엄마가 젖을 줄까. 엄마가 돌아오기를 기다리며 기도드린 모든 것들이 이루어지기를 또다시 간절히 기도드렸다. 말라미는 내가 급여기 물을 다 빨아 먹자 새벽에 반지하 창문 고리를 물어뜯더니 집을 나갔다. 집을 나가기 전에 말라미는 잠든 내게 자기 장난감을 물어다 주었다. 깨어나 말라미 장난감을 빨았다. 말라미 침 냄새가 달콤했다. 기도가 이루어지기를.

6일. 세상 모두를 사랑하자. 파란 목소리가 사랑만이 나를 구원해준다고 했다. 엄마도 아빠도 나를 사랑하지 않아도 내가 세상 모두를 사랑하면 나는 구원받는다. 손가락을 빨다가 말라미 장난감을 빨다가 어느 틈엔가는 꿈을 빨다가 파란 목소리를 들었다. 세상 모두를 사랑하라. 마음은 끄덕이는데 고개는 요지부동이고 눈도 떠지지 않았다. 손가락, 다리갱이에 흩어진 마음 모아 기도드려야 하는데 마음이 도망갔다. 손가락 사이로 빠져나간 마음이 소파 뒤에 걸린 엄마 아빠 결혼 사진으로 기어갔다. 하얀 드레스의 엄마와 검은 턱시도의 아빠 그리고 엄마 배 안에 나도 웅크리고 있었다. 세상 모두를 사랑하자. 그런데 왜요?

7일. 내가 죽는다면 다시 태어나겠다. 한 달 전 엄마가 알라딘 동화를

오후의 그리움

읽어줬다. 호리병에 갇힌 괴물은 자신을 구해준 사람에게 금덩이 백 개를 주겠다고 기도했다. 백일이 지나도 아무도 구해주지 않자. 다이아몬드 백 개를 주겠다고 기도했다. 천 일이 지나자 세상의 모든 금은보화를 주겠다고 했다. 만 일이 지나자 나를 구해주는 놈을 죽여버리겠다고 기도했다. 나도 괴물처럼 외쳤다. 엄마도 아빠도 아무도 오지 않는다. 내가 돌아가서 파란 목소리를 만나면 다시 사람으로 태어나겠다고 하겠다. 태어나 지은 죄가 없으니 이보다는 좋은 곳으로 태어나게 해달라고 하겠다. 내가 다시 태어나면 엄마와 아빠가 사람이면 닥치는대로 죽여버리겠다고 마지막 힘을 모아 두 손 잡고 기도드리는데 갑자기 뺨이 간지럽다. 구슬 같은 물방울이 입가 옆으로 굴러가며 간질였다. 무언지 보려해도 눈은 떠지지 않았다. 젖 먹던 힘을 짜내 다시 기도했다.

내가 산다면.

김회기

kee490@naver.com

사랑의 미로美路(미니픽션)
햇살 잘 드는 밝고 따뜻한 방(미니픽션)

"나무 위에 저 집 참 단출하다.
저곳에서도 대여섯 남매 반듯이 키워 독립시키는데
온갖 것 다 갖춘 집에서 기껏 아이 한둘 키우는
인간의 삶은 왜 늘 버거운가"
사람들의 삶을 까치에 비유한 김필연 님의
"까치집"처럼
오늘날 우리들은 기쁨보다 기쁘지 않은 것이 더 많은
고단한 세월을 살아가고 있습니다
씨앗을 뿌려 새싹이 돋을 때를 묵묵히 참고 인내하는
농부들 마음처럼
기다림의 미덕이 필요할 때가 아닐까요?

사랑의 미로美路

구름 한 점 없다. 파란 하늘이 드높은 가을이다. 어른 키보다 조금 더 자란 감나무마다에 이제 막 물들기 시작하는 감이 주렁주렁 탐스럽게 달렸다. 개량종 자두와 천도복숭아도 서로 뒤질세라 제각기 자태를 뽐내는 동구 밖 과수원 길을 노부부가 다정스레 걸어가고 있다. 희끗한 두 사람의 머리카락이 산들바람에 시원스레 나부낀다.

십 년 전 그날은 서울에서 내려온 처제랑 처남 내외와 삼십여 리 떨어진 읍내에서 저녁식사를 하기로 하였다. 귀촌 후 일 년여 만에 처음 만나는 자리였다. 준기는 모처럼 아내와 의상을 갖추어 입고 나갔다. 농촌 생활의 이야기로 분위기는 화기애애하였다. 식사가 끝나고 모두들 떠난 후 둘은 승용차를 타고 집으로 향했다. 준기는 물론 혜자도 술은 아예 입에 대지 않았다. 4차선 국도로 접어들어 십여 분쯤을 왔을 때였다. 갑자기 두 사람 눈앞으로 자동차 헤드라이트가 번개같이 달려들었다.

준기가 눈을 떴다. 어렴풋이 천장의 형광등 불빛이 보이고 분주히 오가는 하얀 까운의 간호사가 보였다. 병원임을 직감할 수 있었다. "내가 여긴 왜?" 음주운전 차량의 중앙선 침범으로 충돌사고가 난 것이었다. 그 순간 그날 밤의 기억이 어렴풋이 떠올랐다. "여보!" 준기는 다급히 아내 혜자를 불렀다. "어머 이제 정신이 드셨네요. 이만 하시기 정말 다행이에요" 간호사가 반색을 하며 종종걸음으로 다가왔다. "제 아내는 요?" "염려 마세요. 지금 다른 방에서 치료 중이에요"

혜자가 퇴원하는 날이다. 준기가 아침부터 부산을 떤다. 혜자는 한 달이 넘어서야 의식을 되찾았다. 준기는 석 달 동안 거의 매일 혜자의 병실을 지켰다. 그동안 그녀는 세 번에 걸쳐 뇌수술을 받았다. 그러나 결국은 한쪽 뇌신경이 마비되어 오른쪽 눈은 완전히 실명되고 오른쪽 팔 다리도 신경이 망가지고 뼈가 부러져 혼자서의 일상생활은 거의 불가능하였다. 그러나 준기는 혜자가 이렇게 살아 준 것만도 고마웠다. 앞으로 어쩌면 왼쪽도 시력을 잃을 수 있다는 의사의 말을 뒤로하고 제발 그런 일이 없기를 바라며 병원 문을 나섰다.

연분홍 복사꽃이 화사하게 피었다. 옆의 자두나무에는 흰 꽃이 만발하였고 건너편 과수밭의 감나무 꽃도 앞다투어 피고 있었다. 뒷걸음으로 혜자의 두 손을 잡고 준기가 복사꽃 아래로 들어온다. "여보! 지금 복사꽃이 만발했어요. 여기 만져 보아요" 혜자는 준기가 시키는 대로 더듬더듬 꽃을 만져보며 즐거워한다. "손끝에 예쁜 색깔이 느껴져요" 그녀는 마치 어린아이처럼 좋아했다.

퇴원하고 이 년여 지난 후부터 서서히 오른쪽 눈이 흐려지기 시작하더니 삼년이 지나면서부터는 아예 보이지 않았다. 이제 의사의 말 대로 올 것이 왔구나 준기는 생각했다. 살아있는 날까지 혜자의 눈과 팔 다리가 되리라 다짐하였다. 식사는 물론 대, 소변도 혼자서 불가능했다. 아직 미혼인 두 애들은 바쁜 와중에도 틈틈이 엄마 보러 서울서 내려오곤 했다. "아이고 우리 새끼들 왔구나. 오는 길 힘들지 않았어?" 혜자 기억 속의 두 아들은 아직도 고2, 중3의 모습으로 남아있을 것이다. 네 식구는 함께 과수원으로 갔다. "엄마 여기 감 좀 만져보세요. 빨갛고 탐스럽게 잘 익었어요" 큰 애가 혜자의 손을 감에 가져다 대었다.

　아침 출근시간에 맞춰 농업기술센터에 왔다. 준기가 과수에 대한 기술자문을 구하러 온 것이다. 볼일을 빨리 끝내고 돌아가야 한다. 두 시간마다 혜자의 화장실 이용 때문이다. 준기는 지금까지 남들 다하는 흔한 모임 하나 가져보지 못했다. 못한 것이 아니라 않았다고 하는 것이 옳을 것이다. 준기는 늘 혜자의 그림자가 되어 살아왔다. 밭에 나갈 때도 함께하고 식사 때도 밥과 반찬을 먹여 주어야 한다. 앞을 못 보는 혜자가 스스로 할 수 있는 것이라곤 어눌한 말 외는 거의 없다. 기술센터에서도 준기의 사정을 아는지라 빨리 일을 처리해 주었다. 마음이 급해 차를 마당에 세우자 황급히 현관문을 열었다. "여보 나~~" 혜자가 울상을 하며 들어서는 준기를 보이지도 않는 눈으로 쳐다본다. "괜찮아요. 내가 너무 늦어서 미안해요"
　준기가 일부러 큰 소리로 호들갑을 떨며 혜자를 부축해서 화장실로 들어간다.

　오랜만에 앞마당이 시끌벅적하다. 동네 아낙네들 여럿이 혜자네 김장을 하기 위해 모였다. 양념을 버무리고 배추와 무를 썰며 큰 소리로 웃고 온통 야단법석이다. 혜자도 옆에 서서 즐거워하고 있다. 준기는 주방에서 수육을 만들 돼지고기를 삶고 있다. "간 좀 봐줘요" 양념 만드는 아주머니가 장갑 낀 손으로 양념을 조금 떼어 혜자의 입에 넣어준다. "간이 딱 맞아요" 혜자가 웃는다. "아줌마는 전생에 나라를 구하셨나봐. 어쩌면 저런 훌륭한 남편을 만날 수 있어? 우리집 양반이 이집 양반의 삼분의 일만 따라가도 매일 내가 업고 다닐 텐데" 모두들 고개를 끄

　　　　　　　　　　　　　　　　　　　오후의 그리움

덕이며 까르르 재미나게 웃는다.

　서울에 있는 처남이 전화를 걸어 왔다. 매형이 늘 고맙고 한편 안스러워 자주 전화하는 편이다. 혹시 모를 일이니 누나를 데리고 안과병원에서 검진을 다시 한 번 받아보면 어떻겠냐는 것이었다. 그러고 보니 너무 사고 당시 의사의 말만 믿고 그동안 너무 무심했구나도 싶었다. 혹시나 하는 마음에 서울에 있는 큰 안과 전문병원에 가 보기로 했다. 병원 소리만 들어도 몸서리치는 혜자는 썩 내키지 않는 듯했다. 준기는 한번만이라도 해 보자고 애원해서 승낙을 받았다. 검사결과 왼쪽 눈 신경이 아직도 살아 있다고 했다. 백내장으로 앞이 보이지 않는단다. 그러나 너무 오래 경과되어서 수술결과는 장담할 수 없다고 했다. 수술하는 날이다. 준기가 수술실 앞에서 두 아들과 처남이랑 함께 서성이고 있다.
　"비옵니다 제발 우리 혜자 앞을 볼 수 있게 해 주십시오."
　준기는 난생 처음 천지신명께 마음속으로 간절히 빌었다.

　혜자가 감나무를 감격스레 쳐다본다. 따고 남은 감이 새빨갛게 익어 홍시가 되어가고 있었다. 백내장 수술을 받고 오른쪽 눈의 시력이 0.8까지 회복되었다.
　"혜자 씨 입 좀 아~~"
　오늘은 일부러 이름을 불렀다. 준기는 잘 익은 홍시 한 개를 따서 생글생글 소녀같이 웃고 서 있는 혜자의 벌린 입속에 넣어 주었다. "색깔이 너무 예쁘죠?" 혜자가 행복한 미소를 지으며 고개를 끄덕인다. 준기의 볼에 살짝 입을 맞춘다. "여보 사랑해요 그리고 고마워요" 준기는 혜자를 품에 꼭 안으며 말했다. "당신이 다시 광명을 찾게 된 것은 진정 우리들 사랑의 힘이라오" 두 사람의 볼에 뜨거운 눈물이 흘러내렸다.

"어허~ 백주白晝에 무슨 짓이요" 두 사람은 소스라치게 놀랐다. 언제 왔는지 뒤에서 처남이 조용히 웃고 있었다.

오후의 그리움

햇살 잘 드는 밝고 따뜻한 방

남양주 요양원을 찾았다. 소문만 듣고 처음 방문하는 곳이었다. 정원에는 벚꽃과 철쭉 등 각양각색의 꽃들이 제각기 아름다운 자태를 뽐내고 작은 물레방아가 졸졸 물소리를 내며 앙증맞게 돌아가고 있었다. 현관을 들어가니 방 하나에 남녀 구분되어 네 명씩인데 제각기 침대에 누웠거나 앉아 있었다. 거의가 치매환자라고 간호사가 전한다. 대부분 풀 죽은 얼굴에 초점 흐린 눈으로 창밖을 응시하거나 천장을 향해 입을 벌린 채 멍하니 있었다. 그중에서 옆방에 할아버지가 계신다는 할머니는 침대에 벨트로 묶인 채 혼자서 알아듣지 못할 말로 중얼거리며 의기양양하게 두 손을 휘젓고 떠들어 댔다. 할아버지는 할머니보다 치매가 덜해서 하루에 오전과 오후 두 차례 할머니를 찾아왔다 간다고. 묶어 놓지 않으면 다른 사람에 피해를 주어서 어쩔 수 없다고 말하며 간호사는 괜히 싱글벙글이다. 영규는 순간 그곳에서 어머니를 보았다. 누가 망치로 머리를 내리치는 것 같은 충격을 느꼈다. 그는 굳은 표정으로 곁에 서 있는 아내를 보았다.

요양원 마당에 많은 사람들이 모여 웅성대고 있었다. 자세히 보니 흰색 SUV차량 앞 범퍼 밑에 노인 한 사람이 엎드려 있다. 얼핏 보면 교통사고가 난 것 같았다. 경비원도 옆에 서서 어쩔 줄을 몰라 했다. 경찰차도 도착해 있었다.

"아버님 얼른 일어나세요."

오십대 중반은 되었을 아들인 듯한 사람이 밖으로 끌어내려 해도 노인은 막무가내였다. 자세히 보니 아흔은 족히 된 것 같았다.

"당장 집으로 데려다 줘."

여러 사람들이 달래도 노인은 듣지 않고 집으로 가겠다는 말만 되풀이했다. 경찰의 다짐을 몇 번 받고 나서야 팔의 힘을 풀었다. 거의 탈진 상태였다. 경찰 두 명이 부축을 해도 노인은 잘 일어서지 못했다. 지친 얼굴은 땀과 눈물과 흙이 뒤범벅되어 있었다.

영규는 재빨리 차에서 티슈를 가져다 아들에게 주었다.

"아무리 그래도 싫다고 하는 어른을 이렇게 하면 되겠소?"

누군가 아들을 나무랐다. 이번엔 아들이 땅바닥에 주저앉아 흑흑 흐느껴 울었다.

"당신들이 내 사정을 어떻게 아십니까?"

치매도 있고 몇 달 전에 관절 수술을 받아 집에서는 재활치료를 할 수 없어 요양원에 모시려 했다는 것이었다.

"편히 계시라고 했는데 아마도 제가 아버님을 버리는 줄 아셨나 봅니다."

아들의 딱한 처지가 이해되었다. 어쩌면 자기와 꼭 닮은 가 싶어 영규는 말없이 아내의 얼굴을 쳐다보았다.

영규 내외는 중소기업에 다니는 맞벌이부부다. 형님 한 분이 계시지만 어렵게 살고 있다. 아버지도 몇 해 전 돌아가시고 올해로 여든일곱 되신 어머니는 영규네에 살고 있다. 삼 년 전부터 갑작스레 치매가 찾아왔다. 요양원에 보낼 수도 있었지만 영규 내외는 끝까지 모시기로 했다. 둘이 번다고는 하지만 두 아들의 대학생활에 살림이 빠듯해 매달 들어가는 돈을 대기 힘든 것도 원인의 하나였다. 올해 재검에서는 2급 판정을 받았다. 낮에 혼자 밖에 나갔다가 길을 잃어 파출소에서 모셔 오기도 했다. 형님한테 어머니를 부탁해 보았지만 힘들다는 대답만 돌아왔다.

지난겨울 첫눈 오는 날에는 앞마당에서 미끄러져 고관절 골절 수술을 받았다. 병원에서 퇴원 후 재활치료를 받고 병수발도 들어야 하는데 집에서 하기는 어려운 일이었다. 아무리 부부라고는 하지만 영규는 아내 볼 면목이 없었다. 속 모르는 이웃들은 치매 시어머니 잘 모신다고 효부났다며 아내에 대해 칭찬이 자자했다. 그들 내외는 어떻게 해서라도 어머니를 요양원에 모시기로 의견을 모았다. 조용히 아이들을 불러 가족회의를 열었다. 아이들의 의사를 들어보기로 했다. 3학년인 큰아들은 영규 내외를 이해하고 수긍하였다. 그러나 1학년 작은애는 반대였다.

"아무리 그래도 할머니를 어떻게 혼자 요양원에 보낼 수 있어요?"

어릴 적부터 할머니의 막냇손자에 대한 사랑은 각별했다. 이웃에서 먹을 것이라도 생길라치면 가져다 큰애 몰래 먹이곤 했다. 그렇게 할머니와는 정이 남다른 것이었다.

"네 마음을 모르는 건 아니지만 어쩌겠니. 대신 일요일마다 우리 모두 할머니를 찾아뵙기로 약속하자."

반대하는 막내를 달래서 겨우 허락을 받았다.

영규 내외가 어머니 방을 찾았다. 막상 무슨 말부터 꺼내야 할지 몰랐다. 어머니는 바른 정신이 돌아와 있었다. 웬일이냐는 듯이 웃으며 쳐다보았다. 차라리 지금 어머니가 제정신이 아니었으면 싶었다. 이런 마음은 아내도 마찬가지일거라고 생각했다. 아내가 늘 깨끗이 닦아 드린다고는 하지만 방안에는 온갖 냄새가 배어났다. 아직은 바깥 날씨가 차가워 창문을 열어 놓지 못한다. 가는 귀가 먹어 좀 큰 소리로 어렵게 입을 열었다.

"저 어머니, 지금부터 제가 드리는 말씀 잘 들으세요."

여기까지 말하자 눈물이 글썽했다. 차마 더 이상 말씀을 드릴 수가 없었다. 이미 무슨 말을 하려는지 알고 있다는 듯 어머니는 빙그레 웃는다.

"애비, 에미야. 내가 너무 오래 살아서 너희가 고생이 많다. 형편이 되거든 나를 요양원에 보내주렴. 거기는 말동무도 많고 간호사도 있으니 나는 거기가 더 편하고 좋을 것 같구나. 지금 내 정신일 때 그렇게 하겠다고 약속해 다오."

머리를 어루만지는 어머니 무릎에 얼굴을 묻고 영규는 어린아이같이 엉엉 소리 내어 울어버렸다.

"다시 생각해 봐요. 과연 요양원에 어머니를 꼭 보내 드려야 하는지 말예요. 우리도 언젠가는 어머니처럼 늙지 않겠어요?"

집으로 돌아가는 차 안에서 한참을 말없이 앉아 있던 아내가 조용히 입을 열었다. 영규는 아내의 그 말이 내심 무척 반갑고 고마웠다. 길옆 간이 휴게소에 차를 세웠다. 따끈한 커피 한 잔씩을 앞에 놓고 탁자에 마주앉았다.

"여보! 힘들어도 우리가 어머니를 모십시다. 하루 종일 햇살 잘 드는 밝고 따뜻한 큰애 방으로 말이요."

국도변에 흐드러지게 핀 자색 라일락꽃이 때맞춰 불어오는 산들바람에 향기를 뿜으며 반가이 손을 흔든다.

오후의 그리움

류완섭

rywr3035@hanmail.net

은발
잔대꽃
바람의 화원
물안개공원 행진곡

들꽃 그림을 그려갑니다

파란 하늘,
흰구름이 바람 손잡고 요술 부리는 숲에서
작은 들꽃에 취해봅니다
풋풋한 흙냄새, 솔향,
풀내음이 온 육신 말초신경까지 다 휘도는 사이
절로 초승달 소녀가 되어갑니다
생각주머니도 젊음을 되찾는 중이랍니다

사자어금니에 깨물리며 눈자라기 시나브로
시 속에 얼굴을 묻어
맛보기 시인으로 거듭나려 합니다

먼 훗날 종요로운 들꽃으로
거듭하길 바람에 기대어 봅니다

은발

첫눈,
세상 잠들어 있는 사이
몇 잎 안 남은 붉은 단풍잎에
알몸을 드러낸 나뭇가지 위에도
잠든 놀이터 시이소에
옷을 입힌다 하얗게

가슴으로 두근두근 눈사람을 만들고
갈래머리 소녀가 걸어 나간다
마음은 벌써 흰 세상을 뛰어노는데
제자리 머무는 발길,
미끄러져 넘어지면, 산책도 못하면서
병실 외톨이 될까봐
어느새 자꾸만 발이 멈추어 선다

머리에 얼어붙어 발은 정원만 서성이고
공상의 나래는 숲을 거닌다

발가벗은 나무를
감싸주는 겨울의 선물,

오후의 그리움

추위에 떠는 복사나무 발등을 소복이 덮는, 첫눈

연분홍 복사꽃을 머리에 인 저 은발 여인, 첫눈

복사꽃잎 흩날리는 설레임 삭이며
갈래머리 소녀
쌓여가는 시간에 눈꽃 웃음 날리는 저문 오후

잔대꽃

연둣빛 꽃망울 꼭대기로, 꼭대기로 올라
올망졸망 해를 사모한다
어느새 긴 혀를 쭈욱 내밀어
종족을 늘리려 안간힘 쓴다

새벽 종소리가 댕댕 울려 나가 보니
보랏빛 암술 달랑거리며
앙증맞은 종소리 요란하다

이십 년 동고동락, 달랑 세 채의 집으로 넓혀 주었건만
천여 식솔들 거하게 거느리며
천장을 뚫을 요량이다
1999년 청평 야산,
세 잎의 희귀한 그림자가 불렀다
인삼인가 조심조심 뿌리까지
적신 신문지로 보쌈해 온 한 포기

조그만 터에서 겨울잠 자고
흙을 헤쳐 나와 배시시 웃어주는 너는
이십 년 친구다

유리창 너머로 먹은 연약한 햇볕 탓에
가냘픈 몸일지라도
칠월이면 네 팔 벌려 층층이 후손을 거느린 채
정겨운 눈망울에 잔잔한 그림자 없는다

할미가 되어가는 잔대, 옆
허리 굽혀 헉헉대는 내가 섰다
그래, 눈높이 맞춰주니 고맙네
앵글 맞추는 사이 하얗게 늙어버린 꽃송이 송이들

은빛 구부린 종이 되어가는 층층잔대,
익어가는 갈바람에 스물한 살 새봄을 그린다

바람의 화원

옷깃 잡아 헤친다
춥다
토시를 했는데도 소름 돋는다
한여름 8월이 코앞인데
폭신한 숲길에서
그녀, 온 숲을 끌어안는다

낮은 산 개울가 희끄무레 말라버린 홍승마건만
해발 1418.1미터, 금대봉 오르는 숲길엔 새색시 불연지다
여우오줌도 노랗게 두드러져 설마 요것밖에
절로 웃음 터지는 처녀 시절
갓 입대한 육사 출신 소위마냥
도도하게 고개 쳐드는 하늘말나리
지치지도 않는지 해님 찾아 바쁜 당귀는
구불구불 곡선 그리며 함박웃음
바람을 휘감아 돌리는 흰송이풀
청록 숲을 돋보이게 들러리로 나선 해거름 녘

누구 하나라도 떨어지면 낚여갈까 무리무리
힘 모아 다소곳한 비비추도 부끄러운 자태로

속살을 벌나비에게 내어준다
좁다란 오솔길 숨겨진 전망대로 가는 숲속에
고개 숙이고 숨바꼭질하는 초롱꽃
정오의 종소리를 울리며 점심 먹으라
알려주는 잔대꽃

그녀 허벅지 실핏줄 같은 손잎풀도
조직 검사를 앞둔 가슴속 한기,
온통 바람과 한통속이다

들꽃이 통째로 떠받들며 섬기는 햇살바람
유방의 혹도 바람칼이 베어 날아가라
휘청거리며 등정 길에 선 그녀

금대봉 신께서
40년 종부(宗婦)의 삶을 꽃피워 주시리라,
바람의 화원에 기대어 선다

물안개공원 행진곡

귀여리 오솔길이 다가옵니다

미세먼지 덮은 도심
주름에 웃음을 잃어가는 부부
몽글몽글 피어오르는 가로수를 삼키고
한강 은비늘로 허기 채웁니다

물안개공원 꽃길의 악수
버석대는 갈대가 허둥대는 노래
금계국, 신랑 신부 맞듯 노랗게 깔깔거리고
물길, 수련도
구멍 송송 뚫린 척추를 곧추세우며
다져지라 힘차게 내딛습니다
노을져가는 산책로를 눈 감고 걸어요
하나, 둘…… 열 발자국
시나브로 곧은 선 비껴가는 게가 되어가네요
재도전에
게를 닮아가는 부부
다시, 오감 곤두세워 걷습니다
눈을 꼬옥 감은 채

와우!
길가 들꽃들이 일어나 박수를 쳐댑니다

회색 하늘
구름 사이로 수줍은 은발 부부
들꽃들의 축하 행진곡에 어깨 절로 으쓱으쓱

물안개공원 오솔길이 껄껄 웃습니다

오미향

palraiju@hanmail.net

공중부양 화단의 울림

'바람이 분다. 다시 살아봐야겠다.'
(Le vent se leve! Il faut tenter de vivre!)
의미도 모른 체 외웠던
폴 발레리(Paul Valéry)의 시 구절이
나풀대며 마음에 와닿는 시간.

나도 이제는 자리에서 일어나
몇 자라도 끄적거려야 할 때인가 보다

공중부양 화단의 울림

베란다에 갖고 온 흙을 쏟아부었다. 누군가는 공중부양 화단이라 했다. 17층 아파트에서 한 발자국만 내디디면 바로 아래 화단의 흙을 밟을 수도 있다며 너스레를 떨었다. 이렇게 높은 곳에서는 햇살은 1층보다 좁게 비추지 않으려나. 바람은 오다가 멈춰서지는 않을는지. 높아서 현기증이 나서 정서불안에 힘들어하지는 않을는지 걱정이 많다. 아파트 미니 화단 가꾸기에 이렇듯 생각이 많아지다니. 잘될까. 망치면 어떡하지. 걱정일랑 붙들어 매자. 시작이 반이라 하지 않았던가. 흙 한 삽 떠서 비닐로 깐 화단에 부었다. 고추도 열리고 상추는 푸짐하게 밥상을 차지하고 대파는 필요할 때마다 한 줄기씩 뽑아 먹는다. 생각만 해도 군침이 도는 파릇한 날이다.

베란다 한쪽 귀퉁이에 늙은 호박 하나가 눈에 띈다. 지난가을 쟁여 놓고 깜박 잊었었나 보다. 살짝 건드렸을 뿐인데 쑥 빠진다. 겨울 긴 잠에 빠져들어 헛기침 소리조차 잦아든 줄로만 알았던 호박. 물컹하니 바닥이 흥건하다. 혼자서 속울음 울었나 보다. 추운 겨울을 못 버티고 주저앉아 버렸나 보다. 소란스럽던 한 해의 끝자락, 무너질 것 같지 않았던 아버지가 어느 날 문득 그렇게 무너지셨다.

중환자실은 어둡고 쓸쓸할 거라는 예상은 문을 열고 들어가서 얼마 지나지 않아서 현실이 되었다. 주렁주렁 매달린 링겔 호스와 표정 없는 얼굴, 의료기구는 병상 옆에 서너 대씩 장식되 있었다. 잠을 자는 것도

오후의 그리움

아니고 세상에서 제일 고통스런 표정을, 때론 고요한 모습으로 오만가지 형상을 짓고 있는 주인공들. 눈길을 어디에 두어야 하나 어색할 따름이었다.

1미터 80센티 장신인 아버지는 나이가 들면서 조금씩 오그라드는 것 같았으나 여전히 침상 위아래를 꽉 채우고 누워 계셨다. 이분이 내 아버지 맞는가. 9시 통금령을 내리고 제삿날 친구 만나고 늦게 왔다고 불호령을 치시던 서슬 퍼런 아버지가 맞는가.

유복자인 아버지는 6.25 전쟁이 터지자 소년병으로 자원해서 참전했다. 혁혁한 공을 세웠는지, 신이 도우셨는지 무사히 귀대한 아버지는 직업군인의 길을 가셨다. 그 후에는 소학교 교사, 공무원 등을 하면서 평생을 공직에 몸 바쳐 살아오셨다. 당신 자신의 삶에 비하면 우리 오 남매는 남부럽지 않게 지낼 수 있었다. 말년에는 지방 고위공직자의 자리까지 오르셔서 개인의 영광과 명예를 누리게 되었다.

내 기억 속의 아버지는 흑과 백, 두 가지 색깔이었다. 타협과 대화는 없고 오로지 근면성실, 절약, 책임과 의무, 정의로움 등으로 구성되었다. 빈번히 두 오빠와 부딪치는 일이 잦았으며 우리 세 자매는 남몰래 서슬 퍼런 아버지의 독재에 눈물을 흘리기도 하였다. 남들은 아버지를 성공한 사람이라고 우러러봤으나 우리 집안에 내재한 공기의 색은 잿빛이었다. 고향 마을을 위해 도로를 신설하고 마을회관을 짓는 등, 고향 발전을 위해 건의하고 실천하고 애쓰신 일이 한두 가지가 아니셨다. 그래서 세화리에서는 인물이 탄생하였다고 했고 기념비까지 세워 줄 정도였다. 말년에는 많은 돈을 기부하셨다. 물론 어머니하고는 의논 한마디 없으신 채.

그러던 아버지가 퇴직을 한 후에는 TV 드라마를 보시면서 매번 눈물을 훔치셨다. 두 다리에 힘이 빠지면서 넘어지는 일이 잦았으며 당뇨로 인한 합병증으로 고생을 많이 하셨다. 급기야 중환자실에 누워 버리셨다. 가느다란 호스 줄에 생과 사를 맡기고 의식 없이 잠을 청하고 있었다. 아버지의 가늘어진 팔 다리가 오늘따라 왜 이리 길어 보이는지. 순번을 정해 아버지 병상을 지키던 우리 남매는 안타까움과 후회스러움에 낯빛이 어두워만 갔다.

불현듯 아버지가 일어나셨다.
"출근시간이야. 얼른 시계를 다오."
아, 아버지. 평생을 공직에 종사하셨다. 같은 시간에 한 번도 안 거르고 출근하셔서 오늘도 가시려나 보다. 얼른 시계를 채워 드렸더니 방긋 웃으신다. 그리고는 바로 누워 버리셨다. 그 옛날 색 바래고 굵직한 시계가 주인의 것인데도 헐렁거리기만 했다. 마지막까지 몸에 배인 직업정신과 책임감이 아버지의 뒷모습을 장식하는 것 같아 마음이 울컥했다.

땅 다지기가 끝나면 토닥토닥 흙을 잘 눌러줘야 했다. 기초공사가 튼실해야 식물은 잘 자라고 열매가 맺히리라. 시멘트 화단이라 씨앗은 아니고 어느 정도 자란 모종을 심기로 했다. 줄 맞춰 심어 놓고 나니 나만의 화원인 양 뿌듯했다. 이 아이들이 우리집의 공기와 창을 넘어 오는 햇살과 바람을 맞으며 조금씩 조금씩 자라나겠지. 집주인의 관심과 애정 또한 한몫할 것이다.

흙은 아버지의 재산이셨다. 시골에서 빈농의 아들로 자라나 성공하기까지 한 번도 흙을 소홀히 하지 않았다. 철 따라 작은 마당에 나무를 심고 꽃을 피우고 열매 맺게 하는 것은 아버지의 몫이었다. 그 옆에서 둥글게 바가지 머리를 했던 어린 나는 쪼그리고 앉아 흙장난을 하고 놀았다. 옆에서 보고 자라서 그런지 나 또한 조금씩 흙을 만지고 식물을 가꾸며 커가고 있었다. 성공한 아버지 주변에는 시골에서 올라온 친척들과 어려운 사람들로 가득 차 있었다. 마당의 식자재로는 부족하였는지 손수 귤과수원을 일구었다. 한 푼이라도 아껴야 하기에 어머니와 우리 남매는 주말마다 일손을 도와야 했다. 어린 자식들에 대한 배려인지 미안함 때문이었는지 일을 하고 나면 아버지는 시간당 얼마 셈을 하여 용돈을 주셨다. 어머니는 고기와 맛난 음식으로 배를 든든히 채워주셨다. 막내인 나는 잔심부름을 거들곤 하였다.

올해는 어떤 꽃을 심을까. 우리집 높은 곳에 올라와 짧게는 하루 이틀에서 수년을 살다 가는 식물들과의 교감은 이제 나의 일상사가 되었다. 강철 같았던 아버지는 평생을 함께 했던 손목시계를 차고서 쓸쓸히 가셨다. 아버지가 놓고 가신 울림은 우리집 베란다에서 해마다 수확을 맺었다. 나를 위해서 더 나아가 주변의 불우한 이웃과 친구들을 위해서 손수 나눔의 큰 정을 남기고 가셨다. 혼자만 사는 세상이 아니라고 넉넉하게 텃밭을 가꿔서 함께 할 수 있음을 실천하셨다. 알게 모르게 그 피를 이어받은 우리 형제들은 작던 크던 화단을 만들며 살아가고 있다. 하나의 싹이 트고 줄기가 튼실해지는 것을 보고 있노라면 문득문득 아버지의 얼굴이 떠올려졌다. 그 커다란 손으로 삽질하며 땅을 일구고 거름을 뿌리고 가지치기하며 땀을 흘리시던 모습이. 옆에서 졸졸 따라 다니며 호미를 갖다 주고 씨앗바구니를 나르던 내 유년의 모습. 그 유년의 뜰 안으로 들어가고 싶다. 아버지를 한 번 안아 드리고 싶다. 당신의 막내

딸이 이렇게 예쁘게 컸어요. 당신의 손주는 이렇게 사랑스러워요. 그들은 오월의 태양을 받으며 눈부시게 자라나고 있어요. 자신들이 얼마나 축복받고 아름다운 젊음인지 모른 채. 내가 그랬던 것처럼.

흙을 보면 만지고 싶고 아버지가 그립고 나의 삶이 흙과 어우러짐을 느낀다. 베란다를 열고 나가면 보드라운 흙의 촉감과 구수한 흙냄새가 오래도록 내 곁에 머문다.

나의 삶을 지탱해준 아버지가 몹시 그리운 오월의 한낮이다. 그리움과 애증의 작은 울림이 삭막한 콘크리트 아파트 베란다에 한동안 따스한 햇살처럼 머문다. 소리 없는 바람처럼 머물다 간다.

최점순

soon5718@hanmail.net

도라지꽃
거미열차

계절의 순환 앞에 폭염도 긴 꼬리를 감춘다.
도라지는 척박한 환경에 뿌리를 내려 잎과
꽃을 피우고 열매를 맺는다. 몇 년의 인내는
사포닌과 이눌린이 쌉쌀하게 응축되었다.
자갈밭에서 일구어낸 삶을 단백하고 향긋한 맛을
우려내는 글을 쓰도록 노력하련다.

도라지꽃

"도라지꽃이 피었어."

남편이 흥분된 목소리로 부른다. 처남이 부쳐준 도라지를 화분에 심어 놓더니 어느새 꽃을 피웠네. 도라지가 가로등 불빛에 도도한 자태로 꽃이 활짝 피었다. 도라지의 사포닌 성분이 천식가래, 홍진 기침에 좋은 약제로 쓰였다. 외손녀를 업고 아침상을 차리다가 수십 년 지난 세월의 무게와 엄마의 얼굴이 겹친다. 베란다에 심어 놓은 도라지꽃을 먼저 발견한 남편의 얼굴이 환해졌다.

택배 박스를 열었더니 도라지는 고향의 햇볕과 흙에 버무려진 솔잎이 묻혀왔다. 음~쌉쌀한 엄마의 냄새가 물씬 풍기니 세포들이 촉을 뻗어 전신을 훑는다. 동생은 부모님에게 땅을 물려받아 도라지를 자식처럼 키워서 부쳐주니 고마웠다. 도라지는 돌밭에서 성장통을 앓느라 울퉁불퉁하게 성한 곳이 없었다. 오이와 초고추장에 새콤달콤 무쳐주던 엄마의 손맛이 떠올라 군침이 돌았다. 말린 도라지는 삼복 중에 보양식백숙에 인삼 대용으로 썼던 빛바랜 추억이 철렁거린다.

"도라지~도라지, 백도라지. 심신산천에 백도라지."

도라지를 몇 봉지로 나눠어 동서와 이웃집, 기침하는 지인에게도 전철을 타고 달렸다. 비닐봉지에 담긴 도라지 향기는 밭이랑을 타고 넘실넘실 밀려왔다. 엄마의 낡은 무명치마에는 주름진 폭마다 얼룩얼룩했다. 아버지는 징용을 당해 사선을 넘나들었고, 오빠는 육이오 전쟁으로 행불이 되어 겹치는 흉년에 궁여지책으로 산도라지를 재배해 보기로 했다. 내가 초등학교 때 엄마 따라 산나물 뜯으며 시작되었다. 토끼처럼 뛰어다니면 이것아, 밥 먹은 힘으로 도라지 여문 대궁을 따오라 했다. 신바람 나서 치마 앞에 가득 따서 갈증에 헉헉거리면 찔레 대궁을 뚝뚝 꺾어주었다.

산도라지 씨를 받아 텃밭에 뿌렸더니 배수가 되지 않아 뿌리가 썩어버렸다. 산도라지는 심신산중에 자생하는 식물이라 재배가 까다로웠다. 몇 년을 시행착오 끝에 척박한 자갈밭에 씨를 뿌렸다. 봄이 되니 파란 싹과 꽃이 무리지어 하늘을 찔렀다. 도라지의 사포닌 성분은 기침에 효과가 있고 이눌린은 폐와 당뇨병에 효과가 있다고 알려졌다. 도라지가 5년 이상 묵으면 인삼보다 좋은 약제로 쓰였다. 하지만 너무 오래 묵혀 십 년이 넘으면 저절로 썩어 버린다. 엄마는 선견지명이 있었는지 겨울철에 가족들이 몸살감기로 콜록콜록하거나, 동생이 홍진기침에 걸려 앓고 있으면 도라지를 약탕기에 넣고 화로 불에 보글보글 달여 먹었다.

도라지를 베란다에 말리던 것에 눈이 쏠렸다. 그동안 얼마나 많은 열매를 맺고 사람들을 먹이며 이어왔을까? 이것도 생명인데, 빈 화분에 흙과 모래를 섞어 촘촘히 꽂아 놓았다. 멍하니 도라지꽃에 빠져 꼬리에 꼬리를 문 추억은 시공을 넘나들었다. 어디선가 본 듯한 나비가 나풀나풀 엄마 머리 위에 앉았다. 그해 겨울에 홍진이 돌림병으로 영아들에게 번졌다. 온몸에 열꽃이 좁쌀처럼 돋아 가려움증과 기침을 동반했다. 엄마는 도라지를 캐서 홍진을 앓고 있는 아기들 집에 돌렸다.

"할매, 순자 엄마."

"자, 도라지 받아요."

엄마 심부름으로 도라지를 소쿠리에 담아 촐랑촐랑 뛰어다녔다. 아이, 착해라. 고맙다. 도라지를 달여 먹은 아기들이 죽을 고비를 넘기고 아장아장 걸어 다녔다. 자갈밭처럼 텃세가 심하던 집성촌은 말도 탈도 많았다. 지난겨울에 아기들에게 도라지를 달여 먹인 약효가 증명된 듯이 다음해에 도라지를 몽땅 도둑맞았다. 심증은 갔지만 앓는 아이들 엄마 심정으로 묵묵히 넘어갔다. 도라지의 효능처럼 진심이 통했는지 그후로 따뜻한 이웃사촌이 되었다. 그때는 모두가 가난했지만 기쁨도 슬픔도 서로 나눌 줄 알았다. 아직도 친정에 가면 도라지 이야기가 전설처럼 전해진다.

서울로 이사 온 지 얼마 되지 않아 엄마한테 농번기를 피해 한 번 다녀가시라고 했다. 어떻게 살고 있을까? 상상하며 달려왔다. 하늘과 맞닿는 문간방에 어린 자식들을 키우며 아등바등 뿌리를 못 내린 내 손을 꼭 잡았다. 순자야, 엄마도 평생 자갈밭을 일구며 풍전등화 같은 세상에 맞서 너희들 5남매를 키웠다. 인생이란 이렇게 사는 거란다. 아마 우리 엄마가 도라지였다면 수십 년 묵은 약도라지가 되었을 것이다. 엄마를 태운 기차가 철로 위에 미끄러지듯 도라지꽃이 하늘하늘 거린다.

백도라지가 강산을 수십 년을 넘기며 꽃이 피고 지고 열매를 맺으며 먹여 주었다. 도라지의 특성이 척박한 환경에 잘 자라고 뿌리를 내린다. 엄마도 도라지 같은 인생을 살았듯이 나의 인생도 자갈밭에 온몸을 뒹굴며 꽃과 열매를 맺었다. 자식들도 어떤 환경에 던져지더라도 잘 적응

오후의 그리움

을 하고 뿌리를 내릴 것이다. 이 약 도라지는 현대인의 고독한 병에도 효능이 있을 것이다. 어느새, 인생의 수레바퀴는 돌고 돌아, 내 자식들이 성장해서 출가를 하고 손녀딸들과 도라지 노래를 함께 부른다.

"도라지~도라지 백~도라지. 심신산천에~백도라지."

할머니가 도라지 노래를 흥얼거리면, 손녀딸들이 손뼉을 치며 앙증맞은 몸동작으로 따라 부른다. 흰나비 한 마리가 나풀나풀 도라지 꽃잎에 앉는다. 혹시, 이 나비가 엄마가 아닐까? 올해는 도라지 씨를 받아 이웃들에게 나누어 주고 자식들 베란다에도 뿌려서 엄마가 못다 한 사랑을 이어가며 도라지 꽃향기를 전해 주리라.

거미열차

거미열차가 사랑과 꿈을 싣고 칙칙폭폭 달려간다. 봄볕에 삼라만상이 춤을 추고 들녘엔 벚꽃이 함박눈처럼 휘날린다. 며칠 후 시부모님의 기일에 형제들이 일 년에 한 번씩 만나기로 했다. 석탄산업이 꽃을 피웠을 당시에는 광부들이 수만 명이 자연에 붙어 속을 파내어 처자식들과 등 따시고 배부른 생활을 했다. 시댁 웃어른 때부터 터를 잡고 한 지붕 밑에 살았던 추억이 있는 곳이다. 한때 중요한 에너지 자원인 석탄에서 석유로 전환되어 전기와 인덕션 보급으로 사양길에 들어섰다.

농번기에 시골 가는 버스는 한산했다. 승객 몇 명이 널찍하게 타고 룰루랄라 달렸다. '형님 버스를 탔어요.' 큰동서는 작은동서가 온다는 전화를 받고 유모차를 끌고 나왔다. 자매 같은 동서와 반가운 재회를 한 후, 형님이 가꾸어 놓은 텃밭에서 냉이와 시금치, 달래를 캐어 된장국을 끓였다. 형님이 밥상을 받아놓고 씩 웃으며 평생 내가 밥상을 차렸는데, 오늘은 자네가 차려준 밥상을 받으니 정말 맛있다.

"이참에 자네가 내 며느리할래, 호호호 웃는다."

거미열차 객실에 탑승한 승객들이 다 모였다. 탄광 구경을 시켜 준다며 조카가 단체 입장표를 사주었다. '문경석탄박물관'에는 폐광 후에 관광객을 유치하기 위해 거미열차를 운영했다. 벌집같이 구멍이 숭숭 뚫린 막장까지 하루에도 수없이 들락거린다. 그 시절에 광부들의 생활상을 재현해 놓은 모형 얼굴에 탄가루에 분칠한 땀범벅이 스친다. 갱 바닥에 앉아 양은 도시락으로 허기를 달래며 석탄을 캐내는 과정은 코끝이 찡했다. 터널 양쪽 벽에 모형 왕거미들이 까만 눈알을 반짝거리며 꼼지락, 꼼지락 "투둑, 투둑" 떨어지는 듯 소름이 확 돋았다.

큰동서의 거미열차는 세월이 흐를수록 열차 객실이 늘어났다. 작은동서 4명과 시누이까지 출산을 했다. 산부인과 의사처럼 노련하게 아기를 받고 탯줄을 잘랐다. 그녀는 새끼줄을 꼬아 대문 양쪽에 묶어 숯과 고추를 번갈아 끼워놓았다. 손수 받아 준 조카들의 탯줄을 이어 놓으면 운동장 한 바퀴 돌렸을 것 같다. 밤중에 아기 한 명만 울음을 터트리면, 신호를 받은 말복 매미처럼 응앵, 온 동네를 깨웠다.

거미열차에 탑승한 다섯 동서들이 한 지붕 밑에 살면서 화장실 문제는 큰 대사였다. 출근시간에 맞추어 남자들이 차례로 줄을 섰다. 다음으로 학교에 가는 조카들에게 줄이 이어진다. 또한 동서들의 문화 차이로 재미있는 에피소드도 많았다. 어른들에게 애교 만점으로 살랑거리고, 천방지축 세상물정 몰라도 너무 몰랐다. 식사 후에 가족들 밥상이 백화점 진열 코너처럼 부엌 바닥에 즐비했다. 설거지할 시간에는 아기 젖을 물린다며 다 빠져나갔다. 큰동서는 긍정적인 마인드로 리더십을 발휘하여 동서들의 개성을 존중했다. 작은동서 수고가 많구나. 자네가 최고야! 하며 집안 분위기를 화목하게 토닥토닥 진심이 느껴지는 격려를 했다.

거미열차 승객인 작은동서는 객지에서 바쁘게 살다보니 걸음이 뜸했다. 세월이 흐르고 또 흘렀다. 큰시숙은 월남전에 파병되었다. 몇 년 만에 구사일생으로 돌아온 후에 고엽제를 앓았다. 한 달에 벼 몇 섬을 방아 찧고 돌아서면 쌀독에 거미들이 그네를 탔다. '새 중에 먹새가 제일크다.'는 말이 실감났다. 대가족 먹고 입는 치다꺼리가 매일 태산 같았다. 시아버지는 흰 바지저고를 즐겨 입으셨다. 큰동서는 시아버지 옥양목 바지저고리에 풀 먹여 반들반들하게 해 놓는다. 하루에 몇 벌씩 갈아입고 아궁이 고치는 흙일을 했다. 내색 한번 없이 묵묵히 해드렸던 기억이 짠하게 와닿았다. 그사이에 시모는 늙어가면서 위급한 상황이 발생했다.

"삐요, 삐요."

구순을 앞둔 시어머니가 지병을 앓다가 의식불명이 되어 구급차에 실려갔다. 형제들이 부모님을 지켜 드리기 위해 의견이 분분했다. 병원 생활 한 달만에 시어머니가 퇴원을 했다. "엄마 보고 싶어." "배고파."라고 졸라댔다. 치매가 깊어지면서 "한 부모는 열 자식을 거느려도 열 자식은 한 부모를 모시기 힘들다."는 말처럼. 잘 모셔도, 못 모셔도 말이 무성한 정글 같은 집안을 인내와 신앙으로 다독였다.

거미열차를 끌고 달려온 헌신적인 그녀의 사랑 덕분에 형제들은 결혼하고 자식들을 낳아 도시로 흩어졌다. 객지에 살다보니 명절에 한두 번씩 들락거렸다. 그녀는 소문난 착한 며느리로 정성을 다했다. 시모는 회복하지 못하고 안타깝게 소천하시고 2년 후에 큰시숙도 지병인 고엽제 합병증으로 시름시름하다가 돌아가셨다.

땅굴을 수백 마일을 달린 거미 소굴인 고향에 왔다. 수거미들은 다 돌아가고 여왕거미만 살아남아 늙어가고 있다. 그녀가 혼자 살고 있는 낡은 고택에는 파란 이끼가 영토를 넓히고 서까래는 나팔을 불었다. 그녀는 거미열차와 함께 낡아졌다. 그 중압감을 지탱하느라 뼈 마디마디가 휘어서 비틀비틀 사위어 갔다. 거미열차 바통을 물려받은 열차 승객들은 잠깐 들렸다가 돌아간다.

거미열차는 사명을 다하기 위해 무거운 객실을 달고 긴 행렬을 이어왔다. 녹물을 철철 흘리며 바퀴들이 비틀거리다가 끼익, 철로 위에 널부러졌다. 이제 다시 내가 물려받을 거미열차가 봄볕에 아지랑이처럼 반짝인다. 자식들도 훗날 이 인생의 거미열차를 차례로 물려받을 것이다.

김옥순
kimok112@hanmail.net

풀꽃 피다
아카시아꽃 떨어져
아파트 엘리베이터
가을

감자꽃은 춘궁기에도 제철 맞추느라
더디고 더디게 핀다. 하얀 꽃, 보라 꽃
꽃에서 꽃물 내려 감자알 물든다
굵고 실한 감자 수확을 바라며,
밭고랑을 헤집고, 포기마다 마른 흙을
올리고 또 올린다.

풀꽃 피다

풀밭에서 풀풀
풀냄새 나는 꽃 피었다
쌀눈 없는 하얀,
밥알 같은 꽃

눈길 주는 이 없어
조금은 쓸쓸한 얼굴
풀밭을 지나는 개가
보는 사람 없나 돌아보고
뒷다리 들고 쉬를 한다
시시한 풀, 이름 없는 꽃

더위를 식히느라
풀을 깔고 앉은 햇빛
참! 예쁘게 생겼다
풀꽃에 수작을 건다

소낙비에 눕지 않고
목숨은 지켜내야 하는 것
꽃 피워 씨 맺어야 한다

오후의 그리움

뿌리를 흙에 깊이 박고
있는 힘 다해 꽃을 피운다
군데군데 작은 돌무더기
밭고랑 없는, 풀만 있는 밭

여리고 하얀 꽃 피었다
모양 없는 풀꽃 피었다

아카시아꽃 떨어져

우물가에 팔 벌린
서너 그루 나무
오월 오기를 기다린다

아카시아꽃 하얗게 피었다
온 동네에 퍼지는 매혹적인 향기
꽃송이 뒤척이는 더운 하루
퐁퐁 솟아올라 원을 그리는 샘물

하늘 가리고 늘어진 꽃송이
꽃잎 떨어져 우물에 파문이 진다
물동이 이고 온 여인
물에 동동 뜨는 달콤한 밀어
여인의 얼굴 물속에 일렁인다

꿀벌 꿀 따간 아카시아꽃
쉰 보리밥처럼 누렇게 질컥이는
꽃잎, 후드득후드득 떨어지고
아쉽고 서러운 여인의 봄날

계절은 저만치서 못 본 체한다

모든 일은 수평을 맞추는 것
바가지 띄운 물동이 찰랑거리고
똬리에 붙은 매운 살림

오월 가고 꽃잎 떨어져
아카시아향, 우물에 섞이고 있다

아파트 엘리베이터

나를 가두고 위로 끌어 올린다
등을 보이던 3층의 젊은 여자
문 열리자 빠져나가고
14층 아저씨에게 머리 숙여 보이고
나도 9층에서 내린다
직선으로 오르내리는 반복 운동

발아래, 머리 위에 사는 사람
포개어진 시멘트 상자 속의 이웃들
TV 보고, 밥 먹고, 잠자고, 화장실 간다
웃는 집, 우는 집, 아픈 집,
밖으로 나가는 길. 엘리베이터
벽을 보고, 전화하고, 문자 보내고
다들 바쁘다. 너무도 바쁘다

엘리베이터는 몇 층 사는지 안다
장바구니에 무엇이 들었는지 안다
벽에 숨은 많은 눈
벽에 숨은 많은 코
벽에 숨은 많은 귀

빨강, 파랑, 노랑 색색의
얼굴, 얼굴, 얼굴

15층 아파트 엘리베이터
이웃들을 한입에 삼키고
층층이 토해내는 요술 상자
바쁘게 보낸 하루. 집에 오는 얼굴
무거운 다리 덤덤하게 운반하는
앉지 못하는 짐꾼

사선(斜線)으로 누운 계단이
멀거니 쳐다본다

가을

폭우 이겨낸 들녘
김해평야 벼메뚜기 익는다

허리 굵어진 강바람
통통한 낙동강 참붕어

과수원 달콤한 햇살이
사과 알 어루만져 아삭아삭하다

햇빛 갈래에서 쏟아지는 열정으로
사서삼경을 읽은 머리 무거운 조 이삭
약이 올라 독해진 매운 고추

설악산에서 내려오는 가을
빨강, 노랑 나뭇잎이 미끄럼을 탄다

무릎 아픈 바람이 마당에서
메주콩 쭉정이 고르는 멍석에 앉아
깨알 글씨로 쓰는 편지
감자씨 놓을 때부터

여름내 흘린 땀방울 쓸어 담아
한 상자 가득 서울 딸에게 부친다

차가운 하늘, 가랑거리는 풀벌레
연골에 바람 든 들꽃
갈대는 포옹하며 서걱거린다

텃밭 구석 늙은 호박 한 덩이
감나무 배경하고, 가부좌 틀고 앉아
가을 소리 구경한다

김소예
mylovekorea@hanmail.net

또 한 번의 후회
문이 없는 학교
변주의 매력
온양온천역

글을 쓴다는 일은
진실된 삶을 디자인하는 일이요,
자신감을 갖는 일이다.

반면, 남의 글을 읽는 일은
자신을 발견하는 기쁨과 깨달음을
얻는 일이다.

나는 날마다 삶의 멋진 디자인을
위해 읽고 쓰기를 계속할 것이다.

또 한 번의 후회

산 여울,
수십 년 해 넘어가는 여울 소리에 바랜 붉은 벽돌집
이상 기온으로 저마다 입만 열면 더위를 뿜어내고
매미도 귀청 때리는 울음소리로 부채질한다
더위에 설친 새벽,

책상 앞에 앉으니, 흐트러진 종이와 책 위로
길을 잘못 든 왕개미 한 마리가 기웃기웃 부산을 떤다
지레, 몸속으로 들어와 괴롭힐 것 같은 순간
"요놈이 여기가 어디라고" 하며 지그시 눌렀다
고개를 좌우로 갸우뚱하더니 아무렇지 않다는 듯이
하던 행동을 계속하는 모습
'요것 봐라 이래도' 하며 좀 더 세게 눌렀다.
이방인이란 이유만으로 매를 맞고 질펀하게 앉아 있다가
털고 일어난 아이처럼
아픈 고개를 이리저리 흔들거리다가 책상 밑으로 떨어진 왕개미

화들짝,
'내가 지금 무슨 짓을 한 거야
그냥 밖으로 내보내 주지'

나약한 소치 때늦은 후회
미물이지만 이것도 귀한 연인 것을……

문이 없는 학교

창이 있어도 바깥세상을 볼 수 없다 산보다 높아서
문이 있어도 그림 속에 닫힌 문일 뿐이다
총칼이 없어도 무서운 곳
자유가 묶인 곳
이곳은 딴 세상이다.
엄마의 애꿎은 잔소리가 간절한 곳

독수리 눈초리가 날카로운 좁은 공간
그 눈초리에 시달리고 정신이 억압되고
무절제 속에 살다가 들어 온 천둥벌거숭이들
요란한 문신으로 상대를 제압하는 겁쟁이
갖가지 사연으로 자유의 발이 묶인 이들

봉사 선생님이 오셨다
그녀는 이들의 순수함을 꿰뚫어본다
수업시간에 시낭송 한 편을 들었다
진달래 소녀 같은 시가 그들의 가슴을 문질렀는지
부드러운 말씨, 따뜻한 가슴이 그들의 가슴을 문질렀는지.
다음 주 시간에 한 소년이 선생님에게 종이쪽지를 내밀었다

"어젯밤에는 잠을 한 숨도 못 잤다
눈물로 목욕하느라고."

그가 겨울 대리석보다 차가운 뒷모습을 남기고
엄마의 미소가 반기는 길을 갈 것이다.

변주의 매력

세월은 날아가고 변주가 다채롭다

동네 중 목욕탕이 대형 목욕탕에 밀려서 간판을 내리고

살림집 같은 작은 목욕탕이 좁은 골목에서 자존심을 지키고 있었다니, 고마운 마음으로 문을 열고 들어가 보니

신발장, 옷장, 탈의실의 정감이 익숙함에 적이 놀라웠다

탕 안에는 겨우 서너 명이 그림의 한 장면 같고

물탕에는 햇빛으로 분칠한 구릿빛 얼굴의 할머니와, 피부가 뽀얗고 움직임이 느리면서 어깨가 구부정한 할머니가 인상적이었다.

시골 할머니가 말을 건넨다. "나이가 어떻게 되셨우" 나이를 묻던 할머니가 입을 다물지 못한 채 금방 얼굴에 시름이 가득했다

'행과 불행은 비교에서 온다고 했든가' 서울 할머니가 천천히 나가시는 모습을 바라보며, 시골 할머니의 착잡한 심정이 감지됐다

내가 물탕에 들어가자마자 할머니는 혼잣말로, 반은 나에게 던지듯 말을 하셨다

"글쎄, 방금 그 할머니가 나하고 동갑이라네요." 순간, 나는 충격에서 벗어나지 못하고 있는 할머니께 조심스럽게 말을 건넸다

"할머니, 할머니의 건강미가 정말 예쁘세요." 지금 무슨 소리를 하는 거냐 하는 표정으로 나를 쳐다보시더니, 이내 할머니가 내게 귀를 기울였다

"할머니, 연세가 드시면 건강미가 최고지요 할머니는 등도 안 굽으셨

오후의 그리움

죠, 피부도 건강하시죠, 동작도 재빠르시고, 저도 할머니처럼 나이를 먹었으면 좋겠어요." 할머니의 불편해하든 안색은 이내 사라지고 장밋빛 화색이 감돌았다

목욕을 마무리하고 나가시면서 나를 향해 활짝 웃는 얼굴로 고개를 두 번 끄덕이며 나가셨다

상쾌한 기분 위로 투명한 늦가을 하늘에, 할머니의 미소가 새가 되어 날고 있었다

온양온천역

철길 따라 소담한 코스모스가
오가는 기차를 반긴다.

순 잠에 빠지는 한가한 대합실
시골 풍취 따라 나서면

머 언 산 꿈꾸는 플랫포홈

빛바랜 긴 의자에 걸터 앉은 햇빛
대낮에 꽃잠 즐기는 고추잠자리 한 쌍

칙칙 폭~~ 한 호흡 숨 고르며
들어오는 반가운 기차

역무원이 빨간 잠자리채
높이 흔들면

기차는 멈췄다가 이내 떠남에
어머님의 아쉬운 손끝 흔드는 코스모스

오후의 그리움

온양온천은 학의 전설이 흐르고
소박한 시누이가 꽃 꿈꾸던 곳

소박한 낭만을 묻어버린 철골역
아쉬움이 이슬 되어
코끝에 맺힌다.

김현미

khmhoho@hanmail.net

호이안 골목에서 만난 여인

내 안의 울림에 귀를 기울일수록
나의 민낯이 드러나는 것만 같아 얼굴이 화끈거린다.
조금은 더 당당한 나와 마주할 수 있는 날을 꿈꾸어 본다.
저기, 낯선 골목에서 나를 닮은 듯한 여인이 다가온다.

호이안 골목에서 만난 여인

"투 달러, 투 달러……"

밤거리에 취해 골목을 어슬렁거리고 있었다. 호이안 골목, 목이 터져라 2달러를 외치는 여인과 눈빛이 교류했다. 나부끼는 풍등, 요리조리 피해 나아가는 씨클로, 개미떼처럼 쏟아져 나온 관광객, 무엇을 살까 상점을 기웃거리는 연인, 열려있는 창가에 외로이 다리를 꼬고 앉은 노신사는 커피를 홀짝이고 있었다. 순간 주위에 모든 움직임이 멈추고 그녀와 나만이 오롯이 남겨진다.

덕지덕지 땀과 함께 녹아내린 썬크림 자국에도 여인은 세상 누구보다 눈부셨다. 이 여인에게서 아우라가 느껴진다. 온실 속 나에게는 찾아볼 수 없는 야생의 싱그러움이 그녀의 눈동자에 깃들어 있는 듯했다. 내 마음을 아는지 모르는지 그녀는 나에게 꽃분홍 화관을 내밀었다. 전원을 켜니 불빛이 반짝반짝, 나의 마음을 홀린다. 여인은 자연스레 내 머리 위에 화관을 살포시 올려주었다. 나는 반짝이 드레스를 걸치고 다이아몬드 티아라를 쓰고, 무도회장에 가기 위해 호박마차에 몸을 실은 공주님이 된다.

호이안 마을 한가운데로 길게 흐르고 있는 투본강 중간 어디쯤, 마을과 마을을 연결하는 다리가 놓여 있다. 어둠이 찾아오면, 소원을 비는 등을 띄우기 위해 모여들 관광객을 기다리는 나룻배가 삼삼오오 다정히 정박해 있다. 강가에 군데군데 심어져 있는 야자수마저 내 마음을 간지럽힌다. 강을 중심으로 오른쪽과 왼쪽으로 색 바랜 노랑 빛깔을 뿜내는 단층, 혹은 2층 건물들이 줄지어 늘어서 있다. 기와를 켜켜이 쌓아 올린 지붕에 세월의 흔적이 내려앉았다. 강렬한 붉은 빛을 자랑하는, 흐드러지게 피어있는 꽃들이 색 바랜 노랑과 어우렁더우렁 동무가 되었다.

일본인 거주지와 중국인 거주지를 연결하기 위해 놓은 다리, 내원교가 싱그러운 초록으로 빛나며 어둠이 내려앉을 시간임을 선포한다. 고풍스러운 상점과 상점, 상점과 가로수 사이, 얽히고설킨 수없이 많은 풍등이 신호를 기다렸다는 듯 일제히 박수를 친다. 빨주노초파남보 형형색색 무지개 꿈이 펼쳐진다. 여기가 어딘가? 다른 세계에 빨려 들어온 듯 몽환적인 분위기가 만들어졌다.

룰루랄라…… 씨클로에 앉아 호이안 골목을 누볐다. 님을 찾아 무작정 길을 나선 어느 영화의 여주인공이 아니어도 상관없다. 사람 반 씨클로 반, 마을 가득 풍등의 물결, 나를 향해 손짓하는 풍등에 이끌려 과거 속으로 빨려 들어갔다. 그러나 그것도 잠시…… 수많은 인파를 헤치며 씨클로 운전사는 아슬아슬 곡예를 하고 있다. 연신 입으로 빵빵빵 클랙슨을 울렸다. 이쯤 되니 그냥 앉아 있기가 난감하다. 투본강에 내려앉은 노을도 안중에 없었다. 어, 어, 어…… 작은 눈을 동그랗게 뜨고 앞에 걸어가는 사람들이 씨클로 바퀴에 어찌되지 않을까 마음을 졸였다. 운전사의 목소리가 꽥꽥 아기오리 지휘하는 엄마백조로 변해갔다. 골목골목 외줄 타는 기분이다. 그 순간 "투 달러, 투 달러……" 앳된 얼굴의 여인이 가방과 화관을 두 손 가득 안고 우리 곁을 지나갔다.

씨클로에서 내리니 등짝에 땀이 흥건하다. 괜한 기분에 손부채질을 두어 번 해 보았다. 누가 뭐래도 여행의 묘미는 시장구경이니, 이제는 뚜벅이가 되어 골목을 누볐다. 시장 입구에 풍등을 파는 가게의 모습은 과히 압도적이었다. 수백 개의 풍등에 불빛이 내려앉으니 낮과는 비교할 수 없는 아름다움이다. 열대과일의 향기가 나를 이끌었다. 뷔페에서 냉동으로 만났던 온갖 과일들이 날것 그대로의 모습으로 나의 눈을 매료시켰다. 두툼한 겉껍질을 까면 마늘처럼 생긴 하얀 속살을 드러내는 망고스틴, 털 달린 붉은 껍질을 지닌 람부탄, 반을 가르면 새하얀 속살에 검은 깨를 박은 듯한 모습을 자랑하는 용과, 그리고 개구리알 모양의 끈적끈적한 속살을 드러내는 패션프루트. 이 모든 열대과일이 나를 두 팔 벌려 환영한다.

주위의 황홀한 불빛에 취해 있었다. "투 달러, 투 달러……" 아까 그 앳된 여인의 음성이 들려온다. 꿈결 같은 목소리를 따라서 여인에게로 눈길을 돌렸다.

그녀는 어떤 가정을 꾸리며 살고 있을까? 갑자기 오지랖이 발동하면서 그녀의 사생활이 궁금해졌다. 웃통 벗은 꼴사나운 모양새로 우리네 목욕탕 의자에 쪼그리고 앉아 하루 종일 커피를 홀짝이고 있을 남편, 그를 위해 이 밤거리를 헤매는 것일까? 아니면 노름빚에 쫓겨 도망간 남편의 시부모님과 두 아들, 단칸방에서 와글와글 그녀만을 기다리고 있을 식구들의 가장이기 때문일까? 그것도 아니면 한국 가서 꼭 데리러 다시 오겠다는 남편 말만을 온전히 믿고 그를 그리워하며 목청을 높이고 있는 것일까? 쓸데없는 상상에 머리를 좌우로 크게 흔들어 본다.

오후의 그리움

왠지 꿈과 낭만이 가득할 것 같았던, 꿈 많던 스무 살의 내 모습이 겹쳐졌다. 그 시절 마냥 해맑기만 했던 순수함이 이 여인에게서 뿜어져 나오는 듯했다. 2달러를 여인의 손에 꼬옥 쥐어 주었다. 여인이 내 머리 위에 올려준 화관을 가만히 만져 본다. 행운의 상징, 2달러. 미국의 배우가 2달러 지폐를 선물받고 모나코 왕국의 왕비가 되었다. 모두에게 행운을 빌어주고 싶은 밤이다. 나는 오른쪽 골목으로 천천히 걸어갔고, "투 달러, 투 달러……" 외치며 그녀는 왼쪽 골목으로 사라졌다. 그 골목길 끝에 이국의 단발머리 소녀가 서 있다.

반가이 손짓하는 풍등, 입으로 빵빵빵 클랙슨 울리는 씨클로, 앞서 걸어가는 살짝 들떠 있는 연인의 뒤태, 코끝을 간질이는 커피 내음, 허기를 일깨워주는 쌀국수 냄새. 나는 현실로 돌아온다. 누군가는 2달러의 행운을 머리에 이고, 누군가는 2달러의 행운을 두 손에 쥐고 어제보다 나은 내일을 굳건하게 살아갈 것이다. 저쪽 골목 어디쯤에서 여인의 목소리가 바람결에 실려 오는 듯하다.

윤기환

철로 위에서

고향을 떠나온 후
늘 고향은 가슴속 한구석 아련한 그리움이었습니다.
가끔씩 그곳에 갈 때마다
그리운 사람들은 하나 둘 떠나고,
낯선 사람들이 그 자리를 메워갔습니다.
빈집은 늘어나고, 흘러간 세월만큼 변해가면서
고향 가는 발길은 더디어졌습니다.

오십 성상이 덧없이 흘러버리고
귀밑머리 희끗한 소년이 고향을 찾아
그 아련한 추억을 더듬어 보았습니다.
너무도 많이 뒤바뀌 놓은 세월의 흔적을 찾고 찾았습니다.
그러면서 알았습니다.
이제 소년의 고향은 가슴속 깊은 곳에
더 또렷이 남아있다는 것을……

철로 위에서

먼동이 트기까지는 아직 멀다. 들판은 한 치 앞을 보기 힘들 정도로 짙은 어둠에 짓눌려 있다. 멀리 희미한 불빛 몇 줄기가 새벽잠에 겨워 깜빡깜빡 졸고 있다. 동지섣달을 넘어선 한겨울, 온몸으로 파고드는 칼바람이 매섭다. 초등학교 5학년을 마친 열두 살 소년은 그 밑으로 열 살, 일곱 살배기 남동생들의 손을 잡고 졸리운 걸음을 종종거렸다. 소년의 아버지와 어머니 그리고 할머니는 옷가지와 이불 보따리, 살림살이 짐꾸러기 하나씩을 이고, 메고 말없이 발길을 옮겼다. 동네 어귀를 벗어나 들판을 가로지르는 철길에 들어섰다. 철로는 닿을 수 없는 거리를 유지한 채 소년의 길을 익숙하게 안내해 주었다.

무거운 발걸음이 차가운 침묵 속에 이어졌다. 이따금씩 동생들의 기침 소리와 울리는 발소리만이 신새벽의 적막을 두드렸다. 발길을 재촉하여 도착한 동산촌역이 안개 속 불빛에 희미하게 모습을 드러냈다. 서서히 동쪽 하늘이 밝아오면서 길게 뻗은 시커먼 철마가 눈에 들어 왔다. 소년은 설렘과 두려움을 안고 생전 처음 열차에 올랐다. 기차는 희뿌연 연기를 토해내며 한바탕 꽥꽥 울어대더니 서서히 움직이기 시작했다. 잠시 후 오르막길에 접어든 기차가 거친 숨을 내뿜었다. 소년은 성에가 잔뜩 낀 창을 입김을 불어가며 옷소매로 문질렀다. 차창 밖으로 뿌연 여명과 고향 마을이 스쳐 지나갔다. 그렇게 소년의 고향은 철로 위에서 서서히 멀어져갔다.

오십 년이 흘렀다. 환갑을 넘긴, 귀밑머리 희끗한 그 소년이 고향 마을을 찾았다. 소년의 고향 신정리. 전주와 익산의 중간쯤에 자리 잡고 있는 작은 마을. 주변에 작은 언덕 하나 보이지 않는 평야 위에 마흔 남짓한 가옥들이 옹기종기 모여 살았다. 동네 앞 너른 벌판에는 맑디맑은 시냇물이 주절주절 흘렀다. 마을 뒤로는 호남평야의 젖줄인 만경강이 눈이 시리도록 푸르게 펼쳐지고, 서쪽으로는 기찻길이 길게 달리던 마을이었다.

동네 어귀에서 마을로 이어지는 길을 들어섰다. 콘크리트로 잘 정돈된 널찍한 길이 마을까지 이어져 있다. 소년이 어릴 적 이맘때쯤이면, 길 양편으로 코스모스가 지천으로 깔려 한들거렸다. 달구지가 덜컹거리며 오가던 길 가운데는 소똥 몇 덩이가 늘 뒹굴고 있었고, 그 자리엔 풀들이 듬성듬성 잘도 자랐다. 지금은 풀 한 포기 내어주지 않는 그 길을 따라 마을로 들어섰다. 젊은 청년이 자전거를 타고 무심하게 스친다. 잠시 후 마흔 남짓한 여인네가 어린아이의 손을 잡고 지나다가, 낯선 이방인이 의심쩍은 듯 흘끔 쳐다본다. 소년은 눈인사라도 하고 싶었으나, 이미 지나친 그들을 물끄러미 바라볼 뿐이다.

당연한 일이지만, 옛 모습 그대로인 집은 없다. 기와집이 단 한 채밖에 없던 마을에는 번듯한 양옥집들이 즐비하니 자리하고 있다. 2층으로 우뚝 선 집 앞마당에 잔디가 깔리고, 담장이 높게 드리워진 집도 있다. 소년이 살던 집터를 지났다. 이미 오래전 외지인이 들어와 살고 있다는 그 집은, 블록담장과 굳게 닫힌 대문이 낯선 사람의 접근을 거부했다. 대문 사이로 살며시 들여다 보았다. 아무런 인기척이 없다.

측간 옆에 자그만 닭장과 뒤엄자리가 있었고, 맞은편엔 복숭아나무 한 그루가 서 있던 앞마당은, 새로 지어진 건물이 자리 잡아 흔적도 없다. 앵두나무 두 그루와 장독대에 피던 꽃들도 온데간데없다. 술 한 잔 거나하게 드신 날엔 밤늦게 과자 한 봉지 사들고 삼 형제를 깨우던 아버지, 소년의 키만큼 높은 보따리를 머리에 이고 장에 나가던 어머니, 그런 어머니를 대신해서 부엌과 앞뒤 마당을 분주히 드나 드시던 할머니, 흙장난 치며 뒹굴던 동생들, 칠흑의 밤이면 멍석에 누워 손에 닿을 듯 쏟아지는 별들을 바라보던 사촌누이들은 보이지 않는다.

그래도 구부러진 골목길은 그대로이다. 동네 한가운데 고샅은 마을 아이들이 늘 모여서 놀던 곳이었다. 자치기, 말뚝박기, 공차기, 딱지치기, 땅따먹기를 하던 아이들은, 세월이 흐르면서 뿔뿔이 제 갈 길을 찾아 하나 둘 고향을 떴다. 논밭 몇 뙈기의 배고픔을 이기기 위해 서울로, 전주로, 대전, 인천 등지로 떠난 뒤 돌아오지 않았다. 몇몇은 지금도 가끔씩 안부를 물으며 살고 있지만, 대부분은 이 고샅에 어릴 적 흔적만을 남긴 채 소식이 없다. 모퉁이를 돌아가니 폐허가 된 집 한 채가 을씨년스럽게 눈에 들어온다. 반쯤 무너진 집채가 시커먼 입을 벌리고 누워있고, 마당은 잡초만 무성하다. 동네 한 바퀴를 도는 동안 이렇게 버려진 집들이 군데군데 몇 곳 더 보였다. 정든 집을 버리고, 어느 하늘 아래선가 고향을 그리며 살아가고 있을 옛 동무들이 아련하게 다가왔다.

들판으로 발길을 돌렸다. 동네 앞 너른 논배미를 가로지르던 냇가로 갔다. 동네 아낙들의 빨래터였던 이곳은 아이들의 놀이터이기도 했다. 여름철 내내 소년과 마을 아이들은 이곳에서 살다시피 했다. 그 티 없이 맑던 아이들의 웃음소리와 물장구치던 소리가 아직도 귓전에 먹먹한데,

콘크리트 도랑으로 변해버린 냇가는 소년의 옛이야기를 묻어버렸다.

누렇게 익어가는 나락이 고개를 숙인 논길을 따라 철로 위에 올랐다. 서울에서 전주를 지나 여수까지 이어지는 전라선 철길. 이 길을 따라 소년은 국민학교 5학년까지 십 리 길 학교를 걸어 다녔다. 철길은 소년과 동무들에게 또 다른 놀이터였다. 학교에서 돌아오는 길엔 삼삼오오 짝을 이뤄, 레일 위를 누가 안 떨어지고 멀리 가는지 시합을 하곤 했다. 가위바위보를 하다가 심심해지면, 철로 침목 위에 크레용으로 낙서도 했다. 겨울철엔 불장난을 하며 십 리 길 추위를 녹였다. 어떤 날은 철로에 앉아 하루에 몇 번밖에 오지 않는 기차를 한없이 기다렸다. 기차를 만나는 날에는, 열차에 몸을 싣고 어디론가 떠나는 모습을 상상하기도 했다. 열차가 서울까지 간다는 것을 알았을 때는 서울에 대한 막연한 동경심도 함께 실었다.

수년 전 전라선 KTX가 새로 생기면서, 마을 동쪽으로 거대한 괴물처럼 가로지르는 고가철도가 고향 마을을 완전히 다른 모습으로 바꿔버리고 말았다. 고향이 그리울 때마다 늘 소년의 가슴속에 두 줄기로 달리던 옛 철길은, 구조물이 거둬지고 잡초만 무성한 채 아득한 추억으로 길게 누워 있을 뿐이다. 50년 전 새벽, 소년이 고향을 떠나며 차창을 바라보던 그 철길은 이제는 없다. 그래도 그 길에 묻힌 기억의 흔적을 따라 걷는다. 고향 앞뜰이 눈에 들어온다. 드넓던 들녘에 군데군데 비닐하우스가 자리 잡더니, 언제부턴가 물류창고와 공장이 하나둘 들어섰다. 저 멀리 보이는 동산촌역은 아파트촌으로 변한 지 오래다. 철로 위에 선 소년에게 고향의 옛 모습은 없다.

서쪽 하늘에 해가 걸리면서 땅거미가 스멀스멀 기어올라 왔다. 다시 마을 골목길에 들어섰다. 가끔씩 고향땅을 밟을 때마다 정겹게 반겨주던 어르신들은 이제 거의 이 세상에 없다. 소년이 뛰놀던 골목길엔 어색한 사람들만이 이따금 스쳐가고, 불빛을 밝힌 담장 너머로 낯선 목소리만 흘러나왔다. 서울이라는 도시의 늪에 갇혀 겨우겨우 정 부치고 살며 그리던 고향은 이제 서먹한 얼굴로 변해버렸다. 50년이나 더 늙어버린 소년의 가슴 깊은 곳에 흑백사진 같은 낡은 흔적으로 남아있을 뿐이다.

갑자기 육중한 열차가 어둠이 스며드는 고향 마을의 초저녁을 소란스럽게 가르고 지나간다. 기차는 눈 깜빡할 사이에 소년의 시야에서 사라졌다. 무심하게 흘러버린 세월이 기차의 꼬리를 물고 철로 위를 따라갔다.

양해헌

yj5368@naver.com

비탈에 서서 하늘을 본다
인터뷰

우연히 남산에 올랐다.
거기서 수필쓰기 이수정 교수님과 수정샘물문학회를 만나
남산은 내 인생 2막의 신나는 놀이터가 되었다.

지난 3학기 동안 참 행복했다.

본래 글쓰기보다 그저 밥 먹고 노는 거를 더 좋아하는 터에
남산에 오르는 날은 내 인생 2막의 화려한 불꽃이다.

수필쓰기 이수정 교수님과 수정샘물문학회에 감사드린다.

앞으로 더 열심히 밥 잘 먹고 행복하련다.

비탈에 서서 하늘을 본다

Ⅰ

재취업 비정규직은 3월 첫 출근이다. 그런데, 책상에 모니터 2대가 나란히 놓여있다. 모니터 아래쪽에 메모가 붙어 있다.

①west2030
②west2030!
무슨 뜻이지?
오호라 알겠다! 왼쪽 것은 ①번, 오른쪽 것은 ②번!

오른쪽 것만 쓰기로 하고 west2030! 입력 후 엔터키를 두드린다.
암호가 틀린단다. 왜지? 주위를 둘러본다. 아무도 신경 쓰지 않는다.
현직 때는 후배들이 알아서 척척 해주었는데…… 어쩐다? 좀 싸가지이긴 하지만 그래도 만만한 인턴 김군을 부른다.

아하 이거요?
①은 Enter Password고요,
②은 Windows Password예요.
순번대로 ①번하고 ②번하면 돼요.

후배의 눈길이 깔깔하다. 알고 나면 당연하고 아주 기본적인 조작조

차 후배에게 물어봐야 하다니……

직장생활 40년의 자존심이 이렇게 무참하게 무너진다. 한심하고 화가 난다.

Ⅱ

컴퓨터를 켰다. 안 들어온다. 출근할 때 보안점검 어쩌고 하는 안내문이 출입문에 붙었던 생각이 난다. 책상 밑 전원 스위치가 꺼져 있다. 전날 보안 당번이 스위치를 내려놓고 간 모양이다.

오우 케이! 전원 스위치를 올렸다. 딸칵! 모니터 하단 전원이 깜빡거린다.

앗싸!

기다린다……

곧 켜지겠지……

또 기다린다……

아직도 화면이 쌔까맣다……

기다리는 마음도 쌔까매진다……

더 기다릴까?

아냐 뭔가 잘못 됐어.

며칠 전 새로 입사한 깔깔이한테 물어볼까?

아냐 더 기다려보자……

아직, 이다……

에이 모르겠다. 다시 시작하자. 데스크 스위치를 길게 눌렀다. 어? 화면이 밝아진다. 전원 스위치만 켜고 컴퓨터 부팅은 하지 않았던 것이다.

후후 하마터면 후배에게 또 한 번 창피를 당할 뻔했다!

Ⅲ

낙원동 송해길에 갔다. 우거지얼큰탕 국밥 한 그릇에 속을 달래며 주머니 속 구겨진 메모지를 다시 편다.

《인생 2막 시대의 신행복론》
㉮ 나이 드는 것을 슬퍼하지 말라
㉯ 스스로를 평가절하하지 마라
㉰ 도움을 청할 줄 알라
㉱ 망설이면 두려움만 커진다
㉲ 미래를 만드는 것은 현재다

Ⅳ

오늘 아침, 노병은 블루투스 이어폰을 귀에 꽂고 노란색 띠로 장식된 백팩을 추스르며 출근길에 나섰다. 신촌역 6번 출구. 서강대 올라가는 비탈길이다. 싱그럽고도 상큼한 바람이 앞서가는 젊은이들을 헤치고 파도처럼 온몸에 적셔온다.

100세 시대야. 인생은 60부터라고 그랬어.
그리고 100세를 살고 있는 김형석 교수님이 인생의 황금기는 60세부터 75세까지라고 했어.

하늘을 본다. 어제 세상을 등진 어떤 사람에게는 이 하늘이 이루지 못한 간절한 축복이었을 것이다.

인터뷰

(안내) 이 '인터뷰'는 이인화의 단편소설 「말입술꽃」의 내용 중 일부를 재평가한 것이므로 '말입술꽃'을 먼저 깊이 감상하시고 읽어 주세요.

제 소개를 하라고요? 하하, 그래야겠지요. 저는 양영규입니다. 그것말고 신분을 밝히라고요? 무직인데요? 아하, 알겠습니다. 제가 무슨 사연으로, 누구와 무슨 관계로 여기에 왔느냐고요? 큭큭, 저는 서상효의 처남입니다. 아, 이인화가 쓴 단편소설 「말입술꽃」의 주인공 서상효 있잖아요. 그 처남이라고요. 즉, 서상효의 처 양영님의 쌍둥이 남동생 양영규올시다. 그런데 나야말로 왜 여기 와야 했는지 모르겠네요. 이 집은 음식값이 꽤 나갈 텐데. 강남에, 고급 호텔 커피숍에……

예? 서상효가 한국에 백골로 돌아온 이후의 얘기를 좀 하라고요? 허허, 할 만한 얘기 있나요. 영님이가 애들 데리고 그냥 한강에 나가서 뿌리고 말았지. 우리 영님이도 그러고 싶었겠습니까마는 그때 형편이 그랬지요. 누구 하나 관심 갖고 신경 써준 사람 있었나요? 또, 그 작자가 한 짓을 생각하면 그 백골, 쳐다보기도 싫었을 겁니다.

죽어 돌아왔으니 망정이지 사람이라면 살아 돌아올 염치를 가지면 안되지요. 집구석에서 남편 노릇을 하기를 했나, 그렇다고 돈을 척척 앵기기를 했나, 아이들에게 사분사분 자상하기를 했나. 어느 한구석 봐줄 구석이 없는 놈팽이, 아니 잡놈이었지요. 그 주제에 또 여대생하고 연애는 해가지고 학교에서 쫓겨나질 않나. 그 멀리 몽고까지 가서 그 버릇 못 고치고 남의 여편네 건드려서 또 쫓겨 도망질치질 않나, 참 어이가 없어 할 말이 없습니다. 그러면서도 시인이랍시고 일기는 참 가락지게 잘 썼습디다. 예? 일기 어떤 부분이 그러냐고요? 제가 남의 일기를 봐서 뭐 하겠어요. 영님이가 하도 기가 맥히니 나더러 한번 읽어 보라고 주더군요. 제일 기가 맥힌 건 영님이를 완전 악처에, 세상에 없는 나쁜 엄마로써 놓았더군요. 작가님이 사전에 준비하라 했으니 내가 준비한 것을 한번 읽어 보겠습니다.

「1995.03.22.
야, 이 자식아. 자라는데 왜 자꾸 찡찡대는 거야! 귓싸대기를 맞을 놈 같으니. 건넛방에서 두 아들을 때리는 아내의 쇳소리가 쨍쨍 울린다. (중략) 당신 미쳤어요?로 시작하는 아내와의 언쟁. 발갛게 피고름 덧난 이 일상이 이젠 지긋지긋하다.」

이런 것들이지요. 영님이를 그렇게 만들어 놓은 게 누군데, 누굴 탓하는 겁니까? 우는 아이들 생각한다면 마누라를 다잡던지 달래던지 해야지. 술 처먹으러 밖으로 나가버리고, 취해 들어와서는 처백혀 잠이나 자고.

「1995.03.22.
큰놈이 악을 쓰고 울고 있다. 나는 읽던 책을 찢어 구겨버린다. (중략) 그리고 찻길을 건너 맞은편 술집에서 오늘 일용할 취기를 얻을 것이다. 집에 돌아오면 아내는 또 편도선이 부은 목으로 소릴 지르겠지. 그러나

마나 나는 고꾸라져 꿈을 꾸리라.」

어떻습니까? 남편으로서, 애비로서 그러면 되겠습니까? 일기니 좀 가려서 썼겠지, 사실은 얼마나 속으로 거칠게 욕하고 원망하고 그랬겠어요. 연애할 때 썼던 일기는 더욱 가관입니다. 얘기하라니 내, 다 까발리고 말겠습니다. 보세요.

「1995.05.16.
수련이와 인사동에서 차를 마셨다. 은은한 초록빛 녹차 한 잔이 행복의 신성한 영접처럼 느껴졌다. 깜박거리는 수련의 속눈썹 사이로 사라진 젊은 날들이 일제히 깃을 치며 날개를 펴들었다.」

참, 염병하고 있지 않습니까? 지 마누라는 집구석에서 없는 살림에 애들하고 전쟁 중인데 인사동 찻집? 초록빛 녹차? 속눈썹? 사라진 젊은 날? 환장하지요. 날짜를 보아하니 일주일이 멀다 하고 그 젊은 대학생하고 여기저기 쏘다니고 있었더군요. 그러니 소문이 안 납니까? 선생이 학생하고 버스 타고 광릉에는 왜 갑니까?

「1995.05.23.
서늘해진 숲의 대기 속에서 생명의 고즈넉함이 너무도 사무쳤다. 물리도록 생명을 맛보고 돌아온 지금도 나는 그것들의 그 알코올 같은 향기를 느낄 수 있다.」

마누라하고 새끼들은 건넌방에서 고단하게 잠들어 있는데 애비란 작자는 연애에 취해 그 따위 감상에 젖어 황홀경에 취해 있으니, 참. 집구석이 잘될 수 있겠어요? 내, 한 가지 분명히 밝힐 것이 있습니다. 이건 완전 내 생각인데, 그 작자가 말에서 떨어져 죽었다고 하는데. 예? 말에서 떨어져 죽은 게 아니라고요? 그럼? 말에서 떨어져 다쳤다가 콜레라로 죽었다고요? 허허, 그 말을 믿으라고요? 생각해 보세요. 사람이 그처럼 허무하게 죽을 수 있나요? 나는 그렇게 생각지 않습니다.

몽고에서 함께 바람난 여자 남편이 뭐하는 사람이라고 했지요? 뭐하는 사람인지는 나도 모르지만, 하여간 그 남편이 곰 사냥을 하러 간 사이에 그 짓을 했다는 거 아닙니까? 곰 사냥까지 다닐 정도로 활달한 남자가 마누라 바람난 것을 그냥 두겠어요? 더군다나 몽고처럼 아직, 뭐라 그러나, 개발되지 않은 나라에서. 틀림없이 그 남편이 서상효를 찾아나선 겁니다. 그래서 그 넓은 초원에서 어찌어찌해서 서상효를 찾은 거지요. 서상효는 한 방에 갔고, 그 가족들은 이를 쉬쉬하고 얼른 초장인지 뭔지 해 버린 것이지. 나는 그렇게 생각합니다.

영님이하고 상의해 봤는데, 이 문제는 간단한 문제가 아닙니다. 외교부에 진정을 넣어서 진상을 밝혀 달라고 할 겁니다. 곧 영님이하고 외교부를 찾아갈 거예요. 그래도 한국에서 교수를 했고, 교환교순지 뭔지, 정식으로 발령받아 간 사람이 죽어 돌아 왔는데, 정부에서 자국 국민에 대해 이렇게 허술하게 처리해서 되겠습니까? 한때는 촉망받는 영재였고, 시도 잘 써서 어느 정도 인정도 받던 시인인데 말입니다.

예? 시집이 나왔다고요? 유고시집이? 잘 팔린다고요? 작가님이 어떻게 알아요? 작가님이 그 시집을 내 줬다고요? 아하, 그랬군요. 그럼 돈도 좀 되겠네요? 많지는 않지만 적지 않다고요? 영님이도 알고 있다고요? 네? 이미 상당한 돈을 영님이한테 입금했다고요? 그런데 왜 나는 모르고 있었지? 내가 인터뷰 나간다고 할 때에도 그런 소리 없었는데. 오호, 알겠다. 내가 알면 좀 내 놓으라고 할까봐 숨기고 있었군. 참 어이없네. 아무러면 내가 죽은 자기 신랑 돈을 넘볼까.

영님이가 그런 애라니까요. 자기밖에 모르고. 인정머리가 없어요. 그러니까 신랑이 밖으로 나돌고 외국에 나가 죽어 돌아오지. 말이 나왔으니 말이지 영님이 그 애, 참 못된 아이입니다. 어려서부터 집에서도 내놓은 아이였지요. 가출을 밥 먹듯 하고 이놈 저놈 연애란 연애는 동네 소문나게 해대고. 서 서방을 만난 것도 잠깐 즐기는 정도였는데 서 서방이 너무 곧아서 헤어질 수 없다하니까, 할 수 없이 결혼하게 된 것이지요. 그랬으면 이제 조신해야지. 영님이 행실이 좀 그래서 서 서방이 고민 많았어요. 큰아이를 보시면 아시겠지만 그 애가 서 서방을 닮은 구석이 하나도 없어요. 아마 서 서방도 그것을 알고 고민 많이 했을 겁니다. 큭큭. 내 추측입니다.

잘나가던 서 서방을 망친 게 영님이라니까요. 남편이 죽어 돌아왔는데도 눈물 한 방울 안 흘리고 장례 치르는 거 보셨잖아요. 죽은 서 서방만 안 됐지. 쯧, 쯧. 그나저나 영님이는 좋겠다. 허, 허. 인터뷰 그만 합시다. 급히 가볼 데가 생겼어요.

그나저나 얼마나 입금했답디까? 모른다고요? 허허, 그런가요? 그런데, 이런 인터뷰하면 뭐, 수당인가 뭔가 하는 거 안 주나요? 주는 걸로 알고 있는데. 이렇게 비싼 고급 호텔에서 인터뷰하고 그냥 쌩까지는 않겠지요? 아까 알려 드린 계좌로 적당히 입금해주세요. 자, 그럼 저는 이만……

　아, 잠깐! 제가 이랬다저랬다 한다고 속으로 '참, 사람 못 났구나' 하고 욕하고 있지요? 큭큭, 할 수 없지요. 욕할려면 하세요. 사람이 원래 그런 거 아닌가요? 뭐, 사촌이 논사면 배 아프다. 아니면, 적의 적은 아군이다. 뭐, 그런거요…… 그리고 잘난 서상효나 백수로 사는 저나 한 세상 살기는 매한가지 아닌가요? 어찌보면 서상효가 나보다 더 불쌍하지. 개똥밭에 굴러도 이승이 낫다고…… 아이고 바빠라. 저는 이만 실례! 휘리릭~~

신윤석

syssin@naver.com

목련

집터

지난해만큼은 아니지만 올여름도 어지간히 더웠다.
엄마는 더위를 많이 타셔서 여름만 되면 무척이나
힘들어하셨는데, 바람 잘 드는 곳에 모셨으니 한시
름 덜었다. 그래도 에어컨을 켤 때면 죄스런 마음에
더위가 쉽게 떠나지를 않는다. 살아생전에 다하지
못한 효도를 이제와 무엇하리요. 어미 향한 그리움
에 졸필로 흔적을 남겨본다.

風樹之嘆(풍수지탄): 樹欲靜而風不止, 子欲養而
親不待(수욕정이풍부지, 자욕양이친부대 - 나무는 고요하고
자 하나 바람은 멎지 아니하고, 자식은 봉양하고자 하나 어버이
는 그를 기다려 주지 않는다.)

지난봄에 천국가신 어머니를 그리며……

목련

　그놈의 동장군이 꽃길을 막아서 비켜주지를 않는다. 병원 길 건너 고물상 담벼락 끝에서는 아기 주먹만 한 목련이 찬바람에 쥠쥠 손을 쥐락펴락한다. 1월 초에 왔으니 여기 생활도 벌써 3개월째다. 큰아들 내외가 왔다 갔다. 휠체어를 태워달라고 해서 물리치료실에 갔다가 다리에 힘이 풀려 주저앉아 버렸다. 엄마는 이제 소변이 나와도 감각이 없다. 기저귀가 푹 젖어 무겁게 엉치뼈에 걸려있다. 혼자는 요량이 없으니 간병인에게 부탁을 해야 하는데, 자식들한테는 말을 할 수가 없다.

　집에 있을 때도 별로 말이 없었지만 병원에 온 이후로는 아들에게 더 말이 없다. 집에서 모시기 싫어 병원에 유배시켰다고 생각하는 것 같다. 간병인 말로는 딸들이 오면 말도 잘한다는데, 아들한테는 얼굴 몇 번 보고 그만 가라고 한다. 조금 자존심이 상하는 일이라도 부탁을 해주었으면 좋으련만 절대 그런 말은 안 한다. 아들은 그저 멍하니 앉아 있다가, 쩝쩝 입맛을 다시고는 무거운 발걸음을 돌린다.

　며느리가 만만한가 보다. 아들에게는 아무 말도 안 하다가 며느리를 보면 "병원에서 주는 반찬이 닝닉해서 너무 맛이 없어. 밥도 물러 터졌어." 이거 해 와라 저거 해 와라 필요한 게 많다. 임산부의 변덕같이 먹고 싶은 것은 많은데, 정작 먹을 것을 보면 어린애같이 입이 짧다. 그나마도 처음에는 조금씩만 가지고 오라고 하더니, 이제는 그녀들만의 조그만 세상 속에서 여기저기 인심을 쓰며 도토리 키재기를 한다.

엄마는 하루를 살아도 자존심만은 지키려 했었다. 하루에도 서너 번 기저귀를 갈 거나 가끔 목욕을 시켜줄 때 간병인에게 치부를 드러내는 것을 너무도 싫어했다. "손도 못 대게 해요. 얼마나 깔끔하신지……" 간병인의 불평이다. 질긴 목숨은 그렇게 호락호락하지 않는다. 빨리 기력을 회복해서 집으로 가려고 했다. 조금만 거들어 주면 화장실도 갈 수 있을 줄 알았다. 하지만 이제는 안될 듯싶다. 종아리 아래가 감각이 없다. 퉁퉁 부어서 꾹 누르면 쑥 들어가서 제자리로 돌아오지를 않는다. 아무리 그래도 엄마는 여자이기에 간병인은 몰라도 자식들이나 며느리 한테까지 자존심을 내어 줄 수는 없는가 보다.

"뭐 하러 왔어? 빨리가." 얼굴을 보자마자 엄마는 역정이다. 왜 화가 났는지 모르겠다. 간병인에게 물으니 대변을 봐서 기저귀를 갈아야 한다고 한다. 아들은 이럴 때 어찌하지 못한다. 눈앞이 뿌옇다. 침을 꿀꺽 삼키고 휙 그냥 돌아서 나간다. 길 건너 고물상 한 편에 핀 목련은 하얀 나비 되어 눈이 부시다. 용도를 다한 늙은 고철 더미 모서리에 핀 목련이 삶의 은유처럼 곱다. 한순간 피었다가 고물처럼 누워버리는 그런 게 삶이일까.

엄마는 어떻게든 살아보려고 일주일에 한번 물리치료를 해달라고 했다. "큰돈은 없어도 노령연금이 나오니까 물리치료비 2만 원 정도는 내가 낼 수 있어." 하지만 병원비가 얼마나 나오는지 한번도 안 물어봤다. 벌어 놓은 것이 없으니 물어봐도 별 재간이 없다. 그저 죽으나 사나 자식새끼들 신경 쓰느라 엄마 것은 챙기지 못했다. 돈이 있어야 자식들에게 손 안 벌리고 나 하고 싶은 대로 살다가 갈 수 있는데. 엄마는 그렇게 살아온 자신이 한심스러워 실없이 넋두리도 해보지만, 자식들이 오면 잘난 내 새끼라고 자랑을 한다.

지난해 교통사고로 생을 달리한 엄마의 여동생 아들이 면회를 왔다. 여동생은 쉰이 다 되어 본 아들 때문에 걱정도 많았었는데…… 지난주 결혼식에 가보지 못해 미안하다고 했다. 빨리 일어나시라고 봉투를 베개 속에 밀어 넣는다. "니들도 힘든데 뭐 하러 그래." 그만두어라 했다. 바쁜 시간들 내서 많이들도 왔다 갔다. 그녀 살아있을 때 얼굴이라도 한번 보려고 오는 것 같다. 얼마나 더 살지 모르겠지만 평소에는 잘 만나지 못하던 사람들이 대부분 왔다 갔다. 회자정리라 했으니 이제는 헤어질 것도 염두에 둬야 한다. 서로에게 상처로 남지 않고, 아픔으로 남지 않고 엄마로 이모로 남았으면 좋겠다.

죽지 못해 코에 호스를 끼고 영양을 공급받으며 버티던 이가 있던, 엄마 오른쪽에 있는 침대가 비었다. 잠시 어디 갔는가보다 했는데 영영 안 돌아왔다. 아무 일도 없었다는 듯, 늘상 있는 일인 듯 병실 안은 변화가 없다. 어느 누구도 어디 갔느냐고 물어보지 않는다. 그저 병실 안이 조금 숙연해졌을 뿐이다. 바겐세일도 아닌데 빈자리는 금방 팔렸다. 삐쩍 마른 젊은 여자가 누웠다. 여기 올 나이가 아닌 듯한데. 다음 차례가 누구인지는 하나님만이 아신다. 나이 순서대로 가는 것도 아니다. 병증으로 가는 것만도 아니다. 저 목련의 마지막 꽃송이가 만유인력에 순응하듯, 의지와 상관없이 후드득 떨어지듯. 엄마도 그렇게……

사랑이 가득했던 선물 박스는 속을 다 비워 앙상한 거죽만을 남기고,

오후의 그리움

길에 버려져 이리 차이고 저리 차이며 뒹굴던 흙 묻은 감자 박스 쪼가리는 살신성인의 용도를 다해, 고물상 한구석에 유배되어 잊혀간다. 뚝뚝 그 위에 목련이 눈물을 흘리며 여기저기 지쳐 누웠다. 모진 추위를 견뎌내고 화사함에 눈부시던 때가 엊그제인데. 엄마의 눈물은 앙상한 손등을 흘러 거뭇거뭇 검버섯으로 피어나고 있다. 이 봄에.

집터

조그만 정남향 집을 한 채 구입했다. 죽엽산을 등지고 왕숙천이 바라다 보이는 햇빛이 잘 드는 완만한 구릉에 위치하고 있다. 오른쪽으로는 소나무숲이 있어 한겨울 북서풍을 막아주기에 충분하고, 한여름에는 그늘에서 얼음 수박 한 덩이 물고 단잠 자기에 딱 좋다. 입구까지 잘 정돈된 비포장도로가 시커먼 아스팔트의 삭막한 도시와는 경계선을 그었다. 누에가 뽕잎 갉아먹듯이 삐쭉빼쭉 쳐들어오던 개발바람도 소나무숲에 막혀 더 이상은 못 올라온다.

집 앞에 조그만 잔디 마당이 있다. 축대를 쌓고 손주들이 와도 안전하라고 바리케이드를 쳐 놓았다. 감사하게도 한 집 건너 오른쪽 집은 목사님 댁이다. 찬송 소리와 감사 기도 소리로 잠을 청할 수 있을 것 같아서 마음이 평안하다. 왼쪽에는 세 가구가 들어올 예정이라는데 모두 한 가족이란다. 아직도 분양이 안 된 집이 몇 채 더 남았다. 친척이나 친구들에게 권유를 해 봐야겠다. 좋은 이웃이 들어왔으면 좋겠다 싶다.

봄을 재촉하는 비가 오고 나서 벚꽃 잎은 휠휠 날아 여기저기 마실을 다닌다. 그 빈자리를 노란 개나리가 대신하고 연분홍 진달래가 화답한다. 한 발만 움직이면 양지바른 둔덕에 피나물, 애기똥풀, 각시붓꽃, 제비꽃, 쥐오줌풀 등 이름도 재미있고 예쁜 꽃들의 천국이다. 여름이 되면 뜨거운 열기만큼이나 화려한 도라지꽃, 초롱꽃, 참나리, 산수국, 노루발, 기생

꽃 등이 만발하겠지. 졸졸 샘물이 흐르는 계곡 응달에 앙증맞게 숨어있는 아기 입술 같은 빨간 산딸기는 어떻고. 상상만 해도 기분이 좋아진다.

평상 옆에 쑥을 뜯어다가 모깃불을 피워놓고, 진짜 귀신 같은 성우들의 납량특집 드라마를 듣고 나서는 무서워서 화장실도 혼자 못 갔을 때가 그립다. 엄마 손 붙들고 화장실 앞에까지 가서 거기 꼭 있으라고 신신당부를 하고 계속 거기 있느냐고 물었었다. 재래식 화장실 널판에 앉으면 밑에서 손이 올라와 '빨간 휴지 줄까? 파란 휴지 줄까?' 한다는 귀신 이야기에 가슴 졸이던 시절이 있었는데. 그중 가장 그리운 것은 확 쏟아질 것같이 유유히 흐르던 은하수다. 이제는 지구 온난화로 은하수도 말라버렸다. 혹시 여기는 시골이라 아직 조금은 흐를지도 모르겠다.

"엄마. 옛날 시골집 기억나요. 왜 있잖아."
"아카시아나무 있던 양철 지붕 집? 마루 있는 마당 넓은 집?"
"예. 맞아요. 근데 거기는 너무 멀어서 못 가고, 집에서 한 시간 정도 떨어진 곳에다가 집을 하나 샀어요. 단독주택으로요."
"빨리 일어나셔서 같이 가 봐요."

산밤 떨어지는 소리에 잠이 깨고, 박스 쪼가리 깔고 눈썰매 타는 꿈을 꿀 수 있는 곳. 풍수지리에 능한 한명회가 눈독을 드렸다가, 왕의 기운이 있다고 하여 세조에게 상납한 명당. 상서로운 기운이 구름처럼 모인다는 뜻의 서기운집에서 서자와 운자를 따서 부르는 서운동산에 엄마 집을 분양받았다. 손가락 중에서도 제일 아픈, 제구실도 못하고 장가도 못 가 눈을 감아도 어찌하지 못하는 작은아들 방도 엄마 방 옆에 한 칸 비워두었다.

강기영
kkypupy@naver.com

꽃들에게 희망을
그녀의 기다림

글쓰기는 나 자신의 빛깔로
'언어의 유적'을 발견하는 일이다.

꽃들에게 희망을

책장을 정리하다 책꽂이 사이에 끼어 있는 빛바랜 어린 시절의 친구를 발견했다. 『꽃들에게 희망을』지나온 세월만큼 누렇게 변한 이 책은 뿌연 먼지를 덮고 있었다. 먼지를 털고 조심스럽게 책을 열어보니 '훨훨 날아가렴' 80.9.12 이렇게 적힌 친구의 익숙한 글씨가 눈에 들어왔다. 순간 초등학교 시절부터 대학까지 나와 같이한 친구 선영이의 모습이 빠르게 지나갔다. 대학 시절 우리의 꿈과 희망 그리고 변치 않는 우리의 우정을 담아서 내게 생일 선물로 준 책이다. 그 이후 삼십 년이 넘도록 분신처럼 나를 따라다녔고 나 또한 기꺼이 그녀와의 동거를 허락했다.

선영이와는 같은 동네인 의정부에서 살면서 초등학교 때부터 서울로 통학을 했다. 그 후 대학까지 같이 다니며 우리는 남다른 우정을 보였고 그 누구보다도 각별했다. 특히 초등학교 시절에 우리는 같은 학교를 매일 버스로 통학하며 많은 시간을 공유했다. 겨울방학이면 스케이트장에서 한 달 내내 살았고, 여름방학이면 자주 풀장에 가서 서로의 수영 실력을 뽐냈다. 물론 같이 과외도 하고 서로의 가족과도 잘 아는 친숙한 관계였다. 당시 많은 친구가 서울로 전학을 갔고 열 명 정도의 무리가 특별히 자주 어울려 지냈다.

대학에 가서 선영이는 서클활동과 야학을 하며 바쁜 나날을 보냈다.

소위 운동권 학생이었다. 그러나 나는 재수를 하는 광화문통 아이였다. 그런 중에도 우리는 꾸준히 엽서를 주고받으며 소식을 전했다. 이듬해 나는 대학을 갔고, 서로 다른 대학에 다니는 우리는 점차로 만나는 횟수 가 줄어들었으나 마음만은 늘 함께였다. 대학 졸업을 앞둔 어느 날 선영 이로부터 전화가 왔다. 이틀 후에 결혼식이라며 멋쩍게 말했다. 물론 그 녀가 사귀는 남자친구를 본 적이 있고, 언제인가 결혼을 하리라는 것을 예측했지만 너무나 갑작스러운 소식에 서운함과 동시에 짙은 배신감마 저 들었다. 그즈음에 선영이를 뺀 세 명의 친구와 자주 어울렸다. 그들 중에 혜경이의 오빠 결혼식이 공교롭게 그녀와 같은 날이었다. 나는 두 결혼식 사이에서 갈등했으나 결국 당시 가깝게 지내던 친구 오빠의 결 혼식을 택했고 선영이의 결혼식에 가지 않았다. 지금 생각하니 서운한 심정을 그렇게라도 내색하고 싶었던 소소한 복수였던 것 같다.

결혼식이 진행되는 내내 마음이 편치 않았다. 다른 친구들이 다 가지 않았어도 넌 선영이의 결혼식에 참석했어야 한다고 이성의 목소리가 귀 를 따갑게 자극했다. 순간의 치기 어린 행동으로 평생 씻을 수 없는 죄 를 짓는 것 같아 마음이 무거웠다. 그날 이후 삼십여 년간 난 그녀의 모 습을 볼 수 없었다. 그녀는 결혼식을 마치고 남편의 고향인 부산에서 교 편을 잡았고 줄곧 거기서 살고 있다고 전해 들었다. 그 후 나도 결혼하 여 서울에서 살림을 시작했고, 두 자녀를 키우느라 정신없이 보냈다. 15년 전 이민 가기 전 연락을 하고 싶었으나 그때만 해도 미안한 마음 에 선뜻 연락할 용기가 나질 않았다. 물론 그녀의 주소를 수소문해야 하 는 불편함도 있었다. 이국땅에 살면서 바다를 거닐 때마다 말없이 밀려 오는 하얀 포말 속에 감춰진 그녀의 소식이 궁금했다. 만약 내가 이곳에 서 계속 지낸다면 영원히 그녀에게 나는 잊혀진 존재로 끝내 만나지 못할 것 같았다. 그렇게 되면 결국 참석하지 못한 결혼식에 대한 변명도 용서받을 기회조차 주어지지 않을 것이다.

떠난 지 5년 만에 잠시 한국을 방문할 기회가 있었다. 나는 선영이의 연락처를 알아내기 위해 여러 방면으로 수소문한 끝에 그녀의 소식을 전해 들었다. 그녀의 집에 그동안 많은 변화가 있었으나 그녀는 여전히 부산에서 굳건히 살고 있었다.

"죽기 전에 꼭 한 번 얼굴을 보고 싶어."

그녀의 고등학교 친구에게 전해진 이 말은 그녀의 이모에게서 또다시 전파를 타고 그녀에게 도착했다. 며칠 후 모르는 전화번호가 울렸다.

"여보세요. 강기영 씨 전화인가요?"
"응, 나야. 5년 전에 이민 가서 잠시 다니러 왔어. 다음 주 출국이야."

긴장한 듯 가늘게 떨리는 음성이 조심스럽게 귀에 닿았다. 아~ 드디어 오래전 익숙한 그 목소리가 들려왔다. 그녀는 아마 내가 죽을병에 걸려 정말 죽기 전에 목소리라도 듣길 원한다고 생각한 것 같았다. 전화기 너머 그녀가 내쉬는 안도의 숨소리가 느껴졌다. 길지 않은 통화 속에 삼십 년의 어색함은 떨쳐 버렸으나 정작 하고픈 말은 표정이 보이지 않는 무심한 전화로는 차마 할 수가 없었다.

그 후 또다시 10년의 세월이 흘러 나는 영구 귀국했다. 귀국을 위해 짐을 쌓으면서 이 책만은 선영의 얼굴 같아서 차마 버릴 수가 없었다.

오후의 그리움

세월은 참으로 빠르게 흘러 이제는 아주 먼 기억의 파편이 되었지만, 30년이 훨씬 지난 지금도 그 일은 아직도 돌이킬 수 없는 실수로 남아 있다. 자신의 결혼을 누구보다도 축하해 주리라 믿었던 친구의 모습이 끝내 보이지 않은 결혼식! 이유를 모르는 친구는 얼마나 서운했을까? 그 이후 한 번도 만나지 못한 채 세월이 많이 지난 지금 친구는 내게 어떤 마음일까? 나는 그녀의 마음속에서 완전히 지워졌을까? 그렇다고 해도 난 원망할 자격이 없다.

선영이의 속내를 알지 못하는 나는 결혼식에 참석하지 못한 미안함을 평생 지니고 살고 있다. 언제가 될지 모르지만 순결한 신부의 모습이었을 그녀 결혼식을 상상하며 정말 미안하다고 말하고 싶다. 그리고 스스로 등에 묶고 다닌 돌덩이 같은 짐을 벗어 버리고 그 일로부터 완전히 자유로워지고 싶다. 물론 그녀의 미소로 발급해줄 면죄부가 절실히 필요하다.

철없던 젊은 시절 잠깐의 서운함으로 중요한 우정을 잃어버린 참으로 어리석은 행동이었다. 참석하지 못한 죄책감 때문에 멀리 떠나 있어도 그녀의 얼굴은 늘 내 주위를 맴돌며 따라 다녔다. 젊은 날 훨훨 날지 못한 꿈들은 아직도 책 속에 갇힌 채 날개를 접고 있다. 너무 오래 그리고 멀리 있는 스물한 살의 선영이를 비좁은 책장 틈에서 흐린 눈으로 들춰 보고 있다.

그녀의 기다림

그녀는 언제부턴가 종종 남의 얘기를 자신의 언어로 듣고 해석하는 버릇이 생겼다. 뇌기관에 문제가 생겼는지 기억력 사슬은 그녀 자신에게 익숙한 단어를 물어다 주었다. 젊었을 때 누구보다 총명했던 그녀의 기억력은 매일 붉은 녹으로 덧입혀지고 있다. 벗겨지지 않는 세월의 녹을 방지하기 위해 핸드폰에 메모하는 습관을 들이고 있었다.

겨울이 꼬리를 감추기 전에 코엑스에서 초등학교 친구 은경을 만났다. 은경과는 어린 시절부터 지금까지 40여 년을 이어온 절친이다. 점심으로 파스타와 샐러드를 먹으며 수다의 장을 열었다. 은경은 아들이 봄에 결혼을 하게 되었다고 자랑스럽게 말했다. 은경의 아들은 대학 내내 캠퍼스 커플로 유명했고 당연히 그 커플이 결혼하리라 생각했으나 신부가 바뀌었다. 사연인즉 아들 여친은 결혼하기엔 부적합해서 둘은 헤어졌고 곧바로 수의사인 아들은 군에 입대했다. 군복무를 학교에서 하면서 그 학교에서 근무하는 여선생과 연애를 하여 결혼까지 결심하게 되었다. 그리고 재건축 중인 개포동 아파트가 완공되어서 곧 새 아파트로 입주한다는 얘기도 했다.

그녀 역시 작은딸에게 한 달 전까지만 해도 없던 남친이 생겼는데, 동갑에 같은 회계사라며 은근히 목에 힘을 주며 말했다. 은경은 첫째인 딸이 아직 결혼하지 못했다. 이번에 아들의 예식장을 잡았지만 그사이에 언제라도 딸의 애인이 생기면 먼저 결혼시키겠다고 힘주어 말했다.

"자녀의 첫 결혼이니 남편이 대견해 하겠네!"

친구는 남편이 썩 만족해하지는 않는다고 했다. 왜냐고 의아해하며 묻자, 친구는 핸드폰을 열고 웨딩 촬영 사진을 보여줬다.

"음……."

그녀의 눈에 들어온 신부는 보통의 날씬하고 예쁜 신부가 아닌 통통한 아줌마의 모습이었다. 그녀는 자신도 모르게 친구 남편의 심정을 이해한다는 듯 고개를 끄덕였다. 남자들은 역시 여자의 외모가 첫째 조건인가 보다. 순간 딸의 말이 떠올라 입이 실룩거렸다. 남자들은 누구를 소개해준다면 첫마디가 '이쁘냐?'라 한단다. 여자들이 보통 나이와 직업을 묻는 것과는 너무나 다른 양상이다. 은경은 얼굴이 좀 못생겼다는 이유만으로 결혼을 반대할 수는 없었다고 했다. 아쉽지만 그것이 결격 사유가 될 수는 없기에 그녀도 맞는 말이라며 맞장구를 쳤다. 오랜 수다 끝에 헤어지면서 은경은 곧 모바일 청첩장을 보내겠다고 했다.

2월 중순이 되자 그녀는 한 달 후인 3월에 있을 결혼식에 입고 갈 옷이 신경 쓰였다. 드레스룸으로 들어가 옷들을 살펴보니 딱히 맘에 드는 옷이 없었다. 3월이니 좀 밝고 산뜻한 옷이 필요한 그녀는 백화점을 향했다. 결혼식 덕분에 우중충한 겨울옷은 넣어두고 봄스러운 화사한 옷을 장만하기로 했다. 여성복 코너로 가서 시선을 사로잡은 몇 개의 자켓을 입어보았다. 고급스러우면서도 더 날씬해 보이는 옷으로 결정하고 가격표를 살펴보니 눈에 들어온 착한 숫자까지 그녀를 만족시켰다. 집으로 돌아온 그녀는 갖고 있는 블라우스, 바지와 코디해보니 더할 나위

없이 우아한 모습에 만개한 수국의 미소를 지었다.

'음~ 어디를 가더라도 손색이 없겠어!'

화장을 하다 그녀의 이마에 희끗희끗 삐져나온 흰머리가 눈에 거슬렸다. 3월이 되기 전에 뿌리를 염색하는 게 전체 밸런스에 맞겠다 싶어 얼른 단골 미장원으로 향했다. 차분하게 염색된 머리로 돌아온 그녀는 미리 정해 놓은 옷을 다시 입어보는 수고를 아끼지 않았다. 그리고 옷에 맞는 핸드백과 구두를 신고 전신 거울 앞에 선 자신의 모습을 보니 아직도 먼 결혼식 날짜를 기다린다는 게 지루하게 느껴졌다.

2월의 끝자락이 되도록 결혼식 행사에 갈 모든 준비를 마친 그녀에게 청첩장은 도착하지 않았다. 그녀는 슬슬 불안해지기 시작했고 급기야 남편에게 결혼식이 3월 중순인데 청첩장이 아직도 안 왔다며 걱정을 했다. 보통 한 달 전에는 발송을 하는데 무슨 일이 생긴 게 틀림없다고 생각했다. 아니면 3월 첫날 모두에게 발송하려는 걸까? 다 보냈는데 실수로 나만 빠뜨린 걸까? 혹은 말할 수 없는 고통과 자존심 때문에 차마 결혼이 깨졌다는 말을 하지 못하는 걸까? 이런저런 생각으로 며칠간 잠을 설친 그녀는 불현듯 신부의 얼굴이 맘에 안든다던 예비 시아버지의 말이 떠올랐다. 그게 끝내 문제를 야기했을까? 혹은 상견례에서 신랑 측 친척이 워낙 많다 보니 예단 문제로 엎어졌나? 요즘은 아파트 전세가 워낙 비싸서 같이 비용을 부담한다던데……. 신부 측에서 전세비용을 부담할 수 없다고 해서 깨졌을까? 그녀의 머릿속은 또 복잡한 며칠을 보냈고 3월이 될 때까지 좀 더 인내하기로 하고 새로 산 옷을 물끄러미 바라봤다. 3월이 되자 그녀의 인내력은 바닥이 났다. 더 이상 기다릴 수

만은 없어 조급한 마음을 들키지 않으려고 숨을 고른 뒤 평상시처럼 카톡을 했다.

'잘 지내지? 근데 청첩장은 왜 안 보내니?'

혹시나 상상한 일이 현실로 다가올까 두려워하며 카톡을 뚫어지게 바라보고 있는데 답이 없었다. '그래 뭔 일이 있는 게 분명해. 차마 말하기 힘들겠지~' 핸드폰을 ㄲ자 이내 전화벨이 울렸다. 그녀는 재빨리 티비 볼륨을 줄이고 전화를 받았다.

"우리 아들 결혼식은 5월이고, 이사를 3월에 간다고 했지! 그날도 네가 착각을 하는 거 같더라."

아뿔싸! 순간 힘이 쭉 빠졌다. 여러 날 동안 혼자 엉뚱한 상상으로 몸살을 앓은 자신이 부ㄲ럽고 어이가 없었다. 게다가 처음부터 날짜를 잘못 입력한 자신의 뇌와 마음대로 듣는 청력에 은근히 화가 났다. 그러나 그런 사연을 내색할 수 없기에 아무렇지 않은 척 평소보다 더 차분한 목소리로 안부를 묻고 전화는 종료되었다. 갑자기 그녀의 머릿속에 묻어두었던 지난 사건이 스쳐 지나갔다.

얼마 전 모임에 나오라는 전화를 받고 중식당으로 갔으나 아무도 보이지 않았다. 그녀는 모처럼 만의 모임이라 비가 억수같이 쏟아지는데도 불구하고 두 시간에 걸쳐 몸치장을 하고 나갔다. 비가 와서 교통이 혼잡하니 다들 늦나보다 하고 30여 분을 기다리다가 언짢은 마음으로 집으로 돌아왔다. 나중에 알고 보니 약속 장소를 잘못 알고 그녀 혼자만 이화원에서 기다렸던 것이다.

그녀의 기억력은 그 모임이 주로 행해졌던 이화원으로 그녀를 데려다 준 것이었다. 그녀를 제외한 모든 회원들은 태화루에서 만나 즐거운 점심시간을 공유했다. 다음날 그녀는 분명히 약속 장소가 이화원이라고 전화를 받았다며 바람맞은 것에 대해 회장에게 볼멘소리를 했다. 며칠이 지나 빳빳했던 화가 풀이 죽자 어쩌면 내가 장소를 착각한 것인지도 모른다는 생각이 슬며시 고개를 들었다.

김명선

elepretty@naver.com

작은언니와 설거지

반란의 조짐이 조용히 은밀하게 싹트기 시작했다.
세상의 이치를 다 알아버린 것 같은 6학년이 되면서부터였다!

글을 쓰는 내내 유년의 뜰에서 재미있게 뛰어 놀았다.
양 갈래 머리 나풀거리던 계집아이가 되었고 불의에 대항하던
발칙하고 당찬 소녀가 되기도 했다.
못내 아쉬운 유년은 그리움으로 가슴에 맴돌고
입가엔 미소만 그득 했다.

작은언니와 설거지

　엄마가 외출 준비를 하면서 작은언니를 불렀다. 한복을 곱게 차려입은 엄마는 조금 전 수세미로 하얗게 닦아 놓은 고무신을 신으며 작은언니에게 설거지를 해 놓으라고 하셨다. 대답 대신 시큰둥한 표정으로 엄마를 대문까지 배웅한 작은언니가 미닫이문을 거칠게 열고 들어섰다. 방안에 있는 동생들을 먹잇감을 찾는 매의 눈으로 휙 둘러보았다.

　나보다 세 살 많은 중학교 2학년인 셋째 언니와 5학년인 나, 그리고 두 살 어린 3학년 여동생이 있었다. 우리는 갑자기 사람들 눈에 띄어 도망갈 구멍을 찾는 생쥐 신세가 되었다. 조금 전까지 만화책에 빠져 있던 셋째 언니는 공부라도 할 것처럼 구석에 놓여 있던 책가방을 슬며시 끌어당기고, 아직은 작은언니의 사정거리 밖에 있지만 눈치 빠른 동생은 구슬이랑 딱지가 가득 들어 있는 상자의 뚜껑을 얼른 덮었다.

　작은언니는 고등학교 2학년이다. 학교에서 농구부 선수다. 어느 날인가 시합이 있어 가족들 모두 체육관으로 응원을 간적이 있었다. 펄펄 나르듯이 공을 집어넣는 언니는 집에서 보던 모습하고는 달랐다. 얼굴은 집념으로 가득 차 있고 날카롭게 지르는 소리는 체육관을 너머 저 멀리까지 퍼져 나갔다. 언니가 대단해 보이면서 슬며시 존경심이 들었다.

　그랬다. 동생들한테 무언가 불만이 있는 듯 늘 미간을 찌푸리고 못마땅해하는 작은언니는 부모님이 안 계실 때는 못된 여왕처럼 굴었다. 그럴 때마다 경기장에서의 작은언니 모습을 떠올리며 시키는 일은 고분고

분 다했다. 만화책을 빌려 오고 간식거리 사오는 것과 방 청소가 심부름의 대부분이었다.

"야, 네가 설거지 해!"

작은언니의 눈빛을 피해 마루로 나서다 말고 뒤를 돌아보니 매서운 시선이 나를 향해 있었다. 그렇게 시작이 되었다. 엄마와 아버지가 외출하신 일요일 오후의 설거지가 5학년 내 인생에 들어왔다.

달그락달그락 서툰 솜씨로 정성을 다해서 씻은 그릇들을 가지런히 찬장에 올려놓았다. 그즈음 유행하던 스테인리스 그릇이 반짝였다. 떨어뜨려도 깨지지 않아 좋았다. 행주까지 깨끗이 빨아 빨랫줄에 너는데 쩽하니 눈에 들어오는 햇빛에 엄마가 했던 것처럼 한손으로 눈을 가리며 하늘을 올려다보았다. 작은언니는 특유의 눈빛으로 부엌을 둘러보더니 만족한 듯 자기 방으로 들어가 버렸다.

반란의 조짐이 조용히 은밀하게 싹트기 시작했다. 세상의 이치를 다 알아버린 것 같은 6학년이 되면서부터였다. 무조건 순종하던 마음에 불만이 생기기 시작했다. 한번 들기 시작한 생각은 똬리를 틀더니 급기야 머릿속에서 속닥거렸다. '엄마는 분명히 작은언니를 시켰잖아, 자기가 할 일을 나한테 시키다니 이건 부당한 일이야, 동생은 어리니까 그렇다고 치고 셋째 언니는 왜 안 시키는 거야?' 아무리 생각해도 옳지 않은 것 같았다. 어떤 식으로 작은언니한테 시위를 할까 고민을 하는데 얼핏 드는 두려움에 그만둘까 하다가 이내 마음을 다잡았다.

"싫어!"

외마디 비명 같은 외침은 새장 속에서 졸고 있던 잉꼬를 놀라게 하더니 작은언니에게로 날아갔다.

"너, 뭐라고 했어?"

예상하지 못한 반항에 너무 놀랐는지 작은언니는 벌떡 일어서다가 중심을 잃었다. 논리적으로 따지거나 인정에 호소하는 것보다는 강하게 밀어붙이는 것이 좋을 듯했다.

"이제부터 설거지 안 해, 엄마가 언니한테 시켰잖아, 언니가 하란 말이야!"

선전포고였다. 자신의 권위에 타격을 받은 작은언니는 '이에는 이'였다. 그때부터 길고 긴 설거지 전쟁이 시작되었다. 일요일 오후가 되면 집안은 소란스러워졌다. 작은언니는 나를 불러 세워 놓고 눈을 부라리고 윽박지르는 방법을 썼다. 내가 쓴 최고의 방법은 주눅 들지 않고 무시하는 태도였다. 그 모습을 보고 작은언니는 더욱 화를 냈다. 무심해 보이고 별 말이 없는 셋째 언니는 누구의 편도 아니었다. 작은언니와 나를 번갈아 쳐다보다가 한숨을 푹푹 쉬며 내팽개쳐진 설거지를 해댔다. 어느 날은 미소를 띠며 설거지를 하는데 그 모습을 보면서 혹시 천사가 아닐까 하는 생각도 들었다. 작은언니는 평상시에도 나에게 노골적으로 심술맞게 대했는데 동생과 셋째 언니에게는 보란 듯이 다정한 모습을 보였다. 그럴 때마다 슬며시 후회가 되면서 예전의 사이로 돌아가고 싶었다. 그렇지만 옳지 않은 것은 고쳐져야 한다는 정의감으로 버텼다.

변화의 바람이 느껴지는 소식이 들려왔다. 오빠의 결혼이었다. 설거지 전쟁이 막을 내릴 거라는 기대감에 새언니될 사람이 어떤 사람인지 무척 궁금했다. 새언니가 직장을 계속 다닐 거라는 다소 실망스러운 이야기가 들려왔지만 개의치 않았다. 작은언니의 반응은 겉으로는 알 수 없었다. 집은 새단장하느라 어수선했다. 큰언니가 시집갈 때와는 사뭇 다른 느낌이었다. '쟤가 누구지?' 신혼여행에서 돌아온 오빠와 새언니를 따라 마당으로 들어선 여자아이가 쭈뼛거리며 서 있었다. 또래 아이였다. 그 애와 눈이 마주쳤다. 내게 머물던 시선이 발아래로 떨어지더니 새언니가 부르니까 얼른 발걸음을 떼어 마루로 올라섰다. 상고머리를 하고 짙은 눈썹에 굵게 쌍꺼풀진 눈이 선머슴 같은 느낌이었다. 볼이 발갛게 물들어 있는데 상당히 부끄러워하는 모습이었다.

엄마가 절을 마친 오빠와 새언니를 향해 "그래, 데려오겠다고 하던 애가 저 아이니, 어린 것이 일은 할 수 있겠어?" 무릎을 꿇고 조르르 앉아 있던 우리들 귀에 들려 온 소리였다.

'일하는 아이라니?'

우리 눈은 일제히 그 아이를 향하였다. 전혀 예상하지 못했던 일이 눈앞에서 일어나고 있었다.

어쩐지 산들바람이 볼을 스치는 것 같고 햇살의 따사로움이 몸을 간지럽히는 것 같았다. 이것은 확실한 해방이었다. 설거지 전쟁이 막을 내리는 소리가 가슴속 깊은 곳에서 들려왔다.

치열했던 작은언니와의 일들이 꿈속에서 있었던 일인 듯 다 사라져 버렸다. 하지만 그것에서 오는 기쁨보다 엄마가 시키는 대로 부엌으로 장독대로 정신없이 뛰어다니는 그 아이를 바라보면서 웬일인지 마음 한 구석이 찡했다. 무엇 때문에 학교에 다니지 않고 이곳에 왔는지 궁금했다. 공평하지 않은 세상에 대한 의문이 들면서, 저 너머 어른들의 세계가 궁금했다. 경계선을 넘어 그곳에 가고 싶었다. 하지만 알을 깨고 나와야 새로운 세계를 본다고 한다. 작은언니와 그 아이 때문인지 조금 더 단단해진 부리로 있는 힘껏 껍질을 쪼아댔다. 힘이 실린 날개를 펼쳐 보았다. 유년의 경계를 넘어 새로운 세계를 마주하며 투사처럼 버티고 서 있는 겁 없는 중학생이 되어가고 있었다.

박현숙

dokkaebimam@naver.com

아브라카다브라

아침에 일어나면 괜히 상쾌한 날이 있다.
기분이 좋아 무엇이든 이루어질 것 같고 힘이 나는 날.
어느 날은 한 걸음씩 어긋나 마을버스를 놓치고 전철을 떠나보내고
시간이 맞지 않는 날도 있다.
인생은 이런 날들이 모여 이루어진 것이기 때문에 마냥 좋을 수 없다.
햇볕이 드는 날이 있으면 비가 오는 날도 있다.
이 가을 상쾌한 날이 계속 이어지길 바라는
욕심쟁이가 되어 본다.

아브라카다브라

오랜만에 동료들과 방송에 소개된 맛집을 찾았다. 오래된 식당은 허름했지만 제법 입맛에 맞았다. 테이크아웃 커피를 들고 회사로 돌아오는 길에 피아노 소리가 들려왔다. 어느 집에서인가 들려오는 피아노 소리. 그 소리를 따라 어린 시절의 기억이 반사적으로 떠올랐다.

나는 초등학교 때 미술과 피아노 과외를 받았다. 미술은 대학생이었던 친구 이모에게 배웠는데 놀이라고 생각할 정도로 적성에 맞았다. 무엇보다 그곳은 친구 집이라 놀러 가는 기분으로 더욱더 좋았다. 그러나 피아노는 맞지 않는 구두를 억지로 신은 듯 불편한 느낌이었다. 건반을 잘못 짚을 때마다 볼펜으로 손가락을 때리는 피아노 선생님을 좋아할 수 없었다. 바싹 마른 몸매와 두꺼운 뿔테안경의 중년 독신녀였던 선생님이 내주는 연습 숙제는 매일 벌을 받는 것만 같았다. 피아노 배우러 가는 길은 가기 싫은 곳에 억지로 끌려가는 기분으로 길게만 느껴졌다. 결국 꾀를 냈다. 피아노 다녀온다고 하며 놀이터로 빠졌다. 돌아갈 시간에 맞춰 집으로 간 후 다녀왔다고 둘러댔다. 그러나 알았다는 엄마의 표정을 그땐 읽지 못했다.

"거짓말하는 애는 내 딸이 아니야. 나가버려!"
아버지가 퇴근 후 집에 오자마자 사건이 벌어졌다. 지금까지 한 번도 큰소리를 내지 않았던 아버지였는데. 피아노 때문이었다. 나는 내복만

입은 채 쫓겨났다. 선생님이 집으로 전화할 것을 생각하지 못한 것이다. 동네 사람들에게 들킬 수 있다는 창피함이 추운 날씨를 견디는 것보다 더 힘들었다. 손과 발이 얼고 입술까지 파랗게 변할 때쯤 할머니가 대문을 열어 주었다. 다시는 거짓말을 하지 않겠다고 가족들 앞에서 몇 번을 다짐한 후 방으로 들어갈 수 있었다. 다음날 미소 띤 뿔테 선생님이 반겼지만 나는 외면해 버렸다. 흰색과 검은색 건반은 더욱 차갑고 딱딱하게 느껴졌다. 피아노 실력은 당연히 제자리에 머물렀고 얼마 후에 결국은 원했던 대로 그만두게 되었다. 그리고 한동안 피아노 소리를 들을 때면 두통이 찾아왔다. 지금은 체르니 몇 번까지 연습했는지 기억도 없지만 피아노 소리는 예전의 추억을 생각하게 했다. 갑자기 핸드폰이 진동했다.

"엄마, 머리가 너무 아파 학원에 못 가겠어."

둘째였다. 두통이 너무 심해 영어 학원에 갈 수 없다는 투정이었다. 벌써 몇 번째인지 모르겠다. 스파르타식 학습 방법이 효과가 좋다며 얼마 전 바꾼 학원이었다. 내년에 초등학교 4학년이니 영어 단어를 외우고 문법도 필요할 것 같아 어렵게 결정한 것인데.

"아니, 벌써 몇 번째야. 약 먹고 학원 다녀와."

"엄마는 나보다 영어 학원이 더 중요해? 나 토할 것 같단 말이야."

길에서 더는 딸과 씨름할 수 없어 일단 전화를 끊었다. 다른 집 아이들은 영어 유치원부터 시작해서 고학년이 되면 영어도 곧잘 한다던데, 딸들은 학원만 가라고 하면 왜 두통과 복통을 호소하는지 알 수 없었다. 퇴근 후 집에 갔더니 두 딸 모두 학원에 가질 않았다.

"영어 공부를 열심히 해야 나중에 중학교 가서도 힘들지 않아, 아직 익숙하지 않아 그런 거니까 곧 괜찮아질 거야."

"엄마는 매일 영어 단어를 30개씩 외우고 시험 봐 봤어?"

둘째의 당돌한 질문에 말문이 막혔다.

"엄마 초등학교 때는 그런 학원이 없었어."

"학원도 안 다녀 봤으면서 힘든지 안 힘든지 어떻게 알아?"

끝내 말싸움에서 졌다. 화가 났지만 방으로 들어가라는 소리를 지르고 삼켰다. 씩씩거리며 요란하게 설거지를 하고 있는데 친정엄마에게 전화가 왔다. 평소와 다른 퉁명스러운 말투에 눈치를 챈 엄마는 무슨 일이 있냐고 물어보았다. 조금 전 있었던 학원 이야기를 했더니 이내 웃음소리와 함께 엄마가 말했다.

"야, 넌 더 했어. 그리고 걔들은 거짓말은 안 하잖니? 너보다 훨씬 착하고 얌전하구먼. 너나 잘해."

맞벌이가 힘들어도 남편과 아이들에게 잘해야 한다는 잔소리를 들으며 통화를 마쳤다. 핸드폰을 내려놓으며 예전에 엄마가 혼내거나 잔소리 끝에 언제나 하던 이야기가 떠올랐다. 마치 주문 같았던.

"시집가서 꼭 너 같은 딸만 낳아라."

나무에서 떨어졌을 때, 스케이트 타다 다리에 깁스했을 때, 자전거를 타다 넘어져 무릎이 깨졌을 때, 서리한 콩 구워 먹는다고 옷을 다 태웠을 때도 항상 주문이 따라붙었다. 성인이 되고 결혼하기 직전까지도 주문은 계속됐다.

그래서일까 엄마의 주문 덕분에 딸만 낳았다. 초보 엄마로 두 딸과 씨름하면서 엄마의 주문을 생각했다. 두 딸에게는 나와 같은 이야기를 듣지 않게 하겠다고 다짐했다.

'너희들은 결혼하지 마. 결혼해도 아이는 낳지 마. 전문가가 되어야 해. 기술자가 되라고. 우물 안에서 놀지 말고 넓은 세계에서 놀아. 그러

려면 영어가 기본이야. 그러니까 학원 빠지면 안 돼.'

자라면서 엄마가 되면 아이들을 나와는 다르게 키우리라 다짐했다. 딸과 친구처럼 지내고 동등하게 존중해주는 어른이 되고 싶었다. 하고 싶은 것을 지원해주고 하기 싫은 것은 시키지 않으리라. 하지만 내용만 다를 뿐 나 역시 주문을 걸고 있었다. 피아노 소리에 두통을 느꼈던 나하고 다른 사람이 되라며 오늘도 두 딸에게 주문을 걸었다.

핸드폰이 딩동 울렸다. '엄마, 아깐 미안했어. 사실은 머리가 아주 조금 아팠거든. 내일부터 학원 열심히 다닐 게.' 두 딸이 보낸 메시지였다. 나도 답 문자를 보냈다. '아브라카다브라.'

정화삼

태안 모래 사구에 두고 온 맨얼굴들

** 글꽃 피는 사랑방 **

소년 소녀들 행복한 모습들이다
건투를 빈다
언젠가는 모두의 가슴을 서로 품는
그런 장을 고대한다.
모래바람 사이로 비릿한 바다 내음
손짓을 한다

태안 모래 사구에 두고 온 맨얼굴들

오늘은 수정샘물문학회 여섯 살 생일잔치 두레상을 펼치는 날이다.
하얀 종이 위에 무지개 색연필 데굴데굴 줄그으며 틈새마다 초롱초롱
빛난 눈별 하나 나 하나 샛별 속에 숨는다
눈꺼풀에 서까래를 기대놓고 종 종 종 발걸음도 바람처럼 가벼워라
덩달아 어깨춤도 나비가 된다.

압구정 지하철역 주차장엔 부지런한
대형 버스들이 줄을 서고 우리 팀을 업고 갈 그중 하나도 기다려 준다.
오늘 참석자가 33인이라나……
이름표만 다를 뿐 독립선언서에 나오는
님들의 숫자와 일치한다
우뚝 선 님들 중 한 분이신 만해 님의 큰뜻을 기리며 남겨주신 발자취
를 더듬어 가는 묘한 인연이라고 그냥 끌어다 붙여 본 생각일 뿐 큰 의
미를 부여하진 않는다
분명한 건 아주 기분 좋은 여행임은 틀림이 없다
'글꽃 피는 사랑방(강서문창회원 애칭 내가 만든 글제)'
손님 몇 분을 제하고는 낯익은 얼굴들이 보이지 않아도 오가는 미소
속에 가슴을 보여주니 눈 깜짝 모두 한우리가 된다

만해문학기념관……

시가 흐르는 볕바른 양지녘에는

아직도 님의 침묵 산새 소리 섞여서 노래하는 곳이다

역사의 흔적에서 영원히 잊혀질 수 없는

빼앗긴 나라와 민족을 위한 한 송이 국화 무궁화꽃을 피우기 위해 그
토록

오랜 세월 폭풍 설한은 모질다 했는가 보다

애국의 함성 소리 되살아 오는 듯

나이테 겹을 둘려 정신마저 흐려져 가는

눈 아래 펼쳐진 독립선언서 앉은자리엔 글자마다 붉게 찌든 녹물이
게으른 잠 일깨워 나의 굳어진 돌 머리에 반지르르 고소한 참기름을 부
어준다

하늘 높이 우뚝 솟은 태극 깃발은

구름과 두둥실 키재길 한다

마음속 깊이 새겨진 시비 앞에 우뚝 서본다

님은 갔습니다 아 아

사랑하는 나의 님은 갔습니다

푸른산 빛을 깨치고 단풍나무 숲을 향하여 난 작은 길을 걸어서 차마
떨치고

갔습니다……중략……

아아 님은 갔지마는 나는 님을 보내지
아니하였습니다
제 곡조를 못이기는 사랑의 노래는
님의 침묵을 휩싸고 돕니다.

시 속에 숨은 그림자는 비단실 옹이 매듭 엉켜진 실타래 줄을 매고 줄
을 탄다
운무 속에 가려진 희망 꿈을 고이 간직하고 가는 이 순간을 그리워하
며
님을 불렀어라
나지막한 산허리 군데군데 님의 발자취가 묻어 나는 듯 생생하다

심장에 점을 찍는 밥상머리 행사,
인심 좋은 앞치마도 씽씽 바람이 분다
수저 곁에 빙그레 탁배기 넘실 목울대 넘는 소리 젓가락 장단 맞춰 배
불뚝 맹꽁이 풍년가를 부른다
모두의 마음들이 두둥실 구름 탄 신선이 된다
고급 식당은 아니어도 출출한 뱃속을 달래 주고 모든 회원들 서로의
정이 흐르는 순간 대화의 장으로는 일도 부족함이 없는 곳에서 1막1장
무대의 휘장이 가려진다

오후의 그리움

탁배기 시새움인가……
낮잠이 사르르 눈썹 다가와서는 두 손 꼬옥 잡아끈다
달콤한 꿈 향기가 콧속을 간질인다
풀피리 콧노래가 구성지구나
이마 위에 산들바람 스쳐지난 순간이다

태안 신두리 사구탐방 2막1장 무대의 막이 오른다
아주 오랜 세월 북서 계절풍을 직접 받아
강한 바람에 모래가 해안가로 밀려들어
언덕을 이룬 퇴적 지형이란다

전 사구 초지, 습지, 임지 등 사구에서 나타날 수 있는 전형적인 지대
로써 내륙과 해안을 이어주는 완충역활과 해일로부터 보호 기능을 하며
  세계 최대의 모래 언덕(해안 사구)이자 솔로시티로 지정된 생태 관광지
로 탈바꿈되어 각광을 받고 있는 곳으로 유명세를 떨치고 있다 .
  안개 덮혀 가려진 모래섬 끝 바닷물도 희끄무레 조금은 멀리서 다가
선다
  파도 소리도 들릴 듯 말 듯 저울질한다
  모래인지 시새인지 좁쌀보다도 작은 듯한 생김새가 군데군데 묏등을
이루고 무거운 발목 슬쩍 감아돈다

쥐어본다 수줍은 소녀의 숨결처럼 보드랍다

손을 편다 살랑 바람 치마폭을 스치며 춤을 춘다.
하얗게 목마른 자리에 듬성듬성 피어난 빨간 동백꽃은 시들어져 틈새
마다
불그스레 얼굴 붉힌 열매가 꼭 돌연변이로 생긴 덜 자란 석류를 닮은
듯하다.
예쁘고 귀여운 소년을 닮았다

졸랑졸랑 해설자 입술을 따라간다
펼쳐놓은 그림은 황량(涼荒)해 보이는 듯한데 꽤나 많은 모래알 사연
담아 수를 놓으니 귀하신 가슴에 포근히 안기는 듯 정감이 간다

반환점에 서 있다 조금은 가까이 운무 가득 싣고 온 파도는 잠이 든
듯 불러도 대답이 없다
모래 씻은 바람이 볼을 스친다
발가벗은 나신으로 잠자리 모래밭
굴속 집에 다리를 펴고 싶다

미련이 연필을 잡아맨다

오후의 그리움

긴듯 짧은 발자취를 순간과 함께 가장 우뚝 선 모래성에 묻어둔다

하얀 눈 내리는 날 하얀 미소 그 얼굴에 모래 꽃 사랑을 붉게 피워내고 싶어라

머릿속 휑하니 스쳐 간 바람 가슴에

담아본다.

김영주

초승달 택시 (미니픽션)

윙윙 태풍으로 베란다 방충망이 찢어졌다. 다행히
유리창은 멀쩡했다. 그 뒤로 여러 날 고양시에는
폭우를 알리는 주의보가 핸드폰을 요란하게 했다.
글쓰기 좋은 날이다. 머릿속에 수십 가지의 이야
기가 섞여 있는데 쏟아지는 빗줄기처럼 뿜아내지
못하는 것이 한스럽다. '글을 쓰느라 손가락 인대
가 늘어났다. 다행히 뼈는 멀쩡했다.' 나도 언젠가
핸드폰이 알려주는 요란함을 내 입으로 떠들어대
는 그날이 오리라 기대해 본다.

초승달 택시

핑 도는 어지럼증이 아니다. 눈앞이 빙글빙글 회전한다. 눈꺼풀이 떨리고 구역질이 난다. 스포이트가 내 몸 전체를 빨아들였다가 뿜어냈다.

'여긴 어디지?' 눈을 감았다 뜨고 머리를 흔들어 봐도 모르겠다. 확실한 것은 내가 사는 달은 아니다. 주변의 별들도 아니다. 똑딱똑딱 초침이 흐르면서 눈앞에 보이는 사람이 선명해졌다. 아저씨다. 아저씨는 달이 변화하는 29일 중 밤하늘에 달이 보이지 않는 삭 2일을 빼고 초승달로 시작해서 그믐달이 되는 27일간 달을 올려다보고 '초승달아, 그믐달과 같이 똑같은 쌍둥이 손주를 보내주렴.' 매일 기도했다. 삭 2일 동안은 모든 달들이 주변에 있는 행성으로 여행을 가기 때문에 이틀간의 기도 유무는 모르겠다.

아기 때 내 이름은 초생달이었다. 초생이 '초생(初生)'에서 비롯된 말이다. 지금은 초승달로 부른다. 나는 빈센트 반 고흐의 '사이프러스 나무가 있는 길' 작품에 등장한다. 크루아상(croissant)의 뜻은 프랑스어로 초승달이다. 나는 그만큼 친숙하다.

사람들은 나를 보며 소원을 빈다. 그 소원이 이루어질 때 나는 더 빛이 난다. 그런데 지금 내 몸에 빛이 없다. 삭처럼 흑색이다. 나는 왜 여기 왔을까? 오늘내일이 삭이고 모레면 초승달로 하늘에 등장해야 하는데 다시 달로 돌아갈 수 있을까?

1

"어서 오세요. 손님, 어디로 모실까요?"

"저 버스를 따라가 주세요."

여자 손님은 다급하게 말했다. 아저씨는 이유도 모른 채 569번 버스를 따라 갔다. 여자는 버스 뒷자리에 앉아있는 한 남자를 바라봤다. 남자는 원당에서 내렸다. '루시아약국' 간판 문을 열고 들어갔다. 여자는 멍하니 남자를 바라보다가 기사 아저씨한테 앞으로 가주세요 했다.

"아저씨, 제 얘기 한번 들어보실래요? 저는 지금 상황이 정리가 안돼서요. 제 3자 입장에서 들어보고 말씀해 주세요."

5년 전 여자는 남자와 헤어졌다. 아니 헤어져야만 했다. 여자의 아버지가 운영하던 사업이 부도나고 생활이 엉망이 됐다. 여자의 월급으로 생활비는커녕 아버지 이자 충당하기도 버거웠다. 그때 남자는 약사국가시험을 공부하고 있어서 어떤 도움도 줄 수 없었다. 남자의 어머니가 찾아와 빚 갚을 돈봉투를 내밀었다. 조건은 남자 곁을 떠나는 것이다. 내 아들은 약사가 돼서 사회생활을 시작하는데 그 곁에 빚에 쩌든 여자가 발목을 잡고 있는 것은 사랑의 탈을 쓴 집착이라 했다. 새내기 약사 앞에 짐이란 말은 부정할 수 없었다. 돈은 받지 않았다. 아버지는 파산신청을 했고 여자는 지방으로 숨었다. 5년 전 떠났던 동네를 왔는데 약국이름이 루시아다. '내 세례명과 같네' 하고 안을 보니 남자가 약국에 있었다. 남자의 어머니가 자꾸 떠올라 무서웠다. 잊어야 한다고 다짐을 해도 잊혀 지지 않아서, 그에 곁에 맴돌고 있는 중이다. 그리고 아저씨라면 어떻게 하겠냐고 물었다.

기사 아저씨는 U턴을 했다. 그리고 남자가 버스에서 내렸던 약국 앞에 택시를 멈췄다.

"여기서 기다리고 있을 게요. 약국에 들어갈 자신이 없으면 다시 돌아와요. 사랑은 간절히 원하는 사람만이 누릴 수 있는 권리예요."

아저씨의 눈동자는 여자의 걸음걸이만큼 움직였다. 나는 뾰족한 끝을 더듬이처럼 늘려서 창문에 얹었다. 남자는 문으로 들어서는 여자를 보자마자 달려 나와 안았다. 아저씨와 내 입술이 초승달이 됐다. 내 몸에 옅은 빛이 들어왔다. 이제 알았다. 내가 진정한 사랑에 짜릿할 때 내 몸에 빛이 더해진다. 내가 하늘에 있을 때처럼 빛을 낼 때 달로 갈 수 있겠다.

2

임산부가 택시에 탔다. 똑바로 걷지 못하고 의자에 기어서 올라왔다. 아기가 나온다고 했다. 아저씨는 진통 간격이 몇 분인지 물었고, 임산부는 배가 찢어지듯 아프다고 했다. 임산부는 이를 악물고 신음소리를 냈다. 아저씨는 참지 말고 소리를 지르라고 했다. 아! 아! 아아아아 임산부의 고통이 느껴졌다. 아저씨는 운전을 하면서 룸미러로 임산부의 상태를 확인했고, 신호에 택시가 멈추면 뒤를 돌아보고 임산부가 소리 지를 때 함께 악을 썼다.

"아저씨 같이 소리 질러 주셔서 감사해요. 택시 안이라 죄송했는데 마음이 편해졌어요."

"아무 걱정 말아요. 아기만 생각해요. 내가 더 크게 소리 칠 테니까 눈치 보지 말아요. 나도 간만에 스트레스 푸는 중이에요. 알았죠?"

다시 고통이 시작됐다. 아! 소리가 계속됐다. 아저씨도 따라했다. '아'의 음절이 점점 길어졌다. 나도 참을 수 없었다. 택시 안은 삼중창

오후의 그리움

이 됐다. 아저씨는 소리를 지르다가 3명 목소리가 들리자 옆자리를 살폈다. 나는 후다닥 안전벨트 은색 버튼에 몸을 숨겼다. 내 몸이 더 빛났다면 들킬 뻔했다. 병원 응급실에 도착해서 아저씨는 황급히 택시에서 내렸다. 의료진과 이동침대, 여보라고 부르는 남자가 기다리고 있었다. 임산부가 이동침대 위에 무사히 눕는 것을 확인하고, 아저씨는 파이팅 손짓을 하며 아! 아! 외쳤고, 임산부도 같은 동작으로 화답했다. 응급실로 무사히 들어갈 때까지 아저씨는 파이팅 손짓을 내리지 않았다.

아저씨가 택시로 돌아왔다. 휴~ 숨을 몰아쉬었다. 핸들을 잡고 하늘을 올려다본다.

"오늘은 삭이라 달이 안 보이네. 초승달아, 우리집에 선물해줄 건강한 쌍둥이들처럼 임산부에게 건강한 아이를 보내주렴."

아저씨는 내가 월차휴가를 다녀올 때도 나를 부르고 있었다. 사랑은 부메랑이다. 아저씨의 사랑이 임산부를 통해 아기에게 전달되고, 내 몸을 더 빛나게 했다.

3

택시에 남자가 먼저 타고 여자가 탔다. 오늘 어떻게 지냈냐고 여자가 물었다. 남자는 총무팀에서 부장들 의자를 바꿔줬다고 했고, 바꿀 필요 있을까 생각했는데 막상 바꾸니까 등과 허리를 받쳐줘서 편안하다고 했다.

"부장님들은 점점 편해지고 일 안하고 잠들면 어쩌라고 자꾸 좋아진데요?"

여자가 말했다.

"이래도 안 자냐? 빨리 재워서 명퇴시킬 건가?"

남자의 대답에 둘은 함께 웃었다.

여자는 10분쯤 지나서 내일 회사에서 만나요 하고 내렸다. 여자는 택시가 출발할 때까지 손을 흔들었고 남자는 자리를 이동하지 않은 채 택시 뒤 유리 창문에 손을 들었다 내려놓았다. 여자가 내린 택시 안은 깜빡이와 비상등 소리만 들렸다.

"기사님."

남자가 불렀다. 아저씨는 네 하고 짧게 대답했다. 남자는 지금 내린 여자와 어떤 사이로 보이는지 물었다. 아저씨는 룸미러로 여자가 앉아 있던 뒷자리를 힐끔 쳐다보고 글쎄요 라고 대답했다. 남자는 담담하게 불륜이라 했다. 나는 내 귀를 의심했다. 아저씨도 놀라는 표정을 짓긴 했지만 아무렇지도 않은 듯 운전했다. 택시 안은 조금 전보다 더 적막해졌다.

"1년 전 아내가 뇌출혈로 쓰러졌습니다. 아내는 제 사소한 얘기에 맞장구를 치고 즐거워하고 잘 웃었어요. 함께 텔레비전을 보고 있었는데, 아내가 머리가 아프고 어지럽다고 해서 잠깐 쇼파에 누웠다가 둘 다 잠이 들었죠. 아내가 낮잠을 오래 잔다싶어서 깨웠는데 의식을 잃은 상태였어요. 제가 일찍만 발견했어도 병원에 오래 누워있지 않을 거예요. 저 때문이죠. 제가 너무 몰랐어요. 한심하고 바보 같죠."

남자는 흐느껴 울었다.

"방금 내린 여자는 함께 일하는 직원이에요. 아내가 입원한 병원과 직원의 집 방향이 같아서 가끔 내려주게 됐어요. 아내처럼 눈 마주쳐주고 밝게 웃는 모습이 자꾸 익숙해지네요. 저는 아내가 깨어나는 기적이 일어날 것 같아요. 아내의 손끝이 매일매일 다르거든요. 그런데 의사는 그 차이를 모르네요. 직원과 얘기할 때 손을 잡고 싶을 때가 있어요. 그

오후의 그리움

럴 때 제가 아주 한심합니다. 아내는 저 때문에 누워 있는데 저는 참아 내자고 생각하니 불륜인거죠."

남자는 가슴을 치며 오열했다. 아저씨는 저 멀리 보이는 병원 간판골 목을 지나쳐서 한적한 가로등 아래에 차를 세웠다.

"실컷 우세요. 택시 안이 울기에 참 좋은 장소입니다."

아저씨는 베토벤의 운명 교향곡 CD를 찾아 재생했다. 오케스트라의 목관악기, 금관악기, 타악기, 현악기의 웅장함과 속상임이 반복된다. 음악은 택시 안의 헤드유닛에서 CD에 기록된 데이터를 읽어내고 앰프로 보낸다. 그 신호가 증폭되면서 스피커로 뿜어진다. 동시에 일어나는 일이라 복잡한 것을 못 느낀다. 남자의 서러움도 점점 증폭됐다. 중년의 고독함과 사랑하는 아내를 위해 유혹에서 몸부림치는 간절함이 느껴졌다.

"초승달아~ 오늘은 더 밝게 빛나는 구나. 그믐달과 같이 똑같은 쌍둥이 손주를 보내주렴."

아저씨다. 베토벤 운명 절정의 빠바바밤에 심취해 있었다. 내 몸이 불덩이처럼 뜨거워졌다. 스피커에서 내 몸을 휘감는 공기가 몰아치더니 나를 달로 밀어냈다. 사랑의 부메랑이 속도를 냈다. 오늘 내 몸이 유난히 반짝인다.

박태호

yougiho@naver.com

상자 속 여행길

처음 소설을 쓰기 시작했을 때 주변에서 말렸다.
글 쓰는 건 배고픈 직업이라고, 무조건 성공해야 한다고
신경 쓰지 않았다.
노트와 펜만 있어도 행복해지니까.

상자 속 여행길

좁았지만 아득했다. 밖에선 컨베이어 돌아가는 소리가 계속 귓가로 흘러들었다. 질리도록 들었지만 이때만큼은 나를 어디론가 데려다 주는 길 같았다. 몸을 더욱 웅크렸다. 곧 트럭이 출발할 것이다. 기대감이 부풀었다. 이대로 비행기에 실리면 어떤 느낌일까. 한 번도 타 본 적이 없었지만 왠지 그 부유감이 전해지는 듯했다. 도착하면 뭐부터 할까. 트럭에 시동이 걸리기 시작했다.

아르바이트 앱을 켰다. 수천 개의 모집 공고가 핸드폰 화면에 비춰졌다. 하지만 나에게 해당사항이 되는 것은 없었다. 아르바이트 지역을 좁혔음에도 출근 시간을 맞출 수 없었거나 여자만 받는다, 나이 제한 등등, 조건이 붙었다. 괜찮은 것이 있으면 시급이 낮았다. 계속 화면을 내리다 어느 구인모집 글이 땡겼다.

'우체국 택배 아르바이트. 일당 최대 12만 원까지 수령 가능.'

솔깃한 조건이었다. 설명에 '심신미약자들은 받지 않습니다.'가 적혀 있었다. 하지만 밀린 집세와 대출금은 신청 버튼을 누르도록 몰아넣었다. 위치도 집에서 조금 떨어진 곳이었다. 바로 전화가 왔다. 오후 1시 30분까지 우체국으로 오라는 말로 전화는 끊겼다.

도착한 창고에는 온갖 택배 상자와 물류가 카트에 실려 있었거나 층층이 쌓여 있었다. 컨테이너를 연결한 트럭 여러 대가 줄지어 창고에 나열된 채 출발을 기다렸다. 사람들은 한두 번 왔던 게 아닌 것처럼 자기가 일할 곳으로 갔다. 뭘 할지 몰라 창고를 서성이던 중 체크를 하던 작업반장은 뭐 하냐는 듯 쳐다보았다.

"처음이야?"

위아래로 훑어보고는 따라오라고 손짓을 했다. 창고 끄트머리 컨베이어 앞에 나를 세웠다. 분류, 포장, 상하차 중 상하차를 하는 곳이었다. 그는 나에게 넌지시 물었다.

"덩치 좋네. 다치지 않는 게 가장 중요하니까 조심해."

문제 없다고 말하며 목장갑을 끼웠다. 기계 가동 소리가 창고 안에 퍼졌다. 트럭에서 하차된 택배가 라인을 따라 움직였다. 그것들을 컨베이어에 올렸다. 손에 잡히는 대로 올리던 중 작업반장의 호통이 귓속을 후볐다. 작은 것부터 올리고 큰 것들은 따로 빼놓으라는 것이었다. 시키는 대로 큰 것들은 빼 두었다. 잠시 틈을 타 쌓으려 할 때 갑자기 그가 전부 무너뜨렸다.

"빈틈없이 올리라고! 테트리스 안 해 봤어?"

순식간에 택배 상자로 탑 하나가 완성되었다. 시작한 지 10분도 되지 않았는데 땀이 등을 적셨다.

"바코드 찍어, 바코드! 쉬운 일이니까 펑크 내지마."

물류에 붙은 바코드를 찍는 작업이었다. 등록기를 대자 빨간색 레이저 띠만 걸쳐지고 찍히지 않았다. 몇 번이나 대고 때고를 반복하자 삑, 그제야 하나가 찍혔다. 작업반장은 또 등록기를 빼앗고 물건이나 빼라며 컨테이너로 밀었다. 자잘한 실수는 계속되었다. 욕은 기본적으로 딸려왔다.

'이래서 심신미약자는 오지 말라는 거였나.'

다시 택배 상자를 집었다. 할 만하다 싶어지면 산더미처럼 몰렸다. 오후 8시. 해가 완전히 지고 창고 주변은 어두워지자 상자의 수는 줄어들었다. 상자 수만 줄어드는 게 아니라 내 허리 치수도 줄어들 것만 같았다. 허리를 펼 틈을 찾는 게 어려웠다. 첫날은 11시에 끝났다.

"운 좋네. 정시에 끝났어."

작업반장의 말을 듣는 둥 마는 둥 했다. 피곤한 것 빼고는 몸이 아프거나 쑤시지는 않았다. 어렸을 적 할머니가 튼튼해야 한다고 자주 먹인 곰국 덕분이었을까. 하지만 또 하겠다는 엄두는 나지 않았다.

"다녀왔습니다."

1년 전만 해도 할머니가 받아주었지만 아무 말도 들려오지 않았다. 하지만 버릇처럼 입에 달라붙어 문을 열 때마다 항상 되풀이했다. 냉장고를 열자 김치와 장아찌가 전부였다. 근처 편의점으로 발을 옮겼다. 통장에는 아직 입금되기 전 금액만 남아있었다. 참치캔과 스팸을 고민하다 결국 캔을 골랐다. 집으로 가던 도중 골목에서 고양이 한 마리가 눈에 띄었다. 보통은 도망치는데 사람을 보고도 계속 앉아있기만 했다. 지나가려 하다가 계속 나를 쳐다보고 있자 참치캔을 열었다. 고소한 기름 냄새 때문인지 주변에서 서성였다. 캔을 내려놓자 허겁지겁 먹기 시작했다. 부모님을 따라 서울에 갔다가 다시 할머니에게 왔을 때 차려준 밥을 입에 우겨넣던 나의 모습 같았다. 서울에 올라오자마자 부모님의 장례식을 보게 되었다. 일주일도 채 되지 않은 일이었다. 할머니에게 돌아오고 다시는 가지 않겠다고 생각했다. 하지만 결국 나도 이곳에 붙잡혀 있었다.

'우체국 ○○지점. 12만 원.'

입금 메시지가 왔다. 잔고를 확인하자 입출금 가능 금액은 3만 원뿐이었다. 입금되기 무섭게 핸드폰 요금과 대출이자가 빠져나가고 남은 금액이었다. 문자는 하나 더 와 있었다. 서류 면접에서 떨어졌다는 통보였다. 몇 번째인걸까. 전공은커녕 간단한 사무직에서도 계속 나를 거부했다. 다른 곳에 이력서를 넣기 위해 컴퓨터를 켰다. 내용은 매번 똑같았다. 영어를 조금 할 줄 알고, 전문대를 졸업하고 군필자라는 것. 내가 채울 수 있는 내용이었다. 취업이 쉽다던 학과에 진학했지만 그게 이력서의 빈칸을 메꿔주진 못했다. 생활을 하려면 취직을 해야 했다. 하지만 된다 해서 그리 행복하진 않을 것 같았다. 누구를 위해 돈을 벌어야 할까. 여기서 막혀버려 첨부 버튼을 누를지 말지를 고민하는 시간은 늘어만 갔다. 결국 첨부 대신 내일 또 간다는 문자를 넣었다.

일이 익숙해지자 한 가지 철칙이 생겼다. 시계를 보지 않는 것. 이런 일일수록 시간을 알아선 안 된다는 경험 때문이었다. 하지만 상자를 내려놓다가 무심코 손목으로 눈이 갔다. 오후 4시. 2시간이 지났다. 앞으로 3시간을 더 일해야 쉴 수 있었다. 막막함보다 한숨부터 나왔다. 저걸 전부 다 처리해야 돈이 들어오고, 그 돈은 또 어디론가 흘러들어갈 터였다.

"정신 안 차려? 밀렸잖아."

작업반장의 말에 주변을 둘러보았다. 컨베이어에 상자가 걸려 막혔다. 날카로운 비상음이 귓가를 때렸다. 잠시 한눈 판 사이 엉켜버렸다. 레일 위로 뛰어 올라 막힌 상자들을 빼냈다. 몇 개가 떨어지고 겨우 열리자 택배가 제 갈 길로 이동했다.

"밥 먹고 하자!"

7시. 식사 시간이다. 긴 줄을 보니 내 순서가 오려면 30분은 기다려야 할 것 같았다. 식판을 집었을 땐 반찬은 거의 남아있지 않았다. 김치, 두부조림, 겉절이가 전부였다. 마른 모래를 씹는 듯했다. 거기다 일할 때 없던 모기가 저공비행을 했다. 손을 휘저어 쫓아내도 신경질적으로 앵앵거렸다.

'또 떨어졌네.'

핸드폰에는 똑같이 면접에서 떨어졌다는 통보만 쌓여갔다. 상하차는 밀린 집세랑 대출금만 해결하자고 시작했는데 벌써 몇 달째였다. 이쯤 되자 더 넣어볼 엄두가 나지 않았다. 너무 오기를 부렸던 걸까. 아니, 어쩌면 처음부터 될 리가 없던 일에 너무 인연했는지도 몰랐다.

다시 컨베이어가 움직였다. 몇 개 남지 않은 상자를 마무리하자 쉴 틈 없이 다른 트럭이 들어섰다. 분류를 할 때 작업반장이 한마디 내뱉었다.

"이거 전부 외국에서 온 것들이니까 비싼 거야. 깨지면 일당에서 다 까여."

국제 수화물이었다. 대수롭지 않게 여겼다. 하지만 너무 험하게 다루면 작업반장이 올 것이므로 레일에 천천히 올려놓았다. 발신지는 영국, 프랑스, 이탈리아 등등, 다채로웠다. 한 번씩은 가보고 싶은 나라였다. 그중 겉에 쪽지가 붙은 상자가 눈에 띄었다. 모두 영어로 적혀 있었지만 읽을 수 있을 정도였다. 깨지지 않게 조심히 보내달라는 내용이었다. 안에는 뭐가 들었을까. 흔들어 보려 할 때 삐이익. 경고음이 울렸다. 누군가가 소리 질렀다.

"똑바로 안 해? 이렇게 큰 걸 올려 보내면 어떡해!"

딴 생각을 하다 뺄 것까지 올려버렸다.

"이게 조심하라고 했더니 멍을 때리네. 여기에 넣어서 외국으로 보내줄까?"

늘 상 흘려듣는 욕이지만 어째서인지 허탈했다. 차라리 그게 나을까? 여기에선 기댈 곳도 기대할 희망이 없었다. 언제까지 면접 문자를 기다리며 이곳에 와야 하는걸까. 눈앞에 해치워야 할 상자가 유독 커보였다. 그때 작업반장이 소리쳤다.

"마감까지 앞으로 2시간, 모두 힘냅시다!"

문득 국제 물류 상차라인에서 상자 하나가 눈에 들었다. 쪼그린다면 사람은 충분히 들어갈 크기였다. 저기에 들어간다면…… 터무니없는 생각이었다. 될 리가 없었다. 하지만 조금씩 생각이 결심으로 바뀌어 갔다. 외국으로 간다면 돈 벌자고 이렇게 하지 않아도, 일자리를 얻으려고 이력서를 넣지 않아도 될 것 같아 계속 끌렸다. 도시가 아닌 어딘가에 나를 내려놔도 상관없다는 생각마저 들었다. 상차라인으로 향했다. 다행히 주변에는 보는 사람이 없었다. 상자에 적힌 주소를 보는데 향기가 나는 듯했다. 어디로 가는 택배일까. 페루였다. 따듯할 것 같은 햇빛이 느껴졌다. 하차라인에서 또 경고음이 울렸다. 그것을 뒤로한 채 상자에 들어있던 짐을 뺐다. 주인에겐 미안하면서도 반대론 설렘이 생겨났다.

'혼자 가서 미안해요, 할머니'

언젠가 할머니에게 외국 여행을 가자고 했다. 어른만 되면 돈 많이 벌어서 어디든 같이 가자고. 하지만 그 어디도 가지 못하고 할머니는 다른 곳으로 멀고 먼 여행을 가버렸다. 결국엔 돈도 벌지 못하고, 같이 가지도 못하고, 나 홀로 떠나게 되었다. 트럭 제일 안쪽에서 상자 속으로 들어가 몸을 웅크렸다. 밖에서 작업반장이 나를 찾는 소리가 들려왔다. 하지만 영원히 찾지 못할 것이다. 도착하면 엽서 한 장이라도 보내줘야겠다. 이제 내일이면 컨베이어를 지나 비행기에 실릴 것이다. 입구에 테이프를 붙였다. 떠날 시간이었다.

정현숙

목화솜 이불
인왕산

한낮의 해가 기울고
잠잠히 가라 앉았던 그리움이 몰려옵니다.
이 가을 몸이 아프면서 메마른 가지가
되었습니다.
처음 글쓰기를 배우면서
살아있는 가지로 한 발짝 뻗어봅니다.

목화솜 이불

　장롱에 이불들이 넘친다. 살집 많은 아줌마의 접혀진 살들처럼 튼실하니 널브러져 있다. 새빨갛고 샛노랗고 새파란 색의 원색적인 비단 천의 목화솜 이불들이다. 혼수 이불이다. 안방 한쪽 벽면을 다 차지하는 열두 자 '이조농방' 장롱 맨 밑바닥에는 결혼 후 지금까지 한 번도 사용하지 않은 이불이 누워있다. 한눈에 봐도 예스러운 느낌의 흰색 자수옥양목으로 호청을 댄 빨강색과 초록색 대형 비단이불 한 채이다. 33년간 그 자리를 지켜온 우리집 장롱의 터줏대감이다. 그 위로 진달래꽃이 피어있고 검정과 흰색의 체크무늬도 있고 주황색과 연두색으로 채색된 이불들이 놓여있다. 오래된 이불솜을 틀어서 새로 만든 이불들이다. 또 새파란 색의 두꺼운 보료, 가볍게 하늘거리는 색동이불, 인견호청의 여름 누비이불, 춘추용 차렵이불들이 올려있고, 틈새에는 둥글고 높은 베게들이 끼여있다.

　결혼할 당시 장롱은 '삼익가구' 일곱 자였다. 어울리지 않게 이불은 최고급 목화솜과 비단 천으로 된 대형 이불이 세 채였고, 보료와 춘추이불, 여름 이불이 다섯 채로 부잣집 며느리처럼 해왔으니 신혼 때부터 이불이 장롱에 들어가지 않았다. 결혼한 지 십오륙 년 지나 집을 마련하며 지금의 장롱으로 바뀐 것이다. 자연스럽게 장롱 맨 밑바닥에는 대형 이불 세 채가 차례로 들어가고 다른 이불들도 넉넉하게 들어가니 혼수이불이 그제야 격식을 갖추게 되었다. 침대 이불이 필요하여 쓰지 않는 이

　　　　　　　　　　　　　　　　　　　　오후의 그리움

불을 이용하기로 하였다. 장롱 맨 밑에 있는 첫 번째 이불은 가장 크고 육중하여 그대로 두고 두 번째도 그대로 두고 세 번째 이불을 틀기로 했다. 얇게 덮을 수 있는 침대 이불 세 개와 보슬보슬한 이불 한 채가 나왔다. 혼수로 보낸 엄마의 사랑이 세 배로 부풀어져 그 속에서 온 식구가 꼬물거린다.

　십 년이 지나 큰애가 원룸에 갈 때 두 번째 이불을 틀었다. 침대 대용으로 싱글 이불 두 채를 만들었다. 나는 번잡한 집안의 대소사 일을 다 맡아 하는 큰며느리이다. 식구들이 자주 많이 모이기 때문에 거실에서 다 같이 덮고 잘 수 있는 4~5인용 요와 이불을 규격 없이 내 맘대로 만들었다. 한 채는 원룸으로 가고, 싱글 이불 한 채와 펼치면 가오리의 날개처럼 휘리릭 헤엄치는 진달래꽃 거실용 요와 이불이 들어가니 장롱이 다시 비좁아졌다.

　얼마 후 아이와 함께 너무 두꺼워서 잘 접혀지지도 않는 요와 이불이 오니 장롱 속에 들여놓을 엄두가 안 난다. 결국 작은방 한쪽에 잘 개켜져 누워있게 되었다. 남편은 그 이불을 장롱으로 들여놓자고 쓰지 않는 터줏대감을 버리자고 하지만 난 그럴 수가 없다. 장롱을 열면 엄마가 보인다. 옛날 목화솜은 바람이 잘 통하고 습기도 차지 않는 친환경소재로 귀한 혼숫감이었다. 어릴 적 마당 꽃밭 한 켠에서 자라던 목화가 열매를 맺고 바삭한 껍질이 벌어지며 하얀 구름으로 만져졌던 모습은 경이로웠다. 이 보드랍고 아름다운 구름을 모으고 모아서 사랑의 이불이 만들어지는 것이다. 엄마는 시집올 때 엄마가 덮는 이불도 못해 갔다고 한다. 유년 시절에 부모님 두 분 다 일찍 돌아가셔서 할아버지와 계모 할머니 손에서 자랐다. 아무것도 없어서 결혼을 못한다고 했더니 시댁 쪽에서 사정이 그러하면 처녀 몸만 와도 좋소 하였고, 그러자 정말 계모 할머니께서 이불 한 채도 안 해 주었다고 한다. 시집가자마자 정말로 자기 이불도 안 해 온 며느리가 여기 있소 하며 시어머니의 구박을 받았던 설움을 큰딸인 나에게 가끔 얘기했었다. 아랫 동서들이 아들을 낳을 때마다 큰 며느리인 엄마는 딸만 넷을 두었으니 시집살이의 고달픈 마음을 짐작하고도 남는다. 엄마의 얘기에 귀 기울이지 못했던 그 당시가 나에게 짐처럼 남아있는 것은 엄마가 홀연히 세상을 일찍 떠나셨기 때문이기도 하다.

엄마는 내 나이 서른여섯, 큰딸 결혼한 지 팔 년 만에 돌아가셨다. 딸 셋을 결혼시키면서 없는 형편에도 이불만큼은 넘치게 해 주셨다. 막내딸을 짝지우지 못한 채 암으로 힘겹게 투병하신 지 7개월여 만에 돌아가셨다. 지금의 나보다 어린 쉰아홉이었다. 막내 결혼할 때 혼수 이불은 네가 대신 잘해 주어라.

몇 년 후 막내가 결혼할 때 나는 엄마의 당부를 따르지 못했다. 내 삶에서 가장 힘들었던 시절에 엄마의 이불은 크게 와닿지 않았고 백화점에서 아름답고 손쉬운 이불 두 채를 해 주고 말았다. 언젠가 네 자매가 모여 엄마의 이불 얘기가 나오니 막내가 언니들은 엄마가 이불 많이 해 줘서 좋겠다. 나는 장롱이 비어서 언니들 얘기가 생소해. 내 장롱은 텅 비었어. 순간 엄마 없이 결혼하는 딸의 심정을, 그 옛날 엄마의 고독한 마음이 온몸으로 느껴졌다.

나의 목화솜 이불은 엄마 자신의 혼수였다. 옛날 아름다웠던 엄마의 꿈으로 들어가는 계단이었을 터 딸들에게 이어지며 완전한 모습으로 이루어지지는 못할지라도 기억 저편으로 남겨진 마지막 소망이 되었다. 그 소망의 하얀 솜들은 부드럽고 적당한 무게로 만만찮았던 딸의 인생

오후의 그리움

을 눌러주며 상처들을 덮어주었던 것이다. 그리고 시댁에서의 침잠된 고통의 기억이었으며 딸들을 지키고자 했던 엄마만의 외로운 사랑법이었다.

지금은 나도 엄마의 고단했던 삶에 같이 눈물 흘려줄 수 있는 세월을 지나왔다. 엄마의 아픔이 곧 나의 아픔이었다. 엄마는 오롯이 이불 없이 세상을 버텼고 나는 엄마의 이불을 등에 지고 엄마의 숨이 죽을 때마다 새롭게 바람을 넣어주며 잘 살아내고 있다. 목화솜 이불은 엄마의 활활 타고난 마지막 재, 흐드러져 없어진 채로 내 기억 속에 작은 불씨만 남긴 엄마의 사랑이다. 아직까지도 터줏대감은 장롱 밑바닥을 굳건히 지키고 있다.

인왕산

　해질녘 인왕산 정상에서 바라보는 광화문은 가슴에 잔잔한 울림을 준다. 동해 바다의 일출이 장엄하게 시작한다면 서해 바다의 일몰은 모든 절망과 소음을 감싸 안고서 저 혼자 떨어져 내린다. 어두운 계곡의 풀 한 포기와 같은 자의 가슴에도 자동차의 번쩍이는 라이트 불빛이 희망의 줄긋기를 한다. 사방이 확 트인 기차바위에서 부는 바람은 뜨거워서 달구어졌던 젊은 날의 열기를 한숨 식혀주고 가만히 나를 돌아보게 만든다.

　젊은 날에는 혼자 산을 오른 적이 없었다. 무섭기도 했지만 산을 오르는 사람들의 마음을 몰랐다고 할까. 산의 마음을 몰랐다고 할까. 등에 짊어진 짐이 무거워서 산은 더욱 오를 수가 없었다고 할까. 고개를 숙이고 인생의 정상을 향해 올라가기에도 바빠 정작 바로 집앞에 있는 산 위를 쳐다보지 못했다. 산 아래에서만 재게 발 놀리며 산 위에서 부는 바람을 듣지 못했다.

　봄비가 내린 뒤에 인왕산을 오른다. 물 흐르는 소리에 맞추어 발짝 소리도 따라간다. 막자란 싸리나무 치켜내고 올라가는 이 길은 백 년 전에도 이 길이었고 백 년 후에도 이 길이리라. 역사의 고즈넉한 뒤안길을 품고 아주 오랜 옛날 인왕산 호랑이가 포효하던 시절 내가 살고 있는 이곳도 저곳도 모두 산자락이었으리라. 해질 무렵 무악재를 넘을 적에는

　　　　　　　　　　　　　　　오후의 그리움

호랑이를 피해 저쪽에는 주막도 성해 있었으리라. 길가는 나그네의 봇짐을 훔치는 산적도 있었겠지. 젖먹이를 품에 안고 밭농사에, 장터를 내달리며 숨 가쁘게 살아가는 아낙네를 인왕산은 똑같은 모습으로 내려다보며 지켜보고 있었을 것이다.

지금은 통일로로 불리는 의주로를 사이에 두고 인왕산과 안산이 인접해 있다. 안산 자락길을 거닐다보면 지인을 한둘은 만나게 된다. 모든 길을 나무 계단으로 만들어 걷기 편하고, 앙증맞은 나무 벤치도 곳곳에서 사람들의 발길을 멈추게 한다. 안산은 만남의 장소이자 사시장철 민감한 계절을 맘껏 즐길 수 있는 정원이다. 심심해서 누군가 보고 싶거나 말이라도 붙일 사람을 원하거든 안산 자락길로 나가라. 하지만 나는 그렇게 사교적이고 개방적인 산보다 은밀하게 혼자 다닐 수 있는 인왕산을 더 좋아한다. 호젓하게 한없이 숨어있을 수 있는 공간 속에서 오장육부 끝까지 휘돌아 나가는 오래된 솔향이 나를 위해서 존재한다. 잘 다듬어진 신사임당 생가 홍송도 아니고 경복궁 서까래로도 쓸 수 없는 볼품없는 소나무들이라서 잠깐 잊었다 다시 찾아도 내 숨인 양 내 속에서 새어나온다. 발밑에서는 아는 듯 기쁨 질척하니 떡갈나무 잎들이 붙는다. 누구라서 나에게 붙을까. 나를 반기는 내 속살이다.

산의 정상을 찍고 내려오는 길, 무엇에 쫓기듯 살아야 했고 무엇이 그렇게 내 입을 막아버렸던지. 내 속에도 쌓인 산이 겹겹이 들어와 있다. 내 마음에 오면 머무르고 반대편으로 나가는 통로가 없다. 길을 찾아주고자 혼자서 산을 오르기 시작했다. 그때부터였다. 거대한 인왕산이 어린 내 아들처럼 품에 감싸 안겼다.

지인들이 오면 나는 인왕산이 아니라 안산을 오르자고 한다. 안산은 걷기 쉽고 이정표대로 한 바퀴를 돌면 정복되는 작은 산이다. 봄에는 벚꽃길, 가을에는 발목까지 수북히 쌓이는 푹신한 낙엽 길을 걷는다. 허브 꽃동산과 홍제천 폭포마당까지 볼거리가 화려해서 실망하지 않는다. 안산은 여럿이 걸어야 하고 인왕산은 혼자 걸어야 제맛이 난다. 인왕산은 한자로 어질 인, 임금 왕을 써서 어진 임금이라는 산이다. 어진 임금 산이라는 거창한 이름은 외롭다. 최고의 권력을 가진 임금으로서도 자신의 부인을 지켜내지 못한 살벌한 외로운 이야기가 인왕산 치마바위에도 묻어있다. 단경왕후의 붉은 치마를 널었다는 그 바위를 바라보며 인왕산의 속 깊음과 아픔을 느낀다.

겨울잠 얼음에 화석처럼 누운 초록색 단풍잎은 낯설지만 빨갛게 되는 일은 더디지 않다. 인왕산 숲속 낯익은 얼굴, 나무 하나 바위 하나에도 간지러운 정이 붙는다. 일 년 내내 약수터 식용 부적합 딱지에서는 잊혀진 엄마가 보이고 내가 이름 붙인 인왕산 제1 난코스 외줄타기 낭떠러지는 내 마음의 외줄이다. 나 혼자 다니며 개발했던 그 길들이 이제는 위험딱지를 붙이며 통행금지가 되었다. 길도 없어져서 잊혀진 지 오랜 곳을 지난다. 바위산이라 두 손 짚고 다가간 가파른 경사의 후미진 언덕에서 왼쪽은 울창한 숲이요. 뒤를 돌아보면 굽이굽이 소나무 길 뒤 마지막 달동네 개미마을이 있다. 개미처럼 열심히 일하는 사람들이 화사하게 그려진 벽화 속으로 들어갔다. 앞쪽 광화문을 내려다보며 오른쪽 유구한 역사를 가진 성곽을 따라 걸어가면 인왕산 정상이고, 북악산까지 이어진 한양도성 성곽을 내려가다 오른쪽으로 꺾어 빠져나가면 나즈막한 안산으로 통한다. 인왕산과 안산 사이의 고갯길 무악재를 하늘다리로 연결해 놓았다. 산짐승도 소통하고 인간도 더불어 소통하고 있다. 하지만 나는 본래의 흙길을 더 그리워한다.

그리 높지 않은 인왕산 정상에 오르니 청와대도 바로 눈앞, 부암동, 평창동, 홍제동에 햇살이 살짝 비친다. 저 멀리 한강도 가깝고 우리집은 한 뼘 아래, 복잡한 역사가 숨어있지만 산자락마다 고깔콘처럼 박힌 집들은 너무 아름답다. 세상의 일들이 저 산 너머로 도망친다.

나는 일출을 보러 동해까지 가지 않는다. 새해에도 인왕산에 가서 일출을 보고 일몰은 거의 날마다 보며 살고 있다. 이제는 등 위의 짐을 벗어버린 지 오래이다. 아마 저 인왕산 골짜기 어디쯤에서 내 등짐이 나뒹굴어져 있을 것이다.

심야心野의 情談
—『오후의 그리움』 6

> 여기에 담은 글은 평가나 비평으로부터 자유로우며 본성 그대
> 로의 이야기이다. 그저 마음의 들판이 펼치는 동인들의 글을
> 반추하는 정 깊은 대화일 뿐이다
>
> — 이수정

삶에 꿈을 보태는 작업, 문학

글을 읽고 쓴다는 것은 무엇일까. 누군가의 글을 읽으며 우리는 문득
그들의 삶에 동의하고 있는 자신을 발견한 적은 없었는가. 그것도 현실
적으로 너무나 낮고 빈한인간의 모습에 매료되어 본적이 있었느냐고 반
문해 본다. 영화나 드라마에서 그토록 멋져 보이는 주인공이 아닌데 책
을 덮고도 주적주적 뒤통수에 따라붙는 그림자를 만나보았다면 당신은
분명 행복한 사람이라고 말하고 싶다. 백화점에서 하루 종일 쇼핑을 하
고 왔는데 우리는 왜 허기질까. 이토록 문명이 발달하고 있는데 우리나
라는 왜 자살률 세계 1위라는 오명을 벗지 못하는지 물어본 적이 있었
는가.

문학은 뭘까. 그러한 문명과 경제의 지점에 선 우리들에게 질문을 던지는 일이다. 작가가 신이 아닌 바에야 작가는 그 어떤 답변을 내려줄 능력이 없다. 그러나 이것이 아닌데 하는 의구심을 갖고 인간으로 가기 위한 방향성을 설정해주는 데는 분명 역할을 하고 있음이다. 이 시대는 그 빠른 속도로 인간성이 마모되어 가는 것을 속수무책으로 보아야 하는 게 현대인의 상처를 안고 있다. 하지만 누군가는 그런 무너짐에 대하여 인간이 익어가는 아름다운 선순환 과정으로 보고, 잔상을 너무나 자잘하게 그려놓는 시인 **현명숙**이 있다(이번 호는 가나다순이 아닌 동인이 된 순번으로 해설을 달겠습니다).

마당도 기울어진 낡은 집
날리는 커튼 빛바랜 벽지
벽에 걸린 액자 고장 난 뻐꾹 시계
흐려진 백열등 빛을 잃은 은수저
등 굽은 할미꽃 삐딱삐딱하다

기울기 없이 살 수 없는 집
모두 23.5도로 익어 간다

— 현명숙, 「노랑할미새 소리」 중에서

23.5도로 익어가는 노년 앞에서 집도 벽지도 기울지 않은 일상은 없다. 그러나 시인은 지구의 기울기, 즉 자연에 순응하는 각도로 삶이 익어간다는 발견을 한다. 귀한 시인의 눈에 걸러진 노년예찬이다. "민들레 씨망울 달고 선교사가 된 막냇동생"을 읊거나 「애니깽의 아리랑」에서는 "전국 노래자랑 중이다/키가 훤칠한 망구(望九)의 백발 애니깽/기

타 반주에 맞추어 콴타나메라와/올드 랭 사인 곡조 애국가를 서툰 발음으로 부른다" 벌써 매너리즘에 빠진 한반도의 국민들에게 디아스포리즘적 상처를 보듬게 만드는 시편들은 시인의 시력을 가늠케한다. 또한 「윤숙아, 미안하다」에서는 우리들의 잃어버린 스승의 모습이 고스란히 살아있다.

> 이웃 할머니와 단둘이 살았던
> 선생님이 엄마였으면 하던
> 나의 둘째 딸과 같은 나이 윤숙이,
>
> 그 아이 바람을 들어주지 못했다
>
> 편지라도 주고받을 것을
> 이제라도 다시 윤숙이를 만난다면
> 엄마,
> 한번 불러보라고 할 수 있으련만
>
> — 현명숙, 「윤숙아, 미안하다」 중에서

옛날 흙먼지 가득하던 운동장은 이미 초록의 잔디를 입혀 추억을 묻어 버렸지만 현명숙 시인은 그 운동장에서 좀 더 잘해주지 못했던 제자를 부르며 오열하고 있다. 우리 현대인들은 무엇을 잃어버리고 사는 걸까? 아니 무엇을 잃었는지도 모르고 전속력으로 질주하며 사는 현대인들이 가난한 이유가 저무는 '오후의 그리움' 속에서 우리를 일깨우고 있다. 그녀와 더불어 『오후의 그리움』 1집부터 참여하고 **조용휘** 회장님의 수필에는 벌써 기울기가 제법 되는 자신의 이야기를 문학적으로 승화를 시키고 있다. 요즘 자주 깜박깜박하는 증세가 심하다 보니 혹시 치매가 온 게 아닐까? 의구심이 들 때도 있다는 고백이 남의 이야기가 아닌 시간이다.

치매 환자는 오래전 일은 생생하게 기억하나 최근의 일은 기억 못한다는데……. 100세 시대 '암'보다도 더 무섭다는 '치매'는 자신의 과거를 잊게 된다는 두려움도 있지만, 한편으론 뇌리 속에 박힌 상처가 치유될 수도 있겠다는 생각이 든다. 그래도 치매로 인해 지난날 사랑했던 사람들과의 소중한 추억을 망각하게 될까 봐 두렵다.

"여보! 내 휴대폰 못 봤어요?"

— 조용휘, 「안경과 휴대폰 사이」 중에서

퉁명스런 아내의 대꾸를 귓등으로 들으며 안경을 찾기 위해 안방과 문간 방을 드나들었다. 한참 동안 찾다가 컴퓨터 본체 위에 얹어둔 안경을 발견했다. 나이 들어가면서 안경뿐 아니라 다른 물건도 어디에 두었는지 생각이 나지 않아 찾는 횟수가 늘어났다. 몇 해 전까지만 해도 스스로 기억력이 뛰어나다고 자부했었는데…….

— 앞의 글, 중에서

오늘 아침에도 휴대폰을 어디에 뒀는지 몰라 애꿎은 아내만 닦달하다 오른손에 쥐고 있는 휴대폰을 발견한다. 그런 자신을 떠올리며 기억과 망각 사이를 오락가락하는 나는 '건망증'일까? '치매'일까? 정말 치매에 걸리지 않을까 불안한 마음을 드러내는 글은 노년이라는 추상명사를 일상이라는 구체어로 치환시키고는 인생을 직시하게 만든다. 그의 바람이 왜 그리도 손끝 아프게 다가오는지 마지막 문장이 살갑다.

　"과거와 현재를 이어주는 징검다리인 기억. 그것을 지켜나갈 묘안은 진정
　없는 것인가?"

　노년이란 정말이지 안경과 휴대폰 사이를 헤메이는 그 어디쯤이 아닐
까. 그의 시작노트를 보면 단순히 노년의 불안에서 오는 이야기가 아니
라 노년을 어떤 방향성을 갖고 살아가야 하는가에 대한 뼈아픈 아포리
즘적 해석이라는 것을 깨닫게 한다. 인생의 4분의 1은 성장하면서 보내
고, 나머지 4분의 3은 늙어가면서 보낸다고 했습니다. 브롬디의 말을
빌어 인생의 4분의 3은 늙어가는 시간이라고 한다. 그중에서도 종착역
가까이 와 있다는 작가는 조심스레 노년이란 그저 죽음으로 향하는 길
목이라는 평이한 결론에 반기를 든다.

　세계 역사상 최대 업적의 35%는 60~70대에 의하여 성취되었다는 통계
　도 있습니다. 괴테가 「파우스트」를 완성한 것은 80이 넘어서였다고 합니다.
　하지만, 일에 대한 열정을 가지면 항상 젊게 산다고 하니, 죽는 날까지 끊임
　없이 배우고 써야겠다는 다짐을 해봅니다. 비록 「파우스트」같은 세계적인
　명작은 아닐지라도.
　　　　　　　　　　　　　　　　　　　　　— 조용휘, 「시작노트」 중에서

　사람이 살면서 입으로 하지 못할 일이란 없다. 조용휘 회장님은 『오
후의 그리움』을 6집까지 끌고 온 산증인이다. 그의 작품이 수정샘물문
학회의 발자취와 다름이 없다. 그렇게 말없이 동인회를 문학회로 격상
시키고 묵묵히 글밭을 일군 시인이 **김성자**이다. 정말 파우스트를 팔십

에 썼다는 괴테의 말에 공감이 가게 만든다. 그녀의 「고추와 고추장 사이」를 읽노라면 시어와 구성의 직조에 놀라게 된다. 첫 행부터 그러하다. 낼 모래 여든 줄이면서도 사유와 시력, 그리고 시작법에 이르기까지 어찌 그리도 당당하고 야무질까. "그래, 맞다/삼십대 맵고 독한 년이다" 하고 일갈하는 시인의 강단이 보인다. 그러면서 고추가 고추장이 되는 지점으로 들어간다. 햇살이 껄껄대며 손을 내민다/신발을 가지런히 놓고 빨개진 얼굴/되뇌고 싶지 않은 모든 것 뽑아 맷돌에 간다. 고추가 숙성된 장이 되는 과정 속에 평생 수절한 미망인의 모든 살이를 맷돌에 가는 시간이다. 그러면서 자식들을 누구보다 반듯하게 키워낸 여인만이 할 수 있는 시어를 뽑아낸다. "맵고 독한 건 꼿꼿한 거라고 말하는/함지박에 들어간다"는 대목에서 시인의 말이 들려온다. 난 그렇게 쉽게 살지 않았노라고. 그런 그녀이기에 이런 시편을 당당하게 부려놓았을 것이다.

    못생긴 가슴에도 꽃은 핀다는
    메주 뒤따라 들어오고
    참고 살았더니 단내가 난다는 엿기름
    불지옥에서도 정신만 차리면 산다는
    찹쌀죽이 함께 하잔다
    물끄러미 쳐다보던, 절벽을 뛰어 내렸다는
    물이라는 아이가 한마디 한다
    쓴맛도 함께하면 단맛 난다고

    살을 부비며 영혼과 체온을 나눈 걸쭉한 마당
    응어리 풀어지고 무르익은 정이 차르, 맥 섞을 동안

십 년 간수 빼고 헛기침으로 걸어오는 신안 지도
소금 한 주먹 휙 뿌리며 하는 말
고년 독하네, 새빨간 꽃의 맛!

— 김성자, 「고추와 고추장 사이」 중에서

뷔퐁은 문체는 그 사람이다,고 했다. 두말하면 잔소리이다. 시는 그 사람이다. 적당한 어휘와 수식만으로 버무려 낼 수 없는 시어의 건강함과 소설적 플롯이 돋보이는 수작이다. 시 한편에 일생을 익히고 달여 넣는 솜씨로 보아 그녀의 시력이 가늠이 된다. 「잠시 생각한다」는 아파트 베란다 한 평이 "그들에겐 궁전이다/부리 맞대고 체온 나누는" 그곳이라는 발견이다. 그런데 내다보니 그들을 쫓아내려 촘촘한 그물망에 걸려있다. 그리고 비둘기는 다시 오지 않는다. 하지만 "오지 않을 것 알면서도 습관처럼/기다려짐"에 대하여 인간으로서의 최소한의 양심과 배려를 보이고 있다.

그리움의 중량은 얼마나 될까

내 작은 창이 쇠창살 옆에 머물러 있다.

— 김성자, 「잠시 생각한다」 중에서

1968년 12월 24일 크리스마스 이브에 아폴로 8호는 달 궤도 탐사에 성공한다. 20시간에 걸쳐 달 궤도를 10차례 선회하며 찍은 달과 지구의 모습이 전세계에 방송되었다. 그때, 미국의 시인 아치볼드 매클리시는 말했다. "저 끝없는 고요 속에 떠 있는 작고, 푸르고 아름다운 지구를 그대로 본다는 것은 바로 우리 모두를 지구의 승객으로 본다는 것"

을 의미한다.

 인간은 지구의 매우 특별하고 중심에 있는 존재가 아니라 모든 생명체와 함께 잠시 머물다 떠나야 할 존재임을 각성시키는 문장이었다. 이러한 인식은 「사피엔스」에서도 나온다. 저 멀리 우주에서 지구를 본다면 과연 인류가 주인처럼 지구를 이렇게 사용해도 되는 것인지에 대한 진지한 회의를 안겨 준다. 문학을 한다는 건 무엇일까. 멋지고 미문만 사용하는 것일까. 21세기의 문학은 적어도 이러한 회의로부터 멀어져야 할 지점이다. 적어도 누군가의 사소한 이야기에 귀 기울여 주고, 기꺼이 동참해 줄 수 있는 맘을 여는 문학을 하는 자세이다. 그곳에 **박진호** 시인이 동행하고 있다.

> 가마솥 염천에
> 온 나라가 열대야를 외쳤던 여름을 보낸다
>
> 초가을 문턱이
> 풀벌레 울음 몰고
> 높은 하늘에 흰 양떼구름
>
> 그을린 이마에 멍청히 스치는 솔바람
> 태풍이 밀어 올린 가을 한 줄
>
> 시를 쓴다
>
> — 박진호, 「태풍이 불러 온 가을」 중에서

오후의 그리움

유난히 태풍이 잦았던 올 가을 어느 시인은 태풍이 가을을 밀어 올렸다고 쓴다. 소소한 행복이다. 그런 날이면 "시를 쓴다"는 시인의 시심이 이 각박한 세상에 이채롭다. 수정샘물 호를 끌고 상임이사님을 하면서 긴 시간을 달려온 그는 시인이다. 어느 구석 하나 살갑지 않은 만남이 없었던 시인의 시편들은 자상하다. 조곤조곤함이다. 그에게선 봄이 오는 모습도 「옹아리 잔치」로 들린다. "눈 덮힌 땅 휘집고 나선 복수초/노랑동네 산수유/꽃이 잎보다 먼저 피워난다/두견새가 빚은 절기주 진달래 물고 울어대던/춘사월 초입."에서 아, 눈물이 난다. 김소월의 윤사월이 떠오르기도 하고 시인의 눈에 걸러진 세계는 봄이 오는 것도 예사롭지 않다. 그래서 시인은 "빠알간 명자나무 가지 사이로/갓 세상 구경 온 참새가/밀당 중"인 봄에 줄줄이 이어지는 행락객의 손을 잡고 흰 그늘 난분분한 시절을 즐길 수 있지 않았을까.

봄 옹아리 꽃잔등에 올라
얼마간 쳐다보니

참고 참았던 초록이 터졌다

— 박진호, 「옹아리 잔치」 중에서

시인의 눈이 얼마나 맑고 밝으면 봄의 옹아리를 들을 수 있을까. 지구라는 푸른 별에 잠시 와서 함께 온 생명체들의 숨결을 들어주는 일, 그게 사람으로 사람처럼 살다가 가는 길일지도 모른다. 속도와 등수를 매기며 그렇게 한세상을 쓸모 있게 사는 것만 쫓다가 어느 날 요양병원에서 목에 호수를 꽂고 유동식을 껄떡이다 죽음을 맞는 현대인들. 불쌍하지 않은가. 인간은 무엇으로 사는가. 톨스토이, 도스토엡스키, 까뮈, 샤

르트르, 한나 아렌트, 시몬느 드 보부아르 등등 세계적 작가이면서 철학자였던 그들이 평생을 구경한 일이 '실존'에 관한 문제였다.

영혼의 위장이 비어가는 현대인들에게 작가들은 어떤 이야기를 들려주어야 할까. 더 빠른 속도를 이야기하는 자기 계발서를 읽으며 또 시스템에 우리를 가두는 일이 옳은 일일까. 문학은 아무도 관심 가져 주지 않는 사소한 이야기에 귀를 기울이는 일이다. 앞으로 평균 80 이상을 살게 될 인간이 쓸모 있는 사람, 즉 돈을 버는 사람으로 사는 시간은 인생의 3분의 1 정도밖에 되지 않는다. 그렇다면 나머지 시간 동안 잘 사는 법을 터득하는 것이 인생을 보다 인간답게 살아가는 방식인지도 모른다. 그런 시기에 자신을 고민하는 수필가 한 분을 만나보자. 그녀는 **이오순**이다.

> 요즘 내 글이 건조하고 단순하기 짝이 없다. 부족한 내 글로
> 인해 문우들의 작품이 흐려질까 걱정이 많다.
>
> 언제나 촉촉한 글이 나올지…….
>
> — 이오순, 「시작노트」 중에서

작가의 걱정이 참 평화롭다. 그 시기에 많은 분들은 좀 더 많이 가지지 못한 것들로 분주할 것이다. 그런데 정작 작가는 다른 문우들에게 누가 될까 두렵다니. 삶이 쉬운 사람은 없다. 특히 이 시대에 어미로 살아내는 일은 녹록지 않다. 그런데도 애써 여유롭다. 몰라서일까? 그래서 작가는 아름답다. 아무리 재산을 많이 가진 자들보다 행복하다. 그녀의 「냄비를 부탁해」를 보면 문장의 천연덕스러움과 자연스러움에 솔깃

해진다. 글은 이렇게 쓰는 거야, 라든지 수필은 이래야 해, 하고서 우리를 가르치려 들지 않는다. 그저 작가는 그런다.

　김치찌개가 끓고 있었다. 식기 전에 어서와 먹으라고 아들을 불렀다. 얼른 씻고 먹겠단다. 어제 찌개를 먹으면서 어찌나 맛있다고 하든지 딱 한 번 먹을 만큼 아껴두었다. 금방 나오려니 하고 물을 몇 방울 붓고 김치가 뭉근하도록 불을 약하게 줄여 놓았다.

　마침 요리 프로그램을 보던 중이라 다시 텔레비전 앞에 앉았다.
— 이오순, 「냄비를 부탁해」 중에서

　상황 묘사로 도입부를 여는 솜씨가 진정한 프로답다. 힘을 들이지 않고 쓱 들어가는 작가의 능청스러움과 사진처럼 그려지는 묘사와 서사의 균형이 작품의 완성도를 높인다.

　시작 신호가 떨어지자 쉐프들 손놀림이 바빠진다. 찹스테이크를 만들겠다며 李 쉐프가 미리 달궈놓은 팬에 도톰한 목살 고기를 얹는다. 치익 소리를 내며 기름이 튀어 오르자 내 코에까지 냄새가 나면서 벌써부터 먹고 싶어진다. ……(중략)…… 더 놀라울 일은 텔레비전에서 요리를 하면 시청자가 냄새를 맡고 맛을 느낄 수 있는 시대가 온다고도 했다. 귀 얇은 내가 그런 말을 들어서인가. 솔솔 타는 냄새를 맡으며 '내 후각이 뛰어나서 텔레비전을 보고 이렇게 냄새를 느끼는구나.' 생각했다.
　'아니다, 책을 읽고 글쓰기를 하니까 감정이 깊어서 보기만 해도 냄새를 느끼는 거야, 역시 문학을 하는 사람은 달라!'
— 앞의 글, 중에서

사실은 자신이 올려놓은 냄비가 타는 것이다. 그런데 작가는 마치 텔레비전 속의 냄새가 현실의 착시로 드러나는 냥 쓰고 있다. 이런 착시 기법을 능수능란하게 열어간다. 결국은 엄마, 뭐 타는 거 아니에요? 하는 아들의 대사와 "어머나, 내가 미쳤어, 미쳐!"라고 마무리하는 작가의 반전이 아니더라도 이 글이 소소함을 읽는 묘미를 더하기에 충분하다. 누구나 겪는 일이니까. 그런데 이런 한 장의 글로 보여주고 읽어낼 때 왜 우리는 이렇게 푸근해지는가. 그러나 예술은 형식과 내용의 그릇에서 벗어날 수가 없다. 다만 형식을 망각할 만큼 유장한 터치로 형식을 능가하는 형식으로 새로운 감각을 열어가는 도정이다. 그런 시작이 **전민정** 시인의 작품에서 도처에 드러난다.

「쓰레기통」이 되어 "모든 이들이 찌푸리는 걸,/불평 한마디 없이/편안한 자리 마다하고" 받아들이는 나,의 메타포가 매우 세련스럽다. "구석에 자리 한 채/시키면 시키는 대로/주면 주는 대로 받아먹으며,/누추한 삶의 처마 아래"에 서 있는 존재들은 누구일까. "당장 버려야 할 것들"을 껴안고 "슬그머니/버린 알량한 양심까지도," 그리고 "한때 아끼던/낱말들을 소중히 보듬는다/간밤에 버리지 못한/쉬어빠진 추한 목소리까지" 물고 서 있는 쓰레기통에게 시인은 인사를 날린다.

누구나 한때는 다 버려지는
아픔을 견디며.

— 전민정, 「쓰레기통」 중에서

시대를 읽는 시인의 눈이 날카롭다. 인간이기 전에 인간으로 살아간다는 것이 어쩌면 모든 오욕과 굴종을 물고 사는 것인지도 모른다. 그렇

오후의 그리움

게 세세한 시인의 눈길은 인간의 가장 누추한 발에 와서 머문다. 모두들 얼굴과 잘난 간판을 이야기할 때 , 누군가 버린 것들을 담고 서 있는 쓰레기통을 사용하는 시인의 눈은 이미 천장에서 내려와 삶 속에 두 발을 묻고 있다. 많은 여류 시인들이 자신의 노스탤지어를 부르는 나르시스즘에 빠져 있을 때, 진정한 시인은 현실의 바다에 두 발을 넣고서 생을 관조한다.

> 그리운 것들은 언제나 눈에 밟히는 것이구나
> 강 건너 불빛의 온기로 지탱되는
> 맨발로 걸어온 저녁이 허리를 접는 시간
>
> 수척한 발이 나를 드려다 본다
>
> ― 전민정, 「세족식」 중에서

수척한 발을 노래하는 시인의 세족식은 사소하고 나긋하지만 시는 결코 예사롭지 않다. 그게 전민정 시인의 저력이다. 그래서 등뼈로 하루를 완성한 발끝은 묵묵히 본분을 다한 후에 비로소 세족식에 든다. 시를 읽으며 독자는 모두 발을 들여다 볼 것이다. 한 편의 시를 읽으며 나를 들여다보게 한다면 그 시는 잘 직조된 시임에 틀림이 없다. 이런 삶에의 천착이 너무 숨 가쁜 날이면 우리는 또 다른 색깔의 미감을 맛보고 싶어진다. 인간은 참으로 오묘하기에 사피엔스인지도 모른다. **문명희**의 시편들은 한 장의 그림처럼 우리를 훅 하고 어디론가 날려 보낸다. 그곳이 이승의 어디건 아니 건은 중요하지 않다. 그녀는 절간, 개심사에서 꽃잎 나리는 시간을 무연히 보고 섰다.

청겹 벚꽃 만발한 고찰
머리통보다 큰 꽃들이
부산스레 뒤꿈치 들고 있다
— 문명희, 「개심사에 꽃잎 날리면」 중에서

고찰에서 보는 뒷꿈치를 든 꽃들과 "흐드러진 벚꽃 살살 마음 간지럽
히고" 그 즈음에 "분분히 날리는 꽃잎 따라/시간의 향기도 절간에 나부
낀다"는 절대 미감의 향기가 나부낄 때, 우리는 호모 로퀜스라는 단어에
감사를 드린다. 언어를 사용하는 인간의 향기가 시 속에 드리워져 있음
이다.

낙화한 꽃잎마냥 널브러진 공간
불확실한 날들이 부산스럽다

얼룩진 마음 푸르게 닦아 내는
개심사, 벚꽃은 맑은 하늘 담아서일까
소라색으로 웃고 있다
— 앞의 글, 중에서

청벚꽃이 바람에 후두후둑 날리는 날, 아 이승이라면 그만 살아도 좋
겠구나 싶을 순간이 있다. 그래서 일까. 작가들은 많이들 자살을 한다.
죽음이 좋아서일까. 아마도 죽음만큼 아름다운 미감에 취해서일까 싶은
시적 미감이다. 그녀의 「그림 소나타」를 타고 걸어오는 아버지라는 존
재를 그림처럼 그려 보는 일은 우리의 추억에 얼마큼의 도움이 되는지
구체어로 만져보는 시간은 행복하다.

붓 잡던 손으로 대침 어루만지고
서까래에 매달린 약봉지
탕제기에 끓어 오르는 약초
감초는 향기를 남기고
못다 그린 그림 속 아버지

— 문명희, 「그림 소나타」 중에서

이제 유언이 되어 버린 마지막 언약과 붓으로 점을 찍는 아버지를 그리워하는 그녀의 시편은 한 장의 그림으로 독자의 가슴에 찍혀진다. 그러나 아쉽게도 아버지도 어머니도 그리고 나도 인간은 모두 떠나야만 하는 존재이다. 그런 유약하고 유한한 인간에게 무엇으로 살아야 하는지, 살아있는 동안 무엇을 감사해야 하는지를 유려한 문체로 들려주는 시인이 있는데 그녀가 바로 **김평년**이다.

떠나리라던 꽃샘추위
다시 돌아와 눈발을 흩뿌려도
봄은 가는 길 멈추지 않고 더욱
바쁘게 뛰어 다닌다

아~대지를 뚫고 솟아오르는
새 생명을 잉태한 이 봄
누군들 이길 수 있겠는가~!

— 김평년, 「봄을 이기는 겨울은 없다」 중에서

생명을 잉태한 계절 앞에서 물러나야 하는 겨울의 아쉬움과 순환을 들려주는 시인이다. 떠나리라 던 꽃샘추위가 끝내 돌아보며 눈발을 내리는 순간에도 의자는 새 주인을 맞이해야 한다. 그것이 자연의 운명이고 모든 이치의 순리임을 시인은 나즉한 음성으로 들려준다. 그러니 하물며 인간이야 오죽할까. "숲속의 간이역에서 쪽빛하늘 바라보며/차를 마신다"는 시인의 간이역은 어디일까. 지금쯤 아마도 그 간이역 어디에서 살아온 자리와 떠나갈 자리를 둘러보고 있는 중은 아닐까. 필자는 그 옛날 고향에서 아픈 아버지를 모시고 영남루 뒷산에 올랐던 기억이 난다. 그때로부터 30년이 흐른 지금에야 알게 된 것이 있다. 그날 아버지는 죽음을 바라보고 있었고 나는 새 줄발의 자리를 보고 있었다는 것을. 그때 김평년의 시를 읽었다면 떠나는 곳에 서 계셨던 그분을 좀 더 보듬어 드릴 수 있었을 터인데. 후회는 앞서지 않는다. 그래서 이러한 익은 시편들이 소중하다. 꼭 경험을 해야만 알아가기보다는 이런 시인의 사유 속에서 삶을 관조하는 눈을 기를 수 있다면 좀 더 현명해지지 않겠는가.

그동안 가족이 함께 만든
조각배 타고 노를 저으며
세월의 강물 따라 흘러온 이곳
노을은 저녁을 품어 안았다

하지의 달빛 머무는
고요의 뜨락엔
내일에 피워 낼 희망의 꽃
봉오리 송이송이 시가 익어간다

— 김평년, 「숲속의 간이역에서」 중에서

오후의 그리움

시인은 죽지 않는다. 시인은 늙지 않는다. 다만 시인은 조금씩 깊어져 갈 뿐이다. 왜냐하면 삶의 간이 고르게 배여 짜지도 달지도 않고, 젊은 이들의 입맛에는 맞지 않는지 몰라도 이렇게 무념 무상의 맛을 우려내기란 참으로 경지에 오르지 않으면 어려운 작법이라 느껴진다. 너무 쉬워 처지지도 않고 너무 과해 부대끼지 않는 채 잔잔하게 희망의 꽃을 피워내는 일흔이 넘은 시인의 어(語)를 만지며 시는 이러한 아치를 가슴에 드리우는 일이라고 가늠해 본다. 그래서 이 21세기에도 시가 죽지 않고 시인에게 입김을 모아 주는 게 아닐까. 그런 익음은 **배은성**의 시편에서 더욱 두드러진다. 산다는 건 뭘까. 깜깜하게 쏠려버린 삶이란 무엇인지 참으로 철학적으로 보여주는 시편들을 음미해보자.

가족보다 친절한 간병인들
한 사람씩 붙어서 자꾸만 희망을 걸고 있다

"할아버지 하루 빨리 쾌차하셔서 좋아하시는 추어탕 사먹으러 가요."

지난날은 어떤 것도 무시되며
고장 난 전구처럼 들어왔다가 꺼졌다
그들은 끔벅이고 있다

— 배은성, 「빛이 없는 그곳」 중에서

전류가 들왔다 나갔다 하는 친정아버지를 보고 있는 그곳은 어디일까. 시인은 오늘도 빛이 없는 그곳에 간다. "고칠 수도 없는 시간의 종점에서/길 잃은 나그네마냥/중심 잃은 발걸음을 내딛고 있다."는 그녀는 몸부림을 친다.

앞으로 펼쳐질 나의 다른 모습에

소름이 돋는다

— 앞의 글, 중에서

　다음 차례는 너야 하는 것처럼 섬뜩하게 와닿은 시를 읽으며 우리는 무슨 생각을 할까. 살아있는 동안 좀 더 행복하게 살아야지 하는 맘이 든다. 「가을의 끝자락에 서서」 "온몸으로 스며드는 정취/그 속에 찾아든 수많은 군상들"을 떠올리며 "한해의 모습이 보고 싶었지만/올해도 내 모습은 보이지 않는다"고 설파하는 시인의 눈에만 자신이 보이지 않는 걸까. 하루하루는 너무 긴데 세월은 너무나 빠르다고 하지 않는가. 그래서 우리는 한 치 앞도 못 보고 사는 미물이 되어 있는 것이리라. 그래도 시인을 기쁘게 하는 건 역시 내리사랑이다.

오늘도 버둥버둥 몇 번

도로 눕는다

"어쿠, 잘한다."

그 말에 힘입었는지

휘 물방개 뒤집으며 환히 웃다가

이내 머리를 박는다

와~ 해냈다

할머니 입가에 지구가 일어선다

— 배은성, 「나의 물방개」 중에서

　이런 자잘한 일상들이 펼쳐지는 시편들은 삶의 환희요 희망이다. 읽는이도 즐겁게 만드는 소재 찾기에 성공한 할머니 시인의 시를 보면 홋

날 손주는 뭐라고 할까. 손주가 할미의 말을 알아듣기 전에 우리는 모두 저 먼 곳으로 초점을 모으고 떠나고 있을지도 모를 일이다. **서정문** 시인은 이를 두고 이렇게 표현하고 있다.

폭염이 떠난 빈자리는 어느새 가을 차지다.
미련도 욕심도 접어두고 가을 속으로 떠나야겠다.
— 서정문, 「시작노트」 중에서

만남과 떠남이 공존하는 삶을 시인을 "여름내/분주하던 강물이/이제야 한숨을 돌렸네/서둘지 않고/흘러가는 모습이/정염조차 남지 않은 여인처럼 고요하다"고 노래한다. 강은 모든 걸 주고 "저 혼자 저물어 가는 강/그 옆에서 나도 저물어 간다"고 관조한다. 산다는 게 강과 저물어 흘러가는 것이라고 시인은 달관의 경지를 열어준다. 그러기에 시인은 「산을 보려면」 들로 가라고 한다. 또한 "빛을 보려면 어둠 속으로 들어가야 하고/오른쪽을 보려면 왼쪽으로 가야 한다"고 설파한다. 누구나 아는 말이지만 그것을 실천하기란 쉽지 않음이다. 이 거대한 메타포는 우리에게 멀찍이 서서 인생을 보라는 주문일 것이다.

대부분 오십 중반이 넘은 이들이 출근하는 곳은
강남의 화려한 빌딩숲
버스가 도착하면
각자 담당구역으로 사냥꾼처럼 흩어진다
아무도 출근하지 않은
텅 빈 사무실과 화장실, 유리창 청소를 마칠 때쯤
말쑥하게 차려입은 자식뻘 젊은이들이 기분 좋게 출근한다

이들은 투명인간처럼 사라진다

— 서정문, 「투명인간」 중에서

   투명인간처럼 나타났다 사라지는 도시의 청소부들을 그린 시편의 연
장이다. 서정문 시 속의 인물들은 한결같이 투명인간처럼 사라지는 존
재들이다. 시인이 이 시대의 춥고 아픈 곳을 보지 않는다면 누가 그들을
이해해주겠는가. 시가 그 시대의 바로미터임을 시인의 눈길이 말하고
있지 않은가. 그들은 음지에 있지만 그것들이 인간에게 주는 위무는 너
무나 크다. 그러한 서정이 머무는 곳에 **심재원**의 시가 있다. 그의 길에
서서 다시 한번 우리를 둘러보자. 잘 가고 있는지에 대하여. 잘 살고 있
는지에 대하여.

   꺾어진 불혹을 바람에 얹어 보내고
   유한의 공간 속 모래에 남긴 발자국
   들풀도 구겨진 바람도, 생각하는 당신은……

— 심재원, 「시작노트」 중에서

   우리는 꺾어진 불혹을 바람에 보냈는지, 유한의 공간 속에 발자국을
찍었는지도 잊고서 달려왔다. 그런데 모두 요양병원에서 목에 호수를
삽입하고 멀건 죽을 들이키다 저곳으로 떠난다. 두 손으로 잠 안 자고
모은 집은 어디로 가고 입던 옷과 읽던 책과 때묻은 노트들도 모두 버리
고, 환자복과 링거줄에 끌려가 누웠는지의 지점에서 시인은 묻는다

   들풀이 길을 묻는다
   어디쯤 왔냐고

오후의 그리움

……(중략)……

모래 위 발자국에 기대여

나무 향기 나는 길로
문도 길이요 길도 문인 것을.

— 심재원, 「길」 중에서

"그냥 메리라는 이름의 강아지/솜바지에 얼음판 썰매가 있고", "노오
란 참외꽃을 엄마 앞치마에 던지며/꽃다발이라 선물하던 그때"로 우리
는 왜 돌아가지 못하는지. 우리 모두 단발머리 영희가 있는 그곳을 꿈꾸
지만 그곳은 요원하다. 하지만 그리워할 그 무엇이 있는 삶이 불행하기
만 한 것은 아니다. **손정옥** 수필도 그러한 선상에서 추억을 반추한다.

소녀들은 어린 나이이고 한창 공부할 시기여서인지 수녀원 기숙사에 온
지 2년 후 모두 대입검정고시 자격 합격증과 미용기술국가 자격증을 취득했
다. 내 자식 일같이 기뻐하며 축하해 주고 사진 촬영도 했다. 소녀들은 두 번
다시 가출하는 어리석은 행동은 하지 않겠다고 약속하고 자신들의 새 출발
을 위해 가족들의 품으로 돌아갔다. 나도 2002년에 한국방송통신대학교 교
육과에 02학번으로 합격하여 대학생활을 시작했다.

— 손정옥, 「학교엄마」 중에서

작가는 일흔의 나이에도 자격증을 따고, 보건소로 또 어딘가로 일을
나간다. 독실한 가톨릭 신자인 그녀를 보면서 참 성자는 걸어서 다니는
사람들이 아닐까 싶을 때가 있다. 가출한 소녀들의 마음을 열고 학교엄
마가 되어가는 과정을 보면서 이 세상이 삭막한 이유를 찾아본다. 세상

에 이런 학교엄마들이 더 많아진다면 이토록 살인과 중상모략이 난무하는 시대가 될까 하는 회의가 든다.

우연히 성당의 주보에 서강대학교 야학에서 대입검정고시반을 운영한다는 소식을 접했다. 늘 동경하던 대학이라는 상급 학교에 망설임 없이 전화를 걸어 신청했다. 야학이 시작되기를 가슴 설레며 준비하고 기다렸다. 내 마음 한 구석이 그토록 배움을 갈망하고 있었는지 스스로도 놀랐다. 1998년 3월 초 서강대학교 이냐시오 야학과 조급한 마음에 주간엔 가톨릭계의 마자렐로 중고등학교에 동시에 입학했다.

— 앞의 글, 중에서

배움이란 뭘까. 마자렐로 중학교에서 만난 소녀들, 티켓다방과 윤락가를 오가던 세 소녀들과의 만남. 그녀는 "아줌마는 담배 피워 봤어요?" 순간 자신을 동병상련의 동지로 생각할 수도 있겠다는 마음이 들어서 했던 대답이었다. "응 그때 피워 보고 싶었는데 아줌마는 기침이 나고 목이 안 따라 줘서 못 피웠어." 그 말이 교감으로 이어져 무난히 자격증을 따게 되고 사회로 복귀한 이야기이다. 세상에 정말 잘 쓴 글은 어떤 글일까.

20여 년의 세월이 훌쩍 흘렀다. 30대 중반이 넘어섰을 소녀들을 가끔 생각한다. 자녀 같은 마음으로 대해 준 그 소녀들을 일흔의 작가는 그리워한다. 그 새로운 생활을 시작하는데 도움이 되었는지, 자신의 사춘기를 돌아보며 그 소녀들을 이해했을 작가는 그녀들을 가슴속에서만 그리워한다. 누가 자신의 과거가 드러나기를 원하겠는가. 하지만 작가는 "함께 찍은 사진을 보고 주고받은 편지를 읽고 또 읽으며 그리운 마음을 삼킨다." 그것이 그들을 잘 살도록 해주는 일이니까. 수기 같고 수필

같은 그녀의 글을 읽어 내리며 그 어떤 글보다 아름답다는 생각을 지울 수가 없다. 동인지의 제목이 그러하듯이 '오후의 그리움'이다. 오후라는 시간이 우리에게 주는 의미는 뭘까. 그리움 같은 추억을 반추하는 오후의 인간들의 이야기이다. 그래서 **김보희** 수필가는 「시간에 갇힌 오늘」을 들여다본다.

> 그녀는 오늘 요양병원에서 지낸다.
> 밥 먹는 것도 잊어 간호사가 떠먹여 주면 아기처럼 방실방실 웃는다.
>
> "○○○ 씨 이 방송을 듣는 대로 공항 사무실로 오시기 바랍니다."
>
> 시간마다 방송을 해도 그녀는 결국 나타나지 않았다.
> — 김보희, 「시간에 갇힌 오늘」 중에서

그녀, 시누이는 시간에 갇혀버린 여자이다. 일본말을 한국어처럼 배운 시누이는 치매이다. 그 시누이를 데리고 일본 여행을 떠났는데, 조카 집에서 잠들지 못하겠다던 치매 노인의 고집이 시작된다. 젊은이 집에 있으면 실례라는 것이다. 고집이 세고 과격한 성격에 치매였는데 떼까지 쓰니 상대하기 쉽지 않았다. 그러한 시누이는 일본 성향으로 상냥하고 애교가 많았는데 치매가 오면서 바뀌었다. 결국 시누이가 우겨서 내일은 두 개의 항공편을 급하게 예약하고 먼저 가서 시누를 기다리는 것으로 결정했다. 인천공항 오후 2시 30분 출구에서 아무리 기다려도 시누는 오지 않고 저녁 8시가 넘도록 기다리다 나는 시누이 집에 사십 년 파출부로 일한 아줌마 집에 연락을 한다. 한 삼십 분 후에 연락이 왔다.

"할머니가 집에 계시는데요?"

— 앞의 글, 중에서

산다는 건 뭘까. 작가가 기다리는 동안 그토록 미운 시누이를 걱정하는 모습을 보며 독자인 필자는 만감이 교차한다. 아 인간이란 뭘까. 피한 방울 섞이지 않은 시누에게 도리를 한다는 게 이 시대의 젊은이에게도 통하는 말일까. 인천공항에서 기다리는 동안 그녀의 머릿속은 별별 생각으로 뒤엉킨다. "몸이 둥둥 떠다니는 것 같았다. 시누이는 좋으나 싫으나 내가 보살펴야 한다."는 표현에서 우리는 무엇을 잃고서 이리도 바쁘게 사는지에 대하여 반추하게 된다. 까다로운 시누이에게 "난 미운 마음이 쌓인 적은 한 번도 없었다."고. 파르르 성질을 내다가 먹을 걸 사와서 먹으라던 그녀, 늙으면 구박하지 말고 잘 부탁해 하던 자식이 없는 시누이의 의지하려는 마음을 헤아리는 작가를 만난다. 그래서 성질을 부리는 그녀를 가여워하는 그녀의 작가를 바보라고 하기보다 이런 게 사는 것인데 싶은 생각이 든다.

나의 마음은 조바심으로 가득차서 입이 바짝바짝 말라갔다. 공항에 시누이가 없다고 판단되었고, 바깥은 점점 어두워지니 공항에 머무를 이유가 없어졌다. 결국 최종 방법을 시도했다.

— 앞의 글, 중에서

아름답다는 말로 부족한 글이 아닐까 한다. 한국에서 영원히 퇴출당해서 볼 수 없게 될 풍경이 될 지도 모를 일이다. 산다는 건 뭘까. **김선자**의 시작노트처럼.

글을 쓴다는 것은

현실이라는 신작로를 걷느라 잊고 산

내 유년의 기억 속 샛길을 찾아 나서는 일이다.

그 샛길

긴 모퉁이를 돌아

나를 만나러 간다.

— 김선자, 「시작노트」 중에서

『모모』는 회색 양복을 입은 시간의 도둑들에게 시간을 빼앗겨 버린 현대인을 그리고 있다. 바쁘다는 핑계로 정도 사랑도 우정도 밀쳐버린 현대인에게 남은 건 시스템의 노예가 되어 평생을 살아가면서 나의 자유를 잠식당한 것도 모르고 살다가 늙음 앞에서 죽어가는 일이라는 것을 깨달아 가는 과정일지도 모를 일이다. 문학이 시간의 영속성 위에 인간의 이야기를 담아내며 그 안타까운 시간을 영원히 존재시키는 일을 하는 작업이라면. 그래서 작품 속에 나오는 인물이나 공간적 배경은 영원히 그 시간대에 놓이게 되고 영원히 작품 속에서 살아 움직이며 그 자체로 역사성과 사회성을 띠게 되는 것이라면. 「밀밭에서 만난 청보리밭 그녀들」의 이야기는 이미 과거의 시간 속에 놓여 있다. 그 기억은 이제 작품 안에서만이 영원할 것이다. 안개가 다나르알프스 산맥 위에 내려앉던 간밤의 이야기는 이미 꿈이 되었다.

그녀가 다가왔다. 자작나무에 기대고 있는 나를 카메라로 담는다. 자작나무처럼 매끈한 자태를 흉내냈지만 옆 라인이 밉살스럽게 툭 튀어 나와 있다. 늘어선 주름은 자작나무 수피와 닮아있다. 나도 모르게 언니에게 큰소리를 냈다. 배경을 화면 가득 넣고 나는 작게 더 멀리 가서 담아 달라고 했다. 몇 번을 찍고 지우고 반복해도 초록 안에 담겨 있는 나는 낯선 이방인처럼 어색한 웃음만 띠고 사진 속에 서 있다.

              — 김선자, 「밀밭에서 만난 청보리밭 그녀들」 중에서

"보리가 입안에서 빙글빙글 맴돌아. 하얀 쌀밥으로 바꿔줘." 하고 응석부리던 유년의 소녀가 서양의 빵 앞에 아른거린다. 이번 여행에 엄마는 동행하지 못했다. 긴 비행 시간, 장시간 버스 이동, 굽은 허리와 마음대로 움직여 주지 않는 걸음걸이에 접은 날개였다. 8박 9일의 시간을 제각각 기억의 서랍에 넣고 떠나 왔던 일상으로 다시 끌고 들어가야 할 오누이들 등 뒤로 붉은 석양이 따라간다. 결국은 노을에 드는 자신을 보는 김선자는 이런 시를 읊고야 만다. 「등산화 신은 자아」이다. 커피를 내린다 "회고를 첨가하여/짧고 굵은 도심의 이야기를 메고/뒷걸음질하는 발꿈치를 질끈 묶는다."는 자아를 들여다보는 일, 그게 작가의 일일 것이다. 그렇게 소소한 행복을 들려주는 작가가 **최미숙**이다.

좋아하는 참치 치즈 김밥을 뚝딱 먹어 치운 아들이 내 어깨를 몇 번 주무르더니 출근 채비를 서두른다. 아르바이트로 늦게 잠들어 부스스한 얼굴로 일어난 딸아이가, "엄마 김밥 쌌어요? 맛있겠다. 친구랑 학교 가서 먹게 두 줄만 싸줘요."

대학 4학년인 그녀는 늘 몸과 마음이 바쁘다. 김밥을 좋아하는 식구들을 위해 넉넉하게 몇 줄 더 말아놓았다.

매일 아침 김밥을 말던 날이 있었다. 취업을 준비하는 아들을 위한 것이었다. 아이의 낯빛이 어두운 날엔 김발을 누르는 손에 힘이 빠졌다. 옆구리 터져버린 김밥처럼, 쓰린 내 가슴도 타들어갔다.

              — 최미숙, 「김밥을 말며」 중에서

지상의 엄마들이 식탁이라는 거대한 뗏목을 만들어 식구들을 실어 나르는 아침이다. 어떤 날은 감기든 딸을 위해 황태콩나물국을 끓이다, 또 다른 날은 술병든 남편을 위해 무 생즙을 내리다하며 갈팡질팡 하루를 보는 사람이 엄마라는 이름이다. 그런데 그 엄마는 그럴 때마다 지치고 슬픈게 아니라 그들이 있어 기꺼이 "먹빛 같은 김을 펼치고 기도하는 마음으로 김밥을 말고 또 말았다. 인생을 건너는 뗏목 위에 선 아들, 김발같이 얇은 그 위에서 보이지 않는 길을 찾으며 얼마나 힘들고 불안했을까? 단단한 밥알 속에서 피어오르는 삼색의 꽃들처럼 그도 이제 서서히 꽃망울을 터트릴 준비를 하고 있다,"고. 엄마라는 여자들은 '김밥을 말며' 생의 긴 강을 건넌다. 그게 생이라는 꿈을 꾸는 리얼리스트의 이야기이므로 우리를 더없이 행복하게 만든다.

한 장의 김에 삼색의 재료가 꽃을 만들 듯 앞으로 펼쳐질 아이들의 미래도 활짝 꽃 피우길 소망한다. 끈적거리는 밥알처럼 붙어있는 가족이라는 울타리가 늘 힘이 되고 아이들의 열정과 노력이 빛을 발할 날이 멀지 않았음을.

— 앞의 글, 중에서

운명은 시시때때로 찾아오지 않는다. 아이들과 엄마라는 관계는 늘 어느 집에나 있는 것이겠지만 그 운명은 함부로 찾아오는 게 아니다. 절묘한 타이밍에 절묘하게 만난 사랑과 인연의 긴 강을 타고 올라온 연어들의 만남이다. 그것이 운명이고 부모와 자식 간의 만남이다. 그 만남을 이토록 소중하게 담담하게 풀어놓는 이가 바로 최미숙이 아닐까 한다. 순간순간 타이밍이 올 때마다 엄마표 수공예 제품들을 풀어놓는 엄마의 붓꽃 같은 손놀림이 저리도 고울까. 그런 인간의 이야기들을 미니픽션으로 간절하게 피워 올린 작가가 있다. **오두석**이다. 그의 허구가 영혼의 허기를 채워주는 한 모금의 오아시스가 되어 이 삭막한 세상을 잿빛 안개꽃으로 꾸며주길 바라본다. 세상이 너무 하얀색이면 세상의 비밀이 모두 들통이 나버리니까. 잿빛의 비밀을 머금은 허구이지만 사실 같고, 사실이지만 허구 같은 꿈이 부푸는 세상이라면 우리는 모두 겨울 우화를 꿈꾸는 덜 마른 영혼으로 살아갈 수 있으리라.

약속시간보다 일찍 도착하여 둘러본 역은 아담했고 왠지 낯설지 않았다. 춘천에서 온 열차는 한무리의 사람들을 내려놓았다. 플랫폼에서 역으로 이동하는 사람들을 훑어보았다. 내가 상상했던 작은 키와 단발머리 같은 여자는 없었다. 혹시 저 사람이 아닐까 기대하며 안 보는 척 슬쩍 바라보았지만 무심히 지나갔다.

— 오두석, 「경춘선을 깨우다」 중에서

반나절이 가도록 그는 떠나지 못했다. 사방이 어둑해지려 했지만 지나가는 열차 안에서도 비웃는 듯, 화물열차가 지날 때마다 슬픈 화자의 심리를 이리도 구수하게 그려낼 수 있을까.

편지를 받기는 했을까? 답신을 했는데 내가 받지 못한 건가? 온갖 추측을 하다가 결국 급한 사정 때문에 못 온 것으로 마음을 추슬렀다. 멀찌감치서 나를 보고 실망해 그냥 돌아갔다면 그것처럼 비참한 것은 없을 테니. 개찰구를 빠져나왔다.

— 앞의 글, 중에서

신물이 난 열차 대신 버스를 타고 돌아오는 주인공의 심리와 모습이 이리도 깊게 다가올 수 있게 만드는 건 서사의 힘일 것이다. "터덜터덜

걸음과 달리 왜 그런지 기분은 잘 정돈된 책꽂이 같았다." 시간의 유속을 거슬러 휴대폰도 없던 시절의 속도로 걸어보니 속도에 밀려 못 보고 지나친 인생의 진정한 테마들이 걸어오는 걸 느낀다. 그의 말대로 "시간이 많이 흘렀건만 그때의 느낌은 판화가 되었으니"처럼. 인간은 그런 '첫'을 안고서 성장한다. 첫사랑, 첫 경험, 첫날 등의 처음의 이야기가 우리를 얼마나 신선하게 만드는지를 잘 포착한 작품이다. "젊은 날이 그리우면 잠든 경춘선에 언제라도 찾아와 깨우리라."던 그의 말대로 「월악산 프란체스카!」도 안녕한지 묻고 싶다.

"물이 깊지는 않나요?"

여인은 미소를 띠며 물었다. 화장기 없는 얼굴에 긴머리를 뒤로 말아 올린 모습은 싱그러웠다. 옆에는 딸인 듯 어린아이가 손을 꼭 잡고 있었다. 물의 깊이는 적당하나 차가워서 아이들 놀기는 위험하다고 아주 친절하게 말해 주었다.

— 오두석, 「월악산 프란체스카!」 중에서

꿈속까지 찾아온 캠핑장에서 만난 여자는 누구일까. 이제 정년을 한 남자의 가슴에 날아든 나비 한 마리. 그 또한 처음이 아닐까. 살면서 처음이 아닌 게 있을까. 매일 맞는 오늘도 처음이요, 곧 내리게 될 눈도 올해의 첫눈일 것이다. 시시 때때로 다가오는 잃어버린 '첫'에 대한 이야기가 살갑다.

월악산에 파묻혔던 날들이 지나갔다. 흘러간 시간의 팔 할은 온통 나의 프란체스카였던 그녀에게 할애되었다. 며칠 동안 싱그러운 시절로 데려다 주었던 캠핑장을 빠져나가다 잠시 멈추었다. 아직 캠핑장에 남아 있는 그 여인을 향해 손을 몰래 흔들었다. 나의 프란체스카여 잘 있어요. 그리고 잘 이겨내기 바랄게요. 그러나 아니면 다행이고요. 좌회전 신호를 기다리는데 휴대폰이 울렸다. 화면 가득 아내의 웃는 얼굴이 떴다.

— 앞의 글, 중에서

문득 눈을 뜨니 일상이다. 이 일상만큼 완벽하게 잔인한 일도 없을 것이다. 그것은 가장 완벽한 타인의 삶으로 돌아서버리게 하기 때문이다. 그런 현실에서도 돌아오지 못하는 이가 있다면 그것은 분명히 낭패이다. **한인숙**의 소설에는 그 낭패의 여인이 말없이 헤매고 있다.

꿈속에선지 생각 속에선지 나는 환하게 웃고 있는 남편을 바라보고 있다. 다정한 대화도 나누었다. 남편의 손을 잡아본다. 잡히지 않는다. 분명 잡았다고 생각하지만 손은 자꾸만 허공을 휘두른다. 꿈이었다. 집안은 텅 비었고 남편은 사진 속에서 웃고 있다.

— 한인숙, 「순례의 길」 중에서

함께 산 남편이 떠나도 세상은 눈 하나 깜짝없이 정해진 대로 순환한다. 그는 폐암 4기 판정을 받았고 치료를 거부했다. 여동생이 같은 병으로 투병한 지 일 년도 넘기지 못하고 죽었기 때문이다. 그래서 그녀는 집에서 남편 시중들다 밖으로 나와 서성였다. 가슴에 묻은 딸을 생각하면서. 30년 전, 낭떠러지 물속으로 떨어져 죽은 그날을 잊지 못한다. 딸이 다니던 대학 캠퍼스를 헤매고 다니면서 거리의 미아가 되어 헤매는 이방인이 되어 버렸다.

딸의 장례를 치루고 돌아온 날 딸의 방으로 들어가 보니 시어머니가 아이

오후의 그리움

가 입었던 옷과 소지품 그리고 아이 사진을 모두 태워버린 후였다.

— 앞의 글, 중에서

어처구니가 없이 자식을 잃은 어미의 심정을 몰라주는 시어머니와 무능하게 보고만 있던 남편이 '나'를 거리로 내몰았다. 기진맥진 온종일 떠돌다 돌아오면 시어머니는 따지듯 묻는다. 일상 앞에서 "어머니가 사셔야 얼마나 사시겠냐고" 하던 그였다. 3월 중순, 봄바람이 가슴을 파고들면 개천변을 따라 걷고 또 걸었던 그녀의 삶은 '순례길'이었다. 무심히 흘러가는 강물을 보노라면 남편이 좋아하던 메기의 추억 노래가 들려온다. "옛날에 금잔디 동산에 메기같이 앉아서 놀던 곳. 물레방아 소리 들린다. 메기 내 사랑하는 메기야……" 웅얼거리며 딸아이를 찾아가는 여인의 혼 줄은 누가 거두어 줘야 할까. 그래서일까 작가는 문학기행을 떠난다. '나 아닌 나에게로 떠나는 여행'이라는 주제로 만해 한용운의 생가, 문학관 방문과 태안의 신두리 해안사구를 찾았다. 그녀는 문우들과 떠나는 여행은 오아시스라고 한다. 작가는 병이 깊은 환우이다. 하지만 그녀는 그 어디든 잰걸음이 아닌 발길로 조곤조곤 따라간다.

제주도의 해녀들이 물속에서 물질을 하다 물 밖으로 올라올 때 거칠게 내쉬는 숨소리를 숨비소리라고 하는데 이 소리를 내는 해녀들이 두통을 잊기 위해서 가지를 꺾어 방에 두었다고 한다. 순비기나무를 바라보면서 고된 물질로 가족을 부양했던 고달픈 해녀들의 사연을 엿본다.

— 한인숙, 「신두리 해안사구에서 만난 여인」 중에서

작가에게 숨비기 소리를 들려준 사람은 해설사 여인이다. 그녀는 왜 이토록 사람에게 집착하는 걸까. 「순례의 길」도 정신 줄을 놓아버린 여자가 나오고, 태안에서도 그러하다.

사막의 한 귀퉁이 고라니 동산엔 삘기라는 풀이 무리져 피어 눈이 부시다. 나의 어느 곳인가에 피어 있을 삘기도 누군가 이처럼 눈 가늘게 뜨고 바라보고 있을까? 그 아래로는 분홍빛 꽃들과 금계국의 노란색이 사구를 더 빛나게 한다.
— 앞의 글, 중에서

어쩌면 작가의 마음이 모두 그녀들의 모습이 아니었을까. 작가 한인숙은 누구보다 사람을 사랑하는 사람이다. 그녀는 처절했던 기름유출 사건 이후에 회복된 바다에서 무얼 보았을까. "12년 전 이 해변을 닦으러 왔을 때, 기름을 뒤집어쓰고 있던 엽랑게 달랑게들이 열심히 집도 짓고, 짝짓기도 하고, 모래밭에서 방울방울 모래알을 짓고 있다"고. 그녀가 사랑하지 않은 게 있을까. 온몸으로 세상을 앓으며 일어선 작가의 눈에 비치는 스펙트럼이 절묘한 이유가 거기에 있다. 그런 작가 옆에는 항상 동행하는 시인이 있다. **박정순**이다. 닮은 듯 아니 닮은 듯 젓가락처럼 함께 하는 여인들, 아닌 연인들일까. 부러운 사람들이다. 그걸 아는지 모르는지 그녀는 오늘도 출근길에 든다.

길 위의 아침식사다
빵 한 입 우유 한 모금
먹이 찾는 참새 떼에게도
빵부스러기를 날린다
후르르르 낙엽의 하강과 비상
떨어진 것들 되돌아가는 순간,

— 박정순, 「아침」 중에서

오후의 그리움

그녀는 아침 명상을 한다. 무슨 명상이 그러냐고? 빵을 떼서 주면서도 되돌아가는 순간의 일상을 포착하는 눈이 명상이 아니고 뭘까. "학교와 직장을 동쪽에 두고/해를 향해 나아가는 시간은/언제나 아침이다." 그녀는 퇴직을 하고도 동쪽을 향해 출근을 한다. 「꽃길」위에서 백발여인은 가시밭길 끝나자 백합 향기는 아득한 길로 떠난다. 그렇게 "산책 나가시듯/깐닥깐닥/어머니 떠나가신다"는 그 길에 여인들이 서 있다. "그림자도 숨어버린/고층 건물 사이/아무거나 통째로 구워먹을 듯/잘 달궈진 프라이팬" 같은 「공룡시대」를 배회하고 있는 박정순을 들여다본다. "동당동당/서울 가신 엄마 오시기도 전에/창호지 구멍 내다보며 기뻐 뛰던 작은 발"을 돌아보며 여인은 "아득한/이야기 속으로 들어간 순한 계집애"가 된다.

연이야 연이야

연밥 먹고 연똥 싸고

연대장을 짊어지고

제 이름으로 노래부르던 옛적

— 앞의 글, 중에서

한인숙 수필가와 박정순 시인이 애타게 찾아 헤맨 그녀는 바로 그들의 순수의 맨발이었던 것이다. 그녀들의 작품을 읽으며 독자들도 잃어버린 순수성을 회복하게 되리라 싶다. 그게 문학의 위력이니까. 작가는 혁명가가 아니어서 외치지 않는다. 외칠 수가 없다. 다만 인간의 배냇적 말로 인간의 가슴에 가장 호소력 짙은 밀어를 불어 넣는다. 또 한 여인이 밤의 공항에서 애타게 아픈 발을 쥐고서 외치고 있다. **박경화** 작가이다.

밤의 공항은 추석이라고 별다르지 않았다. 떠나는 사람들은 질서 있게 길을 따라 이동했다. 도착한 사람들도 행선지를 향해 신속하게 움직였다. 차분하면서도 바쁜 분위기에 동참한 혜영은 이방인 같기도 했다. 자신의 존재도 모르고 마중을 나오라고 한 적도 없는 사람을 찾아서 입국장으로 들어섰다. 한편에 몰려 서 있는 한 무리의 여자들이 눈길을 끌었다.

— 박경화, 「추석 밤의 공항」 중에서

추석날의 밤에 여인들은 왜 공항에 모였을까. '에버그린'의 김현우, 아니 정우빈을 보러 온 사람들. 정우빈을 실제로 본 사람들과 혜영처럼 처음 보게 될 사람들. 정우빈이 팬의 존재를 아는 사람과 모르는 사람들이 손 편지를 써서 선물과 함께 주거나 꽃다발을 보내기도 했던 사연의 동지들이다. 그런데 그녀들은 추석날 밤 왜 그를 만나러 와야 했던가.

멀쩡하게 차려입고 배울 만큼 배운 사람들이 푼수처럼 굴며 철없이 떠들어댈 때는 소녀 시절로 돌아간 것 같았다. 혜영은 감성적이고 들뜬 분위기가 좋았다. 조금 전까지 집에서 되풀이 되던 긴장을 생각하면 다른 세상이었다.

— 앞의 글, 중에서

그녀들은 무엇을 잃고서 이 늦은 추석 밤의 공항에서 부표처럼 떠 있을까. 추석 전날 앉을 새 없이 나물하고 전 부치고 탕국을 끓인 그녀에게 돌아온 건 살얼음판이다. "시어머니는 시아버지에게 악을 쓰고 도련님을 야단치고 시할아버지 시할머니 욕을 했다. 온 가족이 잠잠했고 시어머니의 래퍼토리가 시작됐다. 옛날에 시할아버지 생일상을 차리려고 시장을 봐왔더니 다 집어던졌던 일은 죽어도 잊을 수 없다고 했다. 시할머니를 떠올리면 더 열을 받는 것 같았다." 그런 시어머니의 대물림이

오후의 그리움

그녀에게로 왔다. 상황만 다를 뿐, 성묘 간다 해서 북어포와 과일 등 음식을 샀고 산더미처럼 쌓인 설거지를 하는데 식구들이 돌아왔다.

저녁상이 차려지자 시누들은 고사리나물이 뻣뻣하다느니 무슨 음식이 짜다느니 수요미식회가 무색하게 평가를 시작했다. 물김치가 맛있다는 평을 들었으니 무조건 악평을 하는 건 아닐지 몰라도 평가 기준은 높았다. 소파와 바닥에 편하게 자리잡은 시댁 식구들은 TV를 봤다.

— 앞의 글, 중에서

21세기가 왔는데 왜 우리의 풍속도는 그대로일까. "세 아이를 키우고 살림하며 하고 싶은 것들은 접어두고 언젠가로 미루었다. 비행기를 타고 떠나고 싶었다. 사람이 아무도 없는 조용한 바닷가를 혼자 걸어보고 싶었다."는 그녀는 고무장갑을 벗고 팬 카페에 이태리로 촬영을 갔던 정우빈이 도착한다는 긴급소식을 접수한다. "그래, 가보는 거야." 혼잣말을 중얼거리며 지상을 통과하자 차창 밖으로 스쳐 가는 불빛들의 무늬를 쳐다보며 첫딸 낳고 10년 만에 셋째로 아들을 낳고야 비로소 마음의 짐을 덜었던 기억을 해본다. "누구는 정우빈의 눈을 본 순간 총 맞은 것 같았고 누구는 주저앉을 뻔했다고 했다. 그런데 누구나 다 정우빈이 자기와 눈빛을 마주쳤다고 생각하고 있었다." 착시를 해서라도 살아있을 확인하고픈 팬 카페 여인들에게 왠지 공감이 가는 건 무슨 이유일까. 그러한 여인을 보며 **신명호**의 미니픽션을 읽으면 사람으로 태어난 것에 대한 위로와 감사를 들게 한다. 아이는 1일에서 7일까지 죽음을 향해 걸어 들어간다.

아빠와 엄마를 사랑하겠다고 기도한 이 아이는 1일 날, "엄마는 편의점 그만둔 거 다 안다고 소리 지르"고 아빠는 엄마 얼굴에 몇 마디 욕을 던지다가 집을 나갔다. 잠에서 깨어보니 엄마가 눈물을 떨어뜨렸다. 할머니에게 와달라고 전화 걸고는 라면만 후루룩 먹고 홀랑 집을 나갔다. 분유 물이 완전히 식을 때까지 할머니는 오지 않았고 하루가 지난 새벽에 기도를 드렸다. "나를 낳아준 아빠와 엄마를 사랑하자." "내가 태어나던 날 엄마가 내게 입맞추고 미안하다며 울었"으니까. 아이는 하루종일 엄마 아빠 기다리며 기도했다.

　2일. 착한 사람이 되자. 태어나기 전, 저 세상에서 파란 목소리가 말했다. 기왕 태어나는 거 착한 사람이 되어야 한다.

— 신명호, 「7일 기도」 중에서

　자동사료급여기에 가득 찬 사료와 물을 먹을 수 있는 북극의 개를 부러워했다. 3일째 배고픈 사람들을 돕겠다고 기도하며, 엄마 젖 냄새를 떠올리며 자다 깨다를 반복하는 아기. 4일째는 어른이 되고 싶다고. 어른이 되면 아빠가 엄마 뺨을 때리지 못하게 막을 수 있고 편의점에 가서 우유를 사 먹을 수 있으니까. 5일째부터는 엄마를 기다리며 기도드린 모든 것들이 이루어지기를 기도하는 아기가 된다. 잠든 사이 꿈속에서 북극개가 자기 장난감을 물어다 주었다. 그리고 6일째.

　장난감을 빨다가 어느 틈엔가는 꿈을 빨다가 파란 목소리를 들었다. 세상 모두를 사랑하라. 마음은 끄덕이는데 고개는 요지부동이고 눈도 떠지지 않았다. 손가락, 다리갱이에 흩어진 마음 모아 기도드려야 하는데 마음이 도망갔다. 손가락 사이로 빠져나간 마음이 소파 뒤에 걸린 엄마 아빠 결혼 사진으로 기어갔다. 하얀 드레스의 엄마와 검은 턱시도의 아빠 그리고 엄마 배 안에 나도 웅크리고 있었다. 세상 모두를 사랑하자. 그런데 왜요?

— 앞의 글, 중에서

오후의 그리움

마지막 7일째 나는 죽는다.

태어나 지은 죄가 없으니 이보다는 좋은 곳으로 태어나게 해달라고 하겠다. 내가 다시 태어나면 엄마와 아빠가 사람이면 닥치는대로 죽여버리겠다고 마지막 힘을 모아 두 손 잡고 기도드리는데 갑자기 뺨이 간지럽다. 구슬같은 물방울이 입가 옆으로 굴러가며 간질였다. 무언지 보려해도 눈은 떠지지 않았다. 젖 먹던 힘을 짜내 다시 기도했다. 내가 산다면.

— 앞의 글, 중에서

이렇게 태어난 아이는 커서 무엇이 될까. 날 때부터 버림받은 아기가 악을 익히는 과정을 7일이라는 미니픽션으로 만들어서 보여준 신명호의 발상이 생의 축소판이다. 그래서 소설이 인생의 모형도라고 하는가 보다. 작가가 독자들에게 전하고픈 의도가 작위지 않으면서도 적확하게 다가오는 작품이다. 그런데 작가의 터치는 왜 이리도 천연덕스러울까.

"너 돈이 어디 있어서 PC방에 간 거야? 또 엄마 지갑에서 훔쳤어?"
아내가 자베르 형사처럼 도끼눈으로 아이를 추궁하자 굵은 눈물 줄기와 함께 자백이 이어졌다. 교통카드를 해지하고서 그 돈으로 PC방비를 냈단다. 교통카드 해지는 수수료가 드는데 어른들의 카드깡처럼 수수료를 날리더라도 돈으로 바꾸는 방법을 쓴 것이었다. 이걸 훔쳤다고 해야 하나? 뭐라 하지? 머릿속에서 킥킥대는 웃음이 비어져 나오는 걸 숨기며 창 너머 밤하늘을 올려다봤다.

— 신명호, 「도둑놈 잡기」 중에서

이런 상황에서 아빠는 이런 생각을 한다. "아들이 태어난 날, 거짓말처럼 하늘에 대한 공포가 사라졌다. 내가 떠나도 아들이 이 세상을 살아가겠구나. 그렇게 '유한한 무한'이 반복되는구나. 아들이 태어나 제일 먼저 훔친 것은 나의 하늘에 대한 공포였다."고 잠든 아들 곁에 누워 코고는 소리에 맞춰 스르르 눈을 감는 아빠의 시선은 사람이 살만한 세상을 만들려는 노력으로 가득 차 있다. 그래야 우리들의 아들과 아들이 살만한 나라가 될 테니까. **김회기**는 그런 세상에 무엇을 노래할까. 그의 눈에 비춰진 세상은 살만한가에 대하여 발로 뛰며 결론을 찾아간다.

> "나무 위에 저 집 참 단출하다.
> 저곳에서도 대여섯 남매 반듯이 키워 독립시키는데
> 온갖 것 다 갖춘 집에서 기껏 아이 한둘 키우는
> 인간의 삶은 왜 늘 버거운가"
>
> — 김회기, 「시작노트」 중에서

그 옛날 부모님은 줄줄이 낳고도 다 길렀다. 그런데 오늘은 그보다 훨 갖춘 살림인데도 왜 이리 버거워하는가에 대한 세태를 그리고 있다. 귀촌 후 일 년여 만에 처음 가족을 만나기 위하여 4차선 국도로 접어들었을 때였다. 갑자기 두 사람으로 달려든 불빛에 앞이 캄캄했다. 그리고 눈을 뜨니 병원이었다. 그런데 아내 혜자는 한쪽 뇌신경이 마비되어 오른쪽 눈은 완전히 실명되고 오른쪽 팔다리도 신경이 망가지고 뼈가 부러져 혼자서의 일상생활은 거의 불가능하게 되었다.

연분홍 복사꽃이 화사하게 피었다. 옆의 자두나무에는 흰 꽃이 만발하였고 건너편 과수밭의 감나무 꽃도 앞다투어 피고 있었다. 뒷걸음으로 혜자의 두 손을 잡고 준기가 복사꽃 아래로 들어온다. "여보! 지금 복사꽃이 만발했

오후의 그리움

어요. 여기 만져 보아요" 혜자는 준기가 시키는 대로 더듬더듬 꽃을 만져보며 즐거워한다. "손끝에 예쁜 색깔이 느껴져요" 그녀는 마치 어린아이처럼 좋아했다.

— 김희기, 「사랑의 미로」 중에서

병원 소리만 들어도 몸서리치는 혜자다. 눈 신경이 아직도 살아 있다는 검사 결과를 받았다. 수술 결과는 장담할 수 없지만 난생처음 하느님과 부처님께 빌었다. 그 결과는 시력을 회복한 이야기이다. 그래 문학이 꼭 대단한 파국을 맞아야 하는 것일까 싶다. 작가 나이에 걸맞는 작품의 여운이 잔잔하다. 그렇게 작가는 「햇살 잘 드는 밝고 따뜻한 방」에서 완연한 수필가의 면모를 과시한다. 남양주 요양원을 찾았는데 소문만 듣던 그곳에서 인간 군상을 만난다.

현관을 들어가니 방 하나에 남녀 구분되어 네 명씩인데 제각기 침대에 누웠거나 앉아 있었다. 거의가 치매환자라고 간호사가 전한다. 대부분 풀 죽은 얼굴에 초점 흐린 눈으로 창밖을 응시하거나 천장을 향해 입을 벌린 채 멍하니 있었다. 그중에서 옆방에 할아버지가 계신다는 할머니는 침대에 벨트로 묶인 채 혼자서 알아듣지 못할 말로 중얼거리며 의기양양하게 두 손을 휘젓고 떠들어 댔다. 할아버지는 할머니보다 치매가 덜해서 하루에 오전과 오후 두 차례 할머니를 찾아왔다 간다고.

— 김희기, 「햇살 잘 드는 밝고 따뜻한 방」 중에서

그와 아내는 치매인 여든일곱 어머니와 살고 있다. 올해 재검에서는 2급 판정을 받고는 빈집에서 나가셨다가 길을 잃기 일쑤였다. 그런 어머니가 그들 부부를 보며 "애비, 에미야. 내가 너무 오래 살아서 너희가

고생이 많다. 형편이 되거든 나를 요양원에 보내주렴. 거기는 말동무도 많고 간호사도 있으니 나는 거기가 더 편하고 좋을 것 같구나. 지금 내 정신일 때 그렇게 하겠다고 약속해 다오."라고 했다. 그렇게 요양원에서 돌아온 내외는 결정을 한다.

"하루 종일 햇살 잘 드는 밝고 따뜻한 큰애 방으로 말이요."

— 앞의 글, 중에서

자색 라일락꽃이 때맞춰 불어오는 산들바람에 향기를 뿜으며 반가이 손을 흔드는 국도변을 달려오며 그들은 어머니를 큰아들 방, 자신들의 집에서 모시기로 맘을 먹는다. 이토록 따뜻하고 아름다운 인간의 이야기를 찾아가기 위하여 우리는 문학을 한다. 이에 대한 방증은 **류완섭**의 시를 보면 더 실감이 난다. 삶을 익히고 달이는 일이 문학을 하는 것이 아니고 무엇일까.

흰구름이 바람 손잡고 요술 부리는 숲에서
작은 들꽃에 취해봅니다
풋풋한 흙냄새, 솔향,
풀내음이 온 육신 말초신경까지 다 휘도는 사이
절로 초승달 소녀가 되어갑니다

— 류완섭, 「시작노트」 중에서

문학은 우리의 스쳐 지나가는 시간을 영원 속에 두는 일이다. 그 시를 쓰고 읽을 때 우리는 그 시간 속에 들고, 그 시간은 흘러가지도 않고 변하지도 않으며 언젠가 그 모습 그대로 간직되어 존재하게 만든다. 그리고 그 작품은 지구가 멸망하지 않는 한, 그 시간대의 역사성과 사회성을 간직한 채, 고스란히 존재한다. 그러니 문학을 하는 일은 영속성 위에 나의 존재를 보관하는 일이 된다.

> 가슴으로 두근두근 눈사람을 만들고
> 갈래머리 소녀가 걸어 나간다
> 마음은 벌써 흰 세상을 뛰어노는데
> 제자리 머무는 발길,
> 미끄러져 넘어지면, 산책도 못하면서
> 병실 외톨이 될까봐
> 어느새 자꾸만 발이 멈추어 선다
>
> — 류완섭, 「은발」 중에서

첫눈이 온다. 가슴속 소녀는 그 옛날의 기억 속에서 뛰어노니는데, 은발은 그녀는 병실 외톨이가 될까 두려워 "연분홍 복사꽃을 머리에 인 저 은발 여인, 첫눈/복사꽃잎 흩날리는 설레임 삭이며/갈래머리 소녀/쌓여가는 시간에 눈꽃 웃음 날리는 저문 오후"에 서서 독자들의 시선을 붙든다. 늙어간다는 건 뭘까. 이십 년 전 1999년 청평 야산에서 보쌈해 온 '한 포기 잔대'가 이십 년을 동고동락하며 시인의 분신이 되었다.

> 할미가 되어가는 잔대, 옆
> 허리 굽혀 헉헉대는 내가 섰다
> 그래, 눈높이 맞춰주니 고맙네
> 앵글 맞추는 사이 하얗게 늙어버린 꽃송이 송이들

은빛 구부린 종이 되어가는 층층잔대,

익어가는 갈바람에 스물한 살 새봄을 그린다

— 류완섭, 「잔대꽃」 중에서

언어가 사유를 만나니 이토록 깊고 그윽한 결 고운 시가 탄생한다. 작품은 그 사람이라는 말이 있듯이 류완섭 시인을 아는 사람이라면 이 시가 놀랍지 않을 것이다. 아직은 구부리진 않았지만 잘 익은 소리를 내는 종이 되어가는 중이다. 시인이 익어간다는 말을 유행가 가사가 아니라 실체를 느끼게 해주는 따뜻한 여인이다. 그런 그녀가 "그녀 허벅지 실핏줄 같은 손잎풀도/조직 검사를 앞둔 가슴속 한기,/온통 바람과 한통속"인 시간 앞에서 "유방의 혹도 바람칼이 베어 날아가라"며 휘청거리는 등정 길에 서 있다. 「바람의 화원」에서 갈팡질팡하지 않고 고스란히 그 순간을 받아내는 류완섭은 천상의 화원 든 시인이다. 너무 아파하지 않기를 빈다. 그런 여자들이 사는 곳이 문학의 바다가 아닐까. 제주 바닷바람을 타고 온 아름다운 여인 **오미향** 작가가 우리에게 내미는 손은 무슨 향기를 입고 있을까.

'바람이 분다. 다시 살아봐야겠다.'

(Le vent se lève! Il faut tenter de vivre!)

의미도 모른 체 외웠던

폴 발레리(Paul Valéry)의 시 구절이

나풀대며 마음에 와닿는 시간.

— 오미향, 「시작노트」 중에서

그녀의 시작노트를 읽는데 왜 이리도 'LIBERTY'란 단어가 떠오르는 걸까. 'FREE'가 아닌 리버티가 주는 영혼의 해방감이 문득 우리를 감싼다. 베란다에 흙을 쏟아 붓고는 공중부양 화단이라 했다고.

17층 아파트에서 한 발자국만 내디디면 바로 아래 화단의 흙을 밟을 수도 있다며 너스레를 떨었다. 이렇게 높은 곳에서는 햇살은 1층보다 좁게 비추지 않으려나. 바람은 오다가 멈춰서지는 않을는지. 높아서 현기증이 나서 정서불안에 힘들어하지는 않을는지 걱정이 많다.

— 오미향, 「공중부양 화단의 울림」 중에서

아파트 미니 화단 가꾸며 한 삽 한 삽 흙을 떠서 화단에 부으며 외우는 기원들이 주술처럼 열린다. "고추도 열리고 상추는 푸짐하게 밥상을 차지하고 대파는 필요할 때마다 한 줄기씩 뽑아 먹는" 상상이 파릇하게 올라오는 시간이다. 그런 그녀 옆에 물러 꼭지가 툭 빠지던 늙은 호박처럼 병상에 누운 아버지가 계신다.

타협과 대화는 없고 오로지 근면성실, 절약, 책임과 의무, 정의로움 등으로 구성되었다. 빈번히 두 오빠와 부딪치는 일이 잦았으며 우리 세 자매는 남몰래 서슬 퍼런 아버지의 독재에 눈물을 흘리기도 하였다. 남들은 아버지를 성공한 사람이라고 우러러봤으나 우리 집안에 내재한 공기의 색은 잿빛이었다.

— 앞의 글, 중에서

187센티 장신인 아버지는 6.25 전쟁에서 무사히 귀대하고 직업군인의 길을 가시다, 소학교 교사, 공무원 등을 하면서 오 남매를 남부럽지 않게 키웠다. 그런 아버지가 우리를 울린다. "출근시간이야. 얼른 시계를 다오." 그러고는 바로 누워 버리는 아버지란 존재. "그 옛날 색 바래고 굵직한 시계가 주인의 것인데도 헐렁거리기만" 한 아버지의 시간을 보며 작가는 흙을 만진다. 그분의 또 다른 재산이던 흙이기 때문이다. 빈농의 아들로 자라나 성공하기까지 마당에 나무를 심고, 옆에서 흙을 만지고 식물을 가꾸며 컸던 아버지와 작가의 유년을 받쳐줄 흙이다. 하나의 싹이 트고 줄기가 튼실해지는 것을 보며 커다란 손으로 삽질하며 땅을 일구고 거름을 뿌리던 아버지를 반추하는 일, 그것은 유년의 뜰 안으로 들어서는 시간을 일구는 방식이다. 아버지 다시는 그 옛날의 모습으로 올 수 없을 것이다. 하지만 작가가 글을 쓰는 그 속에서 영원히 존재하시리라. 그런 영속성의 시간을 찾아 늦깎이로 달려가는 거미열차가 있다. 바로 **최점순**이다.

> 거미열차가 사랑과 꿈을 싣고 칙칙폭폭 달려간다. 봄볕에 삼라만상이 춤을 추고 들녘엔 벚꽃이 함박눈처럼 휘날린다.
>
> — 최점순, 「거미열차」 중에서

씩씩하게 달려가는 거미열차는 "한때 중요한 에너지 자원인 석탄에서 석유로 전환되어 전기와 인덕션 보급으로 사양길에 들어"섰다. 농번기에 한가한 시골 버스를 타고 큰동서에게 간다. 작은동서 전화를 받고 유모차를 끌고 나온 재회 앞에서 작은동서는 형님이 가꾸어 놓은 텃밭에서 냉이와 시금치, 달래를 캐어 된장국을 끓인다.

> 형님이 밥상을 받아놓고 씩 웃으며 평생 내가 밥상을 차렸는데, 오늘은 자네가 차려준 밥상을 받으니 정말 맛있다.
>
> — 앞의 글, 중에서

오후의 그리움

'문경석탄박물관'에는 거미열차가 있다. "벌집같이 구멍이 숭숭 뚫린 막장까지 하루에도 수없이 들락거린다. 그 시절에 광부들의 생활상을 재현해 놓은 모형 얼굴에 탄가루에 분칠한 땀범벅이 스친다. 갱 바닥에 앉아 양은 도시락으로 허기를 달래며 석탄을 캐내는 과정"을 통해 작가는 큰동서의 버거운 거미열차를 끄집어낸다. 세월이 흐를수록 객실이 늘어났다.

열차는 작은동서 4명과 시누이까지 출산을 했다. 산부인과 의사처럼 노련하게 아기를 받고 탯줄을 잘랐다. 그녀는 새끼줄을 꼬아 대문 양쪽에 묶어 숯과 고추를 번갈아 끼워놓았다. 손수 받아 준 조카들의 탯줄을 이어 놓으면 운동장 한 바퀴 돌렸을 것 같다. 밤중에 아기 한 명만 울음을 터트리면, 신호를 받은 말복 매미처럼 응앵, 온 동네를 깨웠다.

— 앞의 글, 중에서

이런 글을 읽노라면 왜 문학이 영원한 시간 위에 놓이는지 새삼 부언할 이유가 없음을 느낀다. 거미열차에 탑승한 다섯 동서들이 한 지붕 밑에 살면서 이어지던 에피소드들. 식사 후면 밥상이 백화점 진열 코너처럼 부엌 바닥에 즐비했던 시간을 작가는 잊지 않았다. 긍정적인 마인드로 리더십을 발휘하여 동서들의 개성을 존중했던 큰동서의 지혜가 집안 분위기를 화목하게 토닥였던 것까지. 거미열차 승객인 작은동서는 객지에서 바쁘게 살다보니 걸음이 뜸했다. 월남전에 파병된 큰시숙과 지병을 앓다가 의식불명이 되어 구급차에 실려간 시어머니, 그리고 흰 바지저고리를 즐겨 입으셨던 시아버지의 바지저고리에 풀 먹이던 큰동서가 앉았다. "혼자 살고 있는 낡은 고택에는 파란 이끼가 영토를 넓히고 서까래는 나팔을 불었다." 그녀는 이제 거미열차와 함께 낡아버렸다.

녹물을 철철 흘리며 바퀴들이 비틀거리다가 끼익, 철로 위에 널부러졌다.
— 앞의 글, 중에서

이제 그녀는 최점순의 「거미열차」 속에서 영원히 존재하게 될 것이다. 작가가 남겨놓지 않으면 그 누구도 기억하지 않을 전설이 될 큰시누의 복원이란 무엇일까. 문학이 꼭 교훈적이어야 할 이유가 없다. 이 진솔한 글 안에 인간은 무엇으로 사는가에 대한 답이 모두 들어있기 때문이다. 작가가 잊힌 사진 한 장을 우리에게 던져주는 것만으로 그 소임을 능히 하고 있다. "도라지~도라지 백~도라지. 심신산천에~백도라지."를 외치며 최점순 작가는 올해도 도라지 씨를 이웃들에게 나누어주고 베란다에도 뿌려서 엄마가 못다 한 사랑을 이어가며 그 향기를 전해주고 있으리라. 이런 작가들이 부지런히 그들 낱장의 사진들을 풀어놓을 때, 우리네 21세기가 인간의 향기로 그득해지지 않을까. 경상도 문경에서 올라온 향기를 타고 강원도에서 싹을 피운 시인이 있다. 그녀는 **김옥순**이다.

감자꽃은 춘궁기에도 제철 맞추느라
더디고 더디게 핀다. 하얀 꽃, 보라 꽃
꽃에서 꽃물 내려 감자알 물든다
굵고 실한 감자 수확을 바라며,
밭고랑을 헤집고, 포기마다 마른 흙을
올리고 또 올린다.

— 김옥순, 「시작노트」 중에서

시인이 정작 올리고 올린 것이 흙이었을까. "눈길 주는 이 없어/조금은 쓸쓸한 얼굴/풀밭을 지나는 개가/보는 사람 없나 돌아보고/뒷다리 들고 쉬를 한다/시시한 풀, 이름 없는 꽃/더위를 식히느라/풀을 깔고 앉은 햇빛/참! 예쁘게 생겼다/풀꽃에 수작을 건다"

> 소낙비에 눕지 않고
> 목숨은 지켜내야 하는 것
> 꽃 피워 씨 맺어야 한다
> ……(중략)……
> 여리고 하얀 꽃 피었다
> 모양 없는 풀꽃 피었다
>
> — 김옥순, 「풀꽃 피다」 중에서

　시인은 꽃을 그릴 때는 꽃의 말로 해야 한다. 김옥순의 시편들은 꽃의 마음이고 꽃어머니의 주문이다. 그렇게 힘겹지만 피어나라고 우리 모두에게 거는 기대인지도 모를 일이다. "우물가에 팔 벌린/서너 그루 나무/오월 오기를 기다린다"는 시편에서도 한국의 미학이 살아 움직인다. 직설적으로 그리는 그림은 수가 얕다. 배지 뒤에 어룽이는 그림자를 포착하는 눈이 깊은 시인의 사유의 길이요 사색의 지점이요 미학의 길목인 것이다. 김옥순 시인의 시편을 보노라면 한국의 미학이 이리도 잘 펼쳐질 수 있을까싶다. 그런데 정작 시인은 자신의 미를 모르는 듯하다. 그래서 더 아름다울까.

> 꽃송이 뒤척이는 더운 하루
> 퐁퐁 솟아올라 원을 그리는 샘물

하늘 가리고 늘어진 꽃송이
꽃잎 떨어져 우물에 파문이 진다
물동이 이고 온 여인
물에 동동 뜨는 달콤한 밀어
여인의 얼굴 물속에 일렁인다

— 김옥순, 「아카시아꽃 떨어져」 중에서

정작 물동이를 이고 온 여인은 자신의 물동이에 뜨는 밀어를 몰랐으
리라. 시가 시이면 이미 시가 아니라고 한다. 시인은 멀리 미학이 익어
가는 소리에 귀 기울이지만 가까이의 살이에도 민감하다. "15층 아파트
엘리베이터/이웃들을 한입에 삼키고/층층이 토해내는 요술 상자/바쁘
게 보낸 하루. 집에 오는 얼굴/무거운 다리 덤덤하게 운반하는/앉지 못
하는 짐꾼" 엘리베이터를 보는 계단의 시선을 읽어낸다. "사선(斜線)으
로 누운 계단이/멀거니 쳐다본다"는 시편을 뒤로 하고 **김소예**의 감각을
만나러 가 보자. 그녀는 그들을 그렇게 불렀다. 잊힌 그들을.

독수리 눈초리가 날카로운 좁은 공간
그 눈초리에 시달리고 정신이 억압되고
무절제 속에 살다가 들어 온 천둥벌거숭이들
요란한 문신으로 상대를 제압하는 겁쟁이
갖가지 사연으로 자유의 발이 묶인 이들

— 김소예, 「문이 없는 학교」 중에서

사람들은 그들의 문신을 두려워했다. 사람들은 모두 그들에게 뛰는
심장이 없는 존재들이라고 했다. 그런데 시인은 그들을 천둥벌거숭이라

오후의 그리움

고 불렀다. 그들이 요란한 문신으로 상대를 제압하려는 이유는 겁쟁이들의 몸짓이었음을 파악하고 있었다. 이런 시선들이 그들을 얼마나 인간적으로 바라보게 하는지. 편견을 가진 인간들의 영혼에 말이 아닌 시어로 전하고 싶었던 메시지는 순수했다. '봉사 선생님이 오셨다/그녀는 이들의 순수함을 꿰뚫어본다/수업시간에 시낭송 한 편을 들었다/진달래 소녀 같은 시가 그들의 가슴을 문질렀는지/부드러운 말씨, 따뜻한 가슴이 그들의 가슴을 문질렀는지./다음 주 시간에 한 소년이 선생님에게 종이쪽지를 내밀었다'

  "어젯밤에는 잠을 한 숨도 못 잤다
  눈물로 목욕하느라고."

  그가 겨울 대리석보다 차가운 뒷모습을 남기고
  엄마의 미소가 반기는 길을 갈 것이다.

                                    — 앞의 글, 중에서

  이 시 한 편이 천만번의 슬로건보다 훨씬 그들을 인간답게 바라보게 한다. 「또 한 번의 후회」에서 보면 시인은 어떤 사람인가를 엿보게 한다. 시는 쓰는 것이 아니라 앓는 것이다. 그 사물의 마음으로 앓는 것, 그것이 시심이 아닐까. "수십 년 해 넘어가는 여울 소리에 바랜 붉은 벽돌집"에서 귀청 때리는 매미 소리를 듣던 새벽의 이야기이다. 책상에 앉아 흐트러진 종이와 책 위에 길을 잘못 든 왕개미 한 마리가 기웃기웃 부산을 떠는 걸 보고 있는 시인이다.

  지래, 몸속으로 들어와 괴롭힐 것 같은 순간

"요놈이 여기가 어디라고" 하며 지그시 눌렀다
고개를 좌우로 갸우뚱하더니 아무렇지 않다는 듯이
하던 행동을 계속하는 모습
'요것 봐라 이래도' 하며 좀 더 세게 눌렀다.
이방인이란 이유만으로 매를 맞고 질펀하게 앉아 있다가
털고 일어난 아이처럼
아픈 고개를 이리저리 흔들거리다가 책상 밑으로 떨어진 왕개미
— 김소예, 「또 한 번의 후회」 중에서

어느 순간, 화들짝 놀란 시인의 발견지점이 돋보인다. "내가 지금 무슨 짓을 한 거야" 때늦은 후회를 하며 미물의 생명을 돌아보는 것이 인간의 자세이다. 그리고 시인은 모든 사물과 상황으로부터 얼마나 진지한 성찰을 하는지를 보여준다. 우리가 시를 읽는 이유를 알게 만든다. 이런 진솔한 시선은 사람에게도 예외일 수가 없다 **김현미**의 수필을 읽다보면 60년대 한국의 냄새가 먼 이국에서 다가온다. 그녀는 지금 호이안 골목에서 서 있다. 그 골목에서 한 여인을 만나보자. 그 여인은 외치고 있다.

"투 달러, 투 달러……"
— 김현미, 「호이안 골목에서 만난 여인」 중에서

밤 골목을 어슬렁거리는 화자는 호이안 골목에서 목이 터져라 외치는 여인과 눈빛이 교류했다. "나부끼는 풍등, 요리조리 피해 나아가는 씨클로, 개미떼처럼 쏟아져 나온 관광객, 무엇을 살까 상점을 기웃거리는 연인, 열려있는 창가에 외로이 다리를 꼬고 앉은 노신사는 커피를 홀짝

오후의 그리움

이고 있"는 순간들 사이로 그녀와 화자가 남았다. 땀과 함께 녹아내린 썬크림 자국의 여인이 눈부셨다. 온실 속 나에게는 찾아볼 수 없는 야생의 싱그러움이 그녀의 눈동자에 깃들어 있는 여인이 꽃분홍 화관을 내밀었다. 작가는 이국의 눈에 흘러 먼 과거로의 여행을 시작한다.

전원을 켜니 불빛이 반짝반짝, 나의 마음을 홀린다. 여인은 자연스레 내 머리 위에 화관을 살포시 올려주었다. 나는 반짝이 드레스를 걸치고 다이아몬드 티아라를 쓰고, 무도회장에 가기 위해 호박마차에 몸을 실은 공주님이 된다.
— 앞의 글, 중에서

호이안 마을 한가운데로 길게 흐르고 있는 투본강 중간쯤의 다리에 다리가 어둠이 찾아오면, 소원을 빌고 등을 띄운다. 강가에 색 바랜 노랑 빛깔을 뽐내는 단층과 건물들과 기와를 켜켜이 쌓아 올린 지붕이 어우렁더우렁 어울린 곳에서 화자는 무엇을 보았는가. "룰루랄라…… 씨클로에 앉아 호이안 골목을 누볐다. 룰루랄라…… 씨클로에 앉아 호이안 골목을 무작정 길을 나선 화자는 과거 속으로 빨려 들어갔다. 여행 수필을 읽노라면 우리도 어느새 그 골목을 더듬고 있다. 그러니 작가란 놀라운 사람들임에 틀림이 없다. 순간 "투 달러, 투 달러……" 외치던 앳된 얼굴의 여인이 가방과 화관을 두 손 가득 안고 곁을 지나간다. 가정을 꾸리며 살고 있을까? 오지랖이 발동을 하며 궁금해진다. 웃통 벗은 꼴사나운 모양새로 우리네 목욕탕 의자에 쪼그리고 앉아 하루 종일 커피를 홀짝이고 있을 남편일까. 아니면 노름빛에 쫓겨 도망간 남편의 부모님과 두 아들이 단칸방에서 와글와글 그녀만을 기다리고 있을까. 여러 생각에 머리를 좌우로 크게 흔들며 그 골목길 끝에 선 이국의 단발머리 소녀를 만난다. 여행이란 어쩌면 나의 가장 깊은 오지에의 탐험이 아닐까 한다. 그래서 **윤기환** 역시 「철로 위에서」 배회를 한다.

> 오십 성상이 덧없이 흘러버리고
> 귀밑머리 희끗한 소년이 고향을 찾아
> 그 아련한 추억을 더듬어 보았습니다.
> 너무도 많이 뒤바꿔 놓은 세월의 흔적을 찾고 찾았습니다.
> 그러면서 알았습니다.
> 이제 소년의 고향은 가슴속 깊은 곳에
> 더 또렷이 남아있다는 것을……
>
> — 윤기환, 「시작노트」 중에서

　작가 윤기환의 가장 깊은 오지는 어디일까. 눈물 많은 그의 가장 깊은 여울은 할머니이다. 아직 먼동이 트기까지는 먼데 들판은 한 치 앞을 보이지 않는데 멀리 희미한 불빛 몇 줄기만 새벽잠에 겨워 깜빡깜빡 졸고 있다고. 윤기환의 문장은 예사롭지 않다. 작가가 자신의 문장을 얻으면 그보다 더 큰 위력이 없는 것인데 그의 문장은 무척이나 감각적이다. 칼바람이 이는데 "초등학교 5학년을 마친 열두 살 소년은 그 밑으로 열 살, 일곱 살배기 남동생들의 손을 잡고 졸리운 걸음을 종종거렸다." 눈에 그려지는 문장과 스토리가 강하게 파고든다. 소년의 아버지와 어머니 그리고 할머니는 옷가지와 이불 보따리, 살림살이 짐꾸러기 하나씩을 이고, 메고 동네 어귀를 지나 들판을 가로지르는 철길에 들어선다. 그걸 두고 작가는 "철로는 닿을 수 없는 거리를 유지한 채 소년의 길을 익숙하게 안내해 주었다."고 회고한다.

　서서히 동쪽 하늘이 밝아오면서 길게 뻗은 시커먼 철마가 눈에 들어 왔다.

　　　　　　　　　　　　　　　　　　　　　오후의 그리움

소년은 설렘과 두려움을 안고 생전 처음 열차에 올랐다. 기차는 희뿌연 연기를 토해내며 한바탕 꽥꽥 울어대더니 서서히 움직이기 시작했다. 잠시 후 오르막길에 접어든 기차가 거친 숨을 내뿜었다. 소년은 성에가 잔뜩 낀 창을 입김을 불어가며 옷소매로 문질렀다. 차창 밖으로 뿌연 여명과 고향 마을이 스쳐 지나갔다. 그렇게 소년의 고향은 철로 위에서 서서히 멀어져갔다.

— 앞의 글, 중에서

소년은 고향을 떠나고 있다. 50년도 더 지난 이야기를 엊그제처럼 복원한 아이는 다시 어른이 되어 고향을 밟는다. 당연한 일이지만, 마을에는 번듯한 양옥집들이 즐비하다. 2층으로 우뚝 선 집 앞마당에 잔디가 깔리고, 담장이 높게 드리워져 있고, 소년이 살던 집터는 "블록담장과 굳게 닫힌 대문이 낯선 사람의 접근을 거부했다."고 회고한다. 대문 사이로 살며시 들여다 보았도 집은 인기척을 돌려주지 않는다. 그곳에서 화자는 무엇을 잃었는지 헤아려 본다. 화자가 헤아리는 동안 독자들도 고향집에서 잃어버린 시간을 찾아들고 있을 것이다.

측간 옆에 자그만 닭장과 뒤엄자리가 있었고, 맞은편엔 복숭아나무 한 그루가 서 있던 앞마당은, 새로 지어진 건물이 자리 잡아 흔적도 없다. 앵두나무 두 그루와 장독대에 피던 꽃들도 온데간데없다. 술 한 잔 거나하게 드신 날엔 밤늦게 과자 한 봉지 사들고 삼 형제를 깨우던 아버지, 소년의 키만큼 높은 보따리를 머리에 이고 장에 나가던 어머니, 그런 어머니를 대신해서 부엌과 앞뒤 마당을 분주히 드나 드시던 할머니, 흙장난 치며 뒹굴던 동생들, 칠흑의 밤이면 멍석에 누워 손에 닿을 듯 쏟아지는 별들을 바라보던 사촌누이들은 보이지 않는다.

— 앞의 글, 중에서

아무리 더듬어도 싫지 않은 순간과 사람들인데 없다. 보이지 않는다. 모퉁이를 돌아가니 폐허가 된 집 한 채가 을씨년스럽게 눈에 들어온다. 반쯤 무너진 집채가 시커먼 입을 벌리고 누워있고, 마당은 잡초만 무성하다. 어느 하늘 아래선가 고향을 그리며 살아가고 있을 옛 동무들. 보고프다 는 말로 부족한 서정의 선순환이 이뤄지는 고향에서 나의 가장 깊은 오지를 찾아가는 이유는 뭘까. 그 안에 '나', 온전한 존재로 살아 있기 때문이 아닐까. 윤기환 글의 힘은 동행하게 한다는 것이다. 이 동행이 불러내는 것은 동의이다. 우리가 기꺼이 작가의 말에 동의할 때 이 세상은 서로 공감이라는 말을 하고 유대를 갖게 되기 때문이다. 그것을 돌려주고 공명시키는 이가 작가라는 이름의 존재자들일 것이다. 그런 이야기를 허구처럼 들려주는 사람이 **양해헌** 작가이다.

남산은 내 인생 2막의 신나는 놀이터가 되었다.

지난 3학기 동안 참 행복했다.

본래 글쓰기보다 그저 밥 먹고 노는 거를 더 좋아하는 터에
남산에 오르는 날은 내 인생 2막의 화려한 불꽃이다.
— 양해헌, 「시작노트」 중에서

그는 정년 후, 재취업한 비정규직이다. 출근해서 컴퓨터를 켜는데 안 들어온다. 출근할 때 보안점검 안내문 생각이 나 책상 밑 전원 스위치를 켠다. "오우 케이! 전원 스위치를 올렸다. 딸칵! 모니터 하단 전원이 깜빡거린다. 앗싸!" 하고 해방감을 맛본다. 그런데 "아직도 화면이 쌔까맣다…… . 기다리는 마음도 새까매진다…… . 더 기다릴까? 아냐 뭔가

잘 못 됐어. 며칠 전 새로 입사한 깔깔이한테 물어볼까?" 하다가 기다린다. 그러다 데스크 스위치를 길게 누른다. 그제야 화면이 밝아진다. 그런데 그의 걱정은 정작 엉뚱하다. "후후 하마터면 후배에게 또 한 번 창피를 당할 뻔 했다!"고. 그런 그는 낙원동 송해길을 가서 우거지얼큰탕 국밥을 먹으며 《인생 2막 시대의 신행복론》을 펼친다.

오늘 아침, 노병은 블루투스 이어폰을 귀에 꽂고 노란색 띠로 장식된 백팩을 추스르며 출근길에 나섰다. 신촌역 6번 출구. 서강대 올라가는 비탈길이다. 싱그럽고도 상큼한 바람이 앞서가는 젊은이들을 헤치고 파도처럼 온몸에 적셔온다.

100세 시대야. 인생은 60부터라고 그랬어.

— 양해헌, 「비탈에 서서 하늘을 본다」 중에서

그런 양해헌은 이인화의 단편소설 「말입술꽃」의 후반부를 다시 집필한다. 불쌍한 시인이 재능을 꽃피우지 못하고 몽골로 교환교수로 가서 결국 콜레라로 객사한 이야기에 대하여 오늘의 아내 입장에서 패러디한 작품이다. 죽은 시인 서상효의 처남인 양영규는 그의 아픈 일상들을 또 다른 입장에서 피력한다. 죽어 돌아 왔으니 망정이지 사람이라면 살아 돌아올 염치를 가지면 안 된다며 불쌍하게 죽은 서상효 시인 죽이기를 한다.

집구석에서 남편 노릇을 하기를 했나, 그렇다고 돈을 척척 앵기기를 했나, 아이들에게 사분사분 자상하기를 했나. 어느 한 구석 봐줄 구석이 없는 놈팽이, 아니 잡놈이었지요. 그 주제에 또 여대생하고 연애는 해가지고 학교에서 쫓겨나질 않나. 그 멀리 몽고까지 가서 그 버릇 못 고치고 남의 여편네 건드려서 또 쫓겨 도망질치질 않나. ……(중략)…… 제일 기가 맥힌 건 영님이를 완전 악처에, 세상에 없는 나쁜 엄마로 써 놓았더군요.

— 양해헌, 「인터뷰」 중에서

본질을 파헤쳐서 재해석하는 예리한 눈이 작가 양해헌이다. 시인을 현대의 경제논리로 본다면 어쩌면 처남이 말한 대로일지도 모르겠다. 세상을 이렇게 살짝 비틀어서 보면 전혀 생소한 이야기를 만날 수 있다. 만약 이인화가 그의 미니픽션을 본다면 무어라할까. 자본 앞에서 시인이라는 직업이 필요할까 만은 인생은 참 오묘한 것인가 보다. 그러한 글을 쓴 작가가 실형을 받았으니 할 말이 없다. 양해헌의 해안이 놀라울 따름이다. 그 척박하고 삭막한 세상에도 살 이유가 있는 것은 이런 작가들 덕분이다. 그런 고물상에 「목련」을 피워 올린 **신윤석**을 만나보는 일은 행복하다.

병원 길 건너 고물상 담벼락 끝에서는 아기 주먹만 한 목련이 찬바람에 쥠쥠 손을 쥐락펴락한다. 1월 초에 왔으니 여기 생활도 벌써 3개월째다. 큰아들 내외가 왔다 갔다.

— 신윤석, 「목련」 중에서

늙음이란 왜 이리 구차한 것일까. 소변이 나와도 감각이 없고, 젖은 기저귀가 무겁게 엉치뼈에 걸려도 요량이 없는 엄마를 만나는 일은 심난하다. 그런데 더 힘든 사람은 의식이 멀쩡한 자신이다. 자식들한테는 말을 할 수가 없다. 간병인 말로는 딸들과는 말도 잘한다는데, 아들한테는 데면데면하다. 그러니 멍하니 앉았다가 무거운 발걸음을 돌리는 아들의 눈에 들어온 목련 한 송이가 이채롭다. 그것도 고물상에 핀 목련이라니. 사람도 고물이 되면 요양병원에 누웠다. 그와 다르게 새끼들은 목련처럼 피어나 오간다는 삶의 메타포가 신윤석 작가에게 힘을 보태게 한다. 엄마를 사랑한다는 말은 하지 않았지만 얼마큼의 세필로 동행을 하는지를 자간과 행간에서 읽을 수 있다.

하루에도 서너 번 기저귀를 갈 거나 가끔 목욕을 시켜줄 때 간병인에게 치부를 드러내는 것을 너무도 싫어했다. "손도 못 대게 해요. 얼마나 깔끔하신지……" 간병인의 불평이다. 질긴 목숨은 그렇게 호락호락하지 않는다.
— 앞의 글, 중에서

어머니의 순간순간을 묵도하는 아들은 어떤 심정일까.

오른쪽에 있는 침대가 비었다. 잠시 어디 갔는가보다 했는데 영영 안 돌아왔다. 아무 일도 없었다는 듯, 늘상 있는 일인 듯 병실 안은 변화가 없다. 어느 누구도 어디 갔느냐고 물어보지 않는다. 그저 병실 안이 조금 숙연해졌을 뿐이다. 바겐세일도 아닌데 빈자리는 금방 팔렸다. 삐쩍 마른 젊은 여자가 누웠다.
— 앞의 글, 중에서

누구나 누워야 할 곳이다. 옆자리의 누군가가 떠나듯 어머니도 곧 떠나야 한다는 걸 안다. 그런데 아들이 어찌할 일이란 없는 게 인생이다. 그렇게 뜨악하고 무안한 그가 「집터」를 구한다. 한참이나 필자는 눈치를 채지 못했다. 참 재산도 많은가 보다고 했다.

오른쪽으로는 소나무숲이 있어 한겨울 북서풍을 막아주기에 충분하고, 한여름에는 그늘에서 얼음 수박 한 덩이 물고 단잠 자기에 딱 좋다. 입구까지 잘 정돈된 비포장도로가 시커먼 아스팔트의 삭막한 도시와는 경계선을 그었다.
— 신윤석, 「집터」 중에서

신윤석은 글을 시니컬하니 참 잘 쓰는 작가임에 틀림이 없다. 어머니를 보내고 산소를 구하는데 이렇게 쓰다니.

감사하게도 한 집 건너 오른쪽 집은 목사님 댁이다. 찬송 소리와 감사 기도 소리로 잠을 청할 수 있을 것 같아서 마음이 평안하다. 왼쪽에는 세 가구가 들어올 예정이라는데 모두 한 가족이란다.
— 앞의 글, 중에서

그의 천연덕스러운 문장에 놀라고 말았다. 아픈 어머니를 위해 전원 주택을 샀나보다 했다. 그런데 "산밤 떨어지는 소리에 잠이 깨고, 박스 쪼가리 깔고 눈썰매 타는 꿈을 꿀 수 있는 곳. 풍수지리에 능한 한명회가 눈독을 드렸다가, 왕의 기운이 있다고 하여 세조에게 상납한 명당". 여기서 아하 묏자리로구나 싶다. 애이불읍 낙이불상이라 했던가. 슬픔을 슬프다 하지 않고 이토록 객관적 거리를 유지하는 단백한 수필이 참 귀한 것은 어찌할 수가 없다. 그러한 지점에 **강기영**이라는 수필가가 있다. 오랜 기간 뉴질랜드에서 이민을 살다온 작가이다. 그녀는 그곳에서도 모국의 언어를 만지고 다듬었다. 결국 한국으로 돌아와서 기어코 수필가가 된 그녀의 글을 읽는 것은 소소한 행복이 아닐 수 없다. 「그녀의 기다림」을 보면 휴대폰이 없던 지난 시절의 인연의 피어나는 지점에서 우리의 잃어버린 정서를 호흡하게 만든다. "젊었을 때 누구보

오후의 그리움

다 총명했던 그녀의 기억력은 매일 붉은 녹으로 덧입혀지고 있다. 벗겨지지 않는 세월의 녹을 방지하기 위해 핸드폰에 메모하는 습관을 들이고 있었다." 그것이 그녀를 작가의 길로 인도한 것인지도 모르겠다. 겨울이 꼬리를 감추기 전에 초등학교 친구를 만난 화자는 캠퍼스 커플로 유명했던 여인이 아닌 다른 여친과 결혼을 한다는 소식을 전한다. 마침 화자의 작은딸도 동갑에 같은 회계사라며 은근히 목에 힘을 주며 말했다. 그런데 친구의 남편이 만족해하지는 않는다고 했다. 그리고 본 웨딩 촬영 사진을 보니 이해가 가는 듯했다.

예쁜 신부가 아닌 통통한 아줌마의 모습이었다. 그녀는 자신도 모르게 친구 남편의 심정을 이해한다는 듯 고개를 끄덕였다. 남자들은 역시 여자의 외모가 첫째 조건인가 보다. 순간 딸의 말이 떠올라 입이 실룩거렸다. 남자들은 누구를 소개해준다면 첫마디가 '이쁘냐?'라 한단다. 여자들이 보통 나이와 직업을 묻는 것과는 너무나 다른 양상이다.

— 강기영, 「그녀의 기다림」 중에서

시를 읽으며 내가 보이고, 수필을 읽으면 인생이 보이고, 소설을 읽으면 그 사회가 보인다고 했던가. 그녀의 수필 속에 이 시대의 풍속도가 너무나 잘 드러나서 민망하기까지 하다. 그런데 스토리는 엉뚱하게 흐른다. 3월이면 있을 친구의 결혼식에 갈 옷을 사다놓고 화자는 기다리다가 삐져나온 흰머리가 눈에 거슬려 단골 미장원에 갔다. 옷에 맞는 핸드백과 구두를 신고 전신 거울 앞에 선 자신을 본다. "보통 한 달 전에는 발송을 하는데 무슨 일이 생긴 게 틀림없다고 생각했다. 아니면 3월 첫날 모두에게 발송하려는 걸까? 다 보냈는데 실수로 나만 빠뜨린 걸까? 혹은 말할 수 없는 고통과 자존심 때문에 차마 결혼이 깨졌다는 말을 하지 못하는 걸까? 이런저런 생각으로 며칠간 잠을 설친" 그녀는 카톡을 한다. '잘 지내지? 근데 청첩장은 왜 안 보내니?' 하는데 연이어 전화벨이 울린다.

　"우리 아들 결혼식은 5월이고, 이사를 3월에 간다고 했지! 그날도 네가 착
　각을 하는 거 같더라."

— 앞의 글, 중에서

　얼마 전 모임을 떠올렸다. 비가 억수같이 쏟아지는데도 불구하고 두 시간에 걸쳐 몸치장을 하고 나갔는데 그녀의 기억력은 그 모임이 주로 행해졌던 이화원으로 데려다준 것이었다. 다음날 그녀는 분명히 약속 장소가 이화원이라고 전화를 받았다며 바람맞은 것에 대해 회장에게 볼멘소리를 했다. 며칠이 지나 빳빳했던 화가 풀이 죽자 어쩌면 내가 장소를 착각한 것인지도 모른다는 생각이 슬며시 고개를 들었다는 미니픽션에 가까운 수필을 읽고서 강기영 떠올린다. 글을 참 디테일하게 잘 읽히는 여인이라고. 그녀의 글 속에는 그 시간대의 감정과 감성이 자잘하게 녹아들고 있다. 특히 중년 부인들의 움직이는 동선을 그려내는 데는 참으로 디테일하다. 「꽃들에게 희망을」에서는 그 옛날의 기억과 이별에 대한 우정이 정말 세세하게 잘 녹아들고 있다.

　책장을 정리하다 책꽂이 사이에 끼어 있는 빛바랜 어린 시절의 친구를 발견했다. 『꽃들에게 희망을』 지나온 세월만큼 누렇게 변한 이 책은 뿌연 먼지를 덮고 있었다. 먼지를 털고 조심스럽게 책을 열어보니 '훨훨 날아가렴' 80.9.12 이렇게 적힌 친구의 익숙한 글씨가 눈에 들어왔다.

— 강기영, 「꽃들에게 희망을」 중에서

소위 운동권 학생이었던 선영이와 재수를 하는 광화문통 나의 이야기이다. 어느 날 선영이로부터 이틀 후에 결혼식이라며 멋쩍은 전화를 받았다. 그런데 나는 가깝게 지내던 친구 오빠의 결혼식을 택했다. 치기 어린 행동으로 평생 씻을 수 없는 죄를 짓는 것 같아 마음이 무거웠던 나는 15년 전 이민 가기 전에도 선뜻 연락할 용기가 나질 않았다. 고국을 떠난 지 5년 만에 수소문한 끝에 그녀와 소식을 나누었다. "죽기 전에 꼭 한 번 얼굴을 보고 싶어."라고. 그리고 지금 영구 귀국한 나는 선영의 얼굴 같은 책을 버릴 수가 없다. 30년이 훨씬 지난 지금도 실수로 남은 그 일을 떠올리는 그녀는 천생 수필가이다.

세월이 많이 지난 지금 친구는 내게 어떤 마음일까? 나는 그녀의 마음속에서 완전히 지워졌을까? 그렇다고 해도 난 원망할 자격이 없다.

— 앞의 글, 중에서

참 자잘하고 아릿한 수필이다. 많은 사람들은 찾아갔을 터인데 그러지 못하는 우리들. 그게 작가라는 이름의 여자들이 사는 법일지도 모르겠다. 그런 이쁜 여자들이 사는 곳, 수정샘물문학회는 참 아름다운 장미 넝쿨이 우거진 곳이 아닐까 한다. 그곳에 또 한 여인이 어여쁘게 피어나고 있다. **김명선** 작가를 만나보자.

엄마가 외출 준비를 하면서 작은언니를 불렀다. 한복을 곱게 차려입은 엄마는 조금 전 수세미로 하얗게 닦아 놓은 고무신을 신으며 작은언니에게 설거지를 해 놓으라고 하셨다. 대답 대신 시큰둥한 표정으로 엄마를 대문까지 배웅한 작은언니가 미닫이문을 거칠게 열고 들어섰다. 방안에 있는 동생들을 먹잇감을 찾는 매의 눈으로 휙 둘러보았다.

— 김명선, 「작은언니와 설겆이」 중에서

세 살 많은 중학교 2학년인 셋째 언니와 5학년인 나, 그리고 두 살 어린 3학년 여동생은 행동들이 정말이지 생동감 넘치게 그려진다. "만화책에 빠져 있던 셋째 언니는 공부라도 할 것처럼 구석에 놓여 있던 책가방을 슬며시 끌어당기고, 아직은 작은언니의 사정거리 밖에 있지만 눈치 빠른 동생은 구슬이랑 딱지가 가득 들어 있는 상자의 뚜껑을 얼른 덮었다."는 것으로 사태가 눈에 보인다. 농구부 선수인 언니는 집념으로 가득 차 있고 날카롭게 지르는 소리는 체육관을 너머 저 멀리까지 퍼져나갔다. 그 덕분에 설거지를 하던 동생들. 그 틈에서 반란의 조짐을 키우던 내가 있었다.

세상의 이치를 다 알아버린 것 같은 6학년이 되면서부터였다. 무조건 순종하던 마음에 불만이 생기기 시작했다. 한번 들기 시작한 생각은 똬리를 틀더니 급기야 머릿속에서 속닥거렸다. '엄마는 분명히 작은언니를 시켰잖아, 자기가 할 일을 나한테 시키다니 이건 부당해.'

— 앞의 글, 중에서

소녀들의 설거지 전쟁이 행복해 보인다. 그런 가족이 있다는 게. 권위에 타격을 받은 작은언니는 눈을 부라리고 윽박질렀다. 하지만 나는 주눅 들지 않고 무시했다. 오빠의 결혼으로 변화의 바람이 들려왔다. 다름 아닌 신혼여행에서 돌아온 오빠와 새언니를 따라 마당으로 들어선 여자아이가 서 있었다. "일하는 아이라니?" 치열했던 작은언니와의 일들이 꿈속의 일인 듯 다 사라지고, 시키는 대로 부엌으로 장독대로 정신없이 뛰어 다니는 그 아이를 바라보게 된다.

오후의 그리움

웬일인지 마음 한구석이 찡했다. 무엇 때문에 학교에 다니지 않고 이곳에 왔는지 궁금했다. 공평하지 않은 세상에 대한 의문이 들면서, 저 너머 어른들의 세계가 궁금했다. 경계선을 넘어 그곳에 가고 싶었다. 하지만 알을 깨고 나와야 새로운 세계를 본다고 한다.

— 앞의 글, 중에서

그렇게 성숙한 작가는 어느덧 할머니가 되어 유년의 자신을 더듬고 있다. 김명선의 유년 동화가 우리 모두의 이야기를 옮겨놓은 듯 정겹다. 루이제 린저의 「잔잔한 가슴에 파문이 일어날 때」의 부분을 읽은 기분이다. 아름다운 글은 아름다운 사람을 만드는가 보다. 나도 그 식모 아이에게 눈길이 가는 걸 보면, **박현숙**의 글에도 마음이 간다. 스스로 늘 부족하다고 하는 그녀는 내가 아는 한 너무나 겸손한 사람이다. 그 겸손이 그녀의 글에는 어떻게 드러날까.

그녀의 시작노트에는 이런 말이 쓰여 있다. "아침에 일어나면 괜히 상쾌한 날이 있다. 기분이 좋아 무엇이든 이루어질 것 같고 힘이 나는 날. 어느 날은 한 걸음씩 어긋난다고." 그리고 "마을버스를 놓치고 전철을 떠나보내고 시간이 맞지 않는 날도 있다. 인생은 이런 날들이 모여 이루어진 것이기 때문에 마냥 좋을 수 없다."는 프롤로그에서 그녀의 삶의 가치관이 엿보인다. 그런 이야기를 쓰는 게 작가의 모습이다. 뭔가 엄청난 스토리가 담긴 것이 문학이라면 오해이다. 문학은 너무나 작은 인간의 이야기를 쓰고 담는 그릇이다. "누구나 쓸 수 있지만, 아무나 볼 수 없는 이야기"를 발굴하는 사람들이 작가들이다. 시를 짓고 수필을 담고, 소설을 그려내는 사람들이다.

바싹 마른 몸매와 두꺼운 뿔테안경의 중년 독신녀였던 선생님이 내주는 연습 숙제는 매일 벌을 받는 것만 같았다. 피아노 배우러 가는 길은 가기 싫은 곳에 억지로 끌려가는 기분으로 길게만 느껴졌다. 결국 꾀를 냈다. 피아노 다녀온다고 하며 놀이터로 빠졌다. 돌아갈 시간에 맞춰 집으로 간 후 다녀왔다고 둘러댔다. 그러나 알았다는 엄마의 표정을 그땐 읽지 못했다.

"거짓말하는 애는 내 딸이 아니야. 나가버려!"

— 박현숙,「아브라카다브라」중에서

내복만 입은 채 쫓겨난 그녀는 전화라는 문명을 잠시 잊었던 것이다. 동네 사람들에게 들킨 게 추위보다 힘들었던 그녀는 결혼해서 정면으로 도전을 받게 된다. "엄마, 머리가 너무 아파 학원에 못 가겠어." 둘째의 투정이다. 벌써 몇 번째인지. 스파르타식 학습 방법이 효과가 좋다며 얼마 전 바꾼 학원을 두고서 내렸던 결정 앞에서 반기를 든다. "엄마는 매일 영어 단어를 30개씩 외우고 시험 봐 봤어?" 둘째의 당돌한 질문에 나의 대답은 철이 없다. "엄마 초등학교 때는 그런 학원이 없었어." 하니까. "학원도 안 다녀 봤으면서 힘든지 안 힘든지 어떻게 알아?" 한다. 끝내 말싸움에서 지고 친정엄마 전화를 받았는데. 엄마의 답변은 더 가관이다.

"야, 넌 더 했어. 그리고 걔들은 거짓말은 안 하잖니? 너보다 훨씬 착하고 얌전하구먼. 너나 잘해."

— 앞의 글, 중에서

이럴 때 떠오르는 말이 있다. "시집가서 꼭 너 같은 딸만 낳아라." 하시던 엄마의 말이다. 그렇게 지칠 때 딸들은 위로한다. "엄마, 아깐 미안했어." 두 딸이 보낸 메시지에 작가는 무어라 답을 할까. "아브라카다브라". 주문한대로 이루어지리라. 이런 작품을 속에서 '낭송 수필' 한편을 읽어본다. **정화삼** 그는 우리 문학회를 두고서 '글 꽃 피는 사랑방'이라고 한다. 어쩌면 낼모레 팔순인 그에게는 사랑방 손님들로 보일지도 모를 일이다. 그는 강서 FM에서 '거북이 일기'라는 프로그램을 진행해 왔던 사람이다. 그래서 모든 글이 낭송의 흐름으로 이어진다. 그런 그가 남긴 수필이니 낭송 수필일수밖에 없는 것은 당연한 이치이다. 그의 글은 장시 형식을 하고 있다. 물 흐르듯 흐르는 그의 글편을 보노라면 참으로 시간이 아깝다는 말이 실감이 간다.

만해문학기념관……

시가 흐르는 볕바른 양지녘에는
아직도 님의 침묵 산새 소리 섞여서 노래하는 곳이다
역사의 흔적에서 영원히 잊혀질 수 없는
빼앗긴 나라와 민족을 위한 한 송이 국화 무궁화꽃을 피우기 위해 그토록
오랜 세월 폭풍 설한은 모질다 했는가 보다
애국의 함성 소리 되살아 오는 듯
— 정화삼, 「태안 모래 사구에 두고 온 맨얼굴들」 중에서

태안 신두리사구 탐방을 2막1장 무대의 막이 오른다고 설정한다. 그는 "아주 오랜 세월 북서 계절풍을 직접 받아/강한 바람에 모래가 해안가로 밀려들어/언덕을 이룬 퇴적 지형과 파도 소리도 들릴 듯 말듯 저울질 하는 바닷가에 잠시 젖어든다. 모래인지 시새인지 좁쌀보다도 작은 듯한 생김새가 군데군데 묏등을 이루고 무거운 발목 슬쩍 감아 돈다

/쥐어본다 수줍은 소녀의 숨결처럼 보드랍다"는 감촉과 서정으로 줄글인 듯 시편인 듯 고개마다 구성지게 음률을 풀어낸다. 아니리 같기도 하고 사설시조인 듯도 하지만 그의 서사는 멈추지 않는다. 살아온 내력만큼 구수하고 긴 여행 수필을 듣노라면 어느새 반환점이다.

> 반환점에 서 있다 조금은 가까이 운무 가득 싣고 온 파도는 잠이 든 듯 불러도 대답이 없다
> 모래 썻은 바람이 볼을 스친다
> 발가벗은 나신으로 잠자리 모래밭
> 굴속 집에 다리를 펴고 싶다
>
> — 앞의 글, 중에서

눈시울이 젖어든다. 굴속 집에 다리를 접기엔 너무 젊고 신사다. 멋진 사나이의 노래를 오랫동안 듣고 싶어진다. 이럴 때 참 젊은 피의 수혈이 필요하다. **김영주** 작가는 참 늦게 동인이 된 사람이다. 그런데 항상 묵묵히 따라주고 있는 좋은 후배임에 틀림이 없다. 그녀의 소설은 3부로 장면이 나뉘어져 있다 1부는 "저 버스를 따라가 주세요."를 시작으로 다급한 여자의 주문에 맞춰 아저씨는 569번 버스를 따라 갔다. 여자는 버스 뒷자리에 앉아있는 한 남자를 보았고 남자는 원당에서 내렸다는 서사이다. 5년 전 헤어진 남자와 여자의 사연은 안타까웠다. 부도가 난 여자의 집으로 찾아온 남자의 어머니와 약사시험을 준비 중인 남자를 잊어야 하는 여자의 사연이다. 그런데 그 동네로 돌아오니 여자의 세례명과 같은 약국의 이름을 걸고 있는 사나이가 있었다는 스토리이다. 2부는 임산부가 택시에 탔고, "아저씨 같이 소리 질러 주셔서 감사해요. 택시 안이라 죄송했는데 마음이 편해졌어요." 하는 말이 나오도록 열심

오후의 그리움

히 응급실에 실어 주고는 초승달을 쳐다본다. 3부는 아내는 의식불명 상태로 병상에 누웠는데 그 아내의 손가락 감각이 그리워 사내 여직원과 불륜을 저지르게 된 사연을 들려준다. 그렇게 말한 남자는 가슴을 치며 오열했다. 택시 기사는 저 멀리 보이는 병원 간판 골목을 지나쳐서 한적한 가로등 아래에 차를 세웠다. 그리고는 말했다.

"실컷 우세요. 택시 안이 울기에 참 좋은 장소입니다."

— 김영주, 「초승달 택시」 중에서

남자의 서러움이 증폭되고, 중년의 고독함과 사랑하는 아내를 위해 유혹에서 몸부림치는 간절함이 느껴지는 소설이다. "초승달아~ 오늘은 더 밝게 빛나는구나. 그믐달과 같이 똑같은 쌍둥이 손주를 보내주렴."을 외치는 택시 아저씨를 바라보는 '나'의 이야기가 완전한 허구로 배합되어 있다. 그녀의 허구적 상상력과 플롯에 힘을 보태고 싶다.

아저씨다. 아저씨는 달이 변화하는 29일 중 밤하늘에 달이 보이지 않는 삭 2일을 빼고 초승달로 시작해서 그믐달이 되는 27일간 달을 올려다보고 '초승달아, 그믐달과 같이 똑같은 쌍둥이 손주를 보내주렴.' 매일 기도했다. ……(중략)…… 나는 빈센트 반 고흐의 '사이프러스 나무가 있는 길' 작품에 등장한다. 크루아상(croissant)의 뜻은 프랑스어로 초승달이다. 나는 그만큼 친숙하다. 사람들은 나를 보며 소원을 빈다.

— 앞의 글, 중에서

마지막까지 힘을 잃지 않는 소설을 보면 행복하다. 인간은 허구를 꿈꿀 수 있는 유일한 동물, '사피엔스'이기 때문이다. 아폴로 8호가 달에 도착하던 날, 윌리엄 앤더스가 보내온 사진을 보고 우리는 알아야 했다. 1968년 12월 24일 크리스마스 이브에 그 사진을 전송받은 날 인류는 모두 알아야 했다. 인간만이 지구의 유일한 중심이라는 사실이 얼마나 무모한 발견인지에 대하여 알아야만 했다. 지구는 우주의 너무나 작은 푸른 유리구슬이었음을 인정하는 일이 인간을 보다 겸손한 인간으로 만들어 주는 방식이다. 이제 두 사람의 해설만이 남았다. 참 행복하다. 갈수록 힘을 잃는 게 아니라 더 좋은 작품들이 해설을 기다리고 있다는 사실이 지도하는 입장에서 너무나 고마울 따름이다. 대학생 **박태호**의 「상자 속 여행길」을 떠나보자

좁았지만 아득했다. 밖에선 컨베이어 돌아가는 소리가 계속 귓가로 흘러들었다. 질리도록 들었지만 이때만큼은 나를 어디론가 데려다 주는 길 같았다. 몸을 더욱 웅크렸다. 곧 트럭이 출발할 것이다. 기대감이 부풀었다. 이대로 비행기에 실리면 어떤 느낌일까. 한 번도 타 본 적이 없었지만 왠지 그 부유감이 전해지는 듯했다. 도착하면 뭐부터 할까. 트럭에 시동이 걸리기 시작했다.

— 박태호, 「상자 속 여행길」 중에서

어디로 떠나려는 것일까. '우체국 택배 아르바이트. 일당 최대 12만 원까지 수령 가능.' 이 문구만을 보고 간 그곳은 온갖 택배 상자와 물류가 카트에 실려 있었거나 층층이 쌓여있고, 컨테이너를 연결한 트럭 여러 대가 줄지어 창고에 나열되어 있다. 상자들을 컨베이어에 올릴 때면 작업반장의 호통이 귓속을 후볐다. 작은 것부터 올리고 큰 것들은 따로 빼놓으라는 주문이다. 시키는 대로 큰 것들은 빼두었다. 잠시 틈을 타 쌓으려 할 때 갑자기 그가 전부 무너뜨렸다.

오후의 그리움

"빈틈없이 올리라고! 테트리스 안 해 봤어?"

순식간에 택배 상자로 탑 하나가 완성되었다. 시작한 지 10분도 되지 않았는데 땀이 등을 적셨다.

"바코드 찍어, 바코드! 쉬운 일이니까 펑크 내지마."

— 앞의 글, 중에서

상황 묘사가 탁월한 작품이다. 오랜 시간 글을 다루어본 솜씨다. "이래서 심신미약자는 오지 말라는 거였나." 다시 택배 상자를 집었다. 할 만하다 싶어지면 산더미처럼 몰렸다. 오후 8시. 해가 완전히 지고 창고 주변은 어두워지자 상자의 수는 줄어들었다. 상자 수만 줄어드는 게 아니라 허리 치수도 줄어들 것만 같은 상황이 눈에 그림처럼 잡힌다.

1년 전만 해도 할머니가 받아주었지만 아무 말도 들려오지 않았다. 하지만 버릇처럼 입에 달라붙어 문을 열 때마다 항상 되풀이했다. 냉장고를 열자 김치와 장아찌가 전부였다. 근처 편의점으로 발을 옮겼다. 통장에는 아직 입금되기 전 금액만 남아있었다. 참치캔과 스팸을 고민하다 결국 캔을 골랐다. 집으로 가던 도중 골목에서 고양이 한 마리가 눈에 띄었다. 보통은 도망치는데 사람을 보고도 계속 앉아있기만 했다. 지나가려 하다가 계속 나를 쳐다보고 있자 참치캔을 열었다.

— 앞의 글, 중에서

부모님을 따라 갔다가 다시 할머니에게 왔을 때 밥을 입에 우겨넣던 자신의 모습과 고양이가 투사된다. 그런데 이젠 할머니가 없다. 불러도 대답이 없다. "이거 전부 외국에서 온 것들이니까 비싼 거야. 깨지면 일당에서 다 까여." 국제 수화물이었다. 영국, 프랑스, 이탈리아 등등. 다

채로운 발신지들이 끼익 소리를 울린다. 자꾸만 화자를 붙드는 상자들 중 하나가 눈에 들어온다. 사람은 들어갈 크기의 상자 앞에서 갈등한다.

저기에 들어간다면…… 터무니없는 생각이었다. 될 리가 없었다. 하지만 조금씩 생각이 결심으로 바뀌어 갔다. 외국으로 간다면 돈 벌자고 이렇게 하지 않아도, 일자리를 얻으려고 이력서를 넣지 않아도 될 것 같아 계속 끌렸다. 도시가 아닌 어딘가에 나를 내려놔도 상관없다는 생각마저 들었다.
— 앞의 글, 중에서

어찌 되었을까. 마지막까지 손을 놓지 못하게 만드는 미니픽션의 플롯에 신뢰가 간다. "트럭 제일 안쪽에서 상자 속으로 들어가 몸을 웅크렸다. 밖에서 작업반장이 나를 찾는 소리가 들려왔다. 하지만 영원히 찾지 못할 것이다." 그럴까. 제발이지 그러기를 바란다. 문학의 언어는 꿈의 언어이니까. 그 꿈이 이뤄지기를 간절히 빈다. 이제 마지막 작품으로 향할 시간이다. **정현숙** 작가의 수필을 마지막 작품으로 여기는데 참 감사하고 고맙다. 작품도 작품이거니와 투병 중에 힘을 보태어주신 점에 대하여 너무도 깊이 고개를 주억거리게 된다. 아름다운 사람의 아름다운 수필을 공유하는 건, 필자가 일반인 강의를 맡은 이후에 가장 행복한 작업의 수행이라고 말하고 싶다.

한낮의 해가 기울고
잠잠히 가라 앉았던 그리움이 몰려옵니다.
이 가을 몸이 아프면서 메마른 가지가
되었습니다.
처음 글쓰기를 배우면서

384   **오후의 그리움**

살아있는 가지로 한 발짝 뻗어봅니다.

― 정현숙, 「시작노트」 중에서

정현숙 수필가는 메마른 가지가 아니다. 그녀의 "'이조농방' 장롱 맨 밑바닥에는 결혼 후 한 번도 사용하지 않은 이불이 누워 있다. 한눈에 봐도 예스러운 느낌의 흰색 자수옥양목으로 호청을 댄 빨강색과 초록색 대형 비단이불 한 채이다. 33년간 그 자리를 우리집 장롱의 터줏대감이다. 그 위로 진달래꽃이 피어있고 검정과 흰색의 체크 무늬도 있고 주황색과 연두색으로 채색된 이불들이 놓여있다. 오래된 이불솜을 틀어서 새로 만든 이불들이다."를 읽는데 누구나의 집 사정이기에 더한층 거리 조정을 해온다.

결혼할 당시 장롱은 '삼익가구' 일곱 자였다. 어울리지 않게 이불은 최고급 목화솜과 비단 천으로 된 대형 이불이 세 채였고, 보료와 춘추이불, 여름 이불이 다섯 채로 부잣집 며느리처럼 해왔으니 신혼 때부터 이불이 장롱에 들어가지 않았다. 결혼한 지 십오륙 년 지나 집을 마련하며 지금의 장롱으로 바뀐 것이다. 자연스럽게 장롱 맨 밑바닥에는 대형 이불 세 채가 차례로 들어가고 다른 이불들도 넉넉하게 들어가니 혼수이불이 그제야 격식을 갖추게 되었다.

― 정현숙, 「목화솜 이불」 중에서

그녀에게 이토록 큰 숙제를 맡긴 사람은 다름 아닌 친정어머니이다. 시집갈 때 덮는 이불도 못해간 여자의 한풀이였다. 부모님 두 분 다 일찍 돌아가셔서 할아버지와 계모 할머니 손에서 자랐던 그녀는 아무것도 없어서 결혼을 못한다고 했다. 그랬더니 시댁 쪽에서 처녀 몸만 와도 좋소 하였더란다. 정말 계모 할머니가 이불 한 채도 안 해준 결과, 구박과 설움을 받았던 그녀가 큰딸에게 그 큰 이불을 안긴 것이다. 시대가 바뀐 줄도 모르고. 큰딸 결혼한 지 팔 년 만에 막내딸을 짝지우지 못한 채 암으로 힘겹게 투병하신 지 7개월여 만에 돌아가신 그분의 유언은 "막내 결혼할 때 혼수이불은 네가 대신 잘 해주어라"였다.

나의 목화솜 이불은 엄마 자신의 혼수였다. 옛날 아름다웠던 엄마의 꿈으로 들어가는 계단이었을 터 딸들에게 이어지며 완전한 모습으로 이루어지지는 못할지라도 기억 저편으로 남겨진 마지막 소망이 되었다. 그 소망의 하얀 솜들은 부드럽고 적당한 무게로 만만찮았던 딸의 인생을 눌러주며 상처들을 덮어주었던 것이다. 그리고 시댁에서의 침잠된 고통의 기억이었으며 딸들을 지키고자 했던 엄마만의 외로운 사랑법이었다.

— 앞의 글, 중에서

이제 그분은 계시지 않지만 딸은 이토록 진한 사모곡을 부르고 있다. "엄마는 오롯이 이불 없이 세상을 버텼고 나는 엄마의 이불을 등에 지고 엄마의 숨이 죽을 때마다 새롭게 바람을 넣어주며 잘 살아내고 있다."는 대목이 눈물 나도록 살갑게 다가온다. 문학은 어떤 기교보다 뛰어난 기술이 진정성이다. 그런가 하면 그녀의 「등짐」을 읽노라면 수정 샘물문학회가 참으로 복 많은 모임이 아닌가 싶어진다. 정말이지 글을 제대로 구사하는 작가들이 모인 곳이구나 싶어서이다.

봄비가 내린 뒤에 인왕산을 오른다. 물 흐르는 소리에 맞추어 발짝 소리도 따라간다. 막자란 싸리나무 치켜내고 올라가는 이 길은 백 년 전에도 이 길이었고 백 년 후에도 이 길이리라. 역사의 고즈넉한 뒤안길을 품고 아주 오랜 옛날 인왕산 호랑이가 포효하던 시절 내가 살고 있는 이곳도 저곳도 모두 산자락이었으리라. 해질 무렵 무악재를 넘을 적에는 호랑이를 피해 저쯤에는 주막도 성해 있었으리라. 길가는 나그네의 봇짐을 훔치는 산적도 있었겠지. 젖먹이를 품에 안고 밭농사에, 장터를 내달리며 숨 가쁘게 살아가는 아낙네를 인왕산은 똑같은 모습으로 내려다보며 지켜보고 있었을 것이다.

— 정현숙, 「인왕산」 중에서

작가는 정말이지 문장이 유려하다 못해 유장하다. "심심해서 누군가 보고 싶거나 말이라도 붙일 사람을 원하거든 안산 자락길로 나가라. 하지만 나는 그렇게 사교적이고 개방적인 산보다 은밀하게 혼자 다닐 수 있는 인왕산을 더 좋아한다. 호젓하게 한없이 숨어있을 수 있는 공간 속에서 오장육부 끝까지 휘돌아 나가는 오래된 솔 향이 나를 위해서 존재한다. 잘 다듬어진 신사임당 생가 홍송도 아니고 경복궁 서까래로도 쓸 수 없는 볼품없는 소나무들이라서 잠깐 잊었다 다시 찾아도 내 숨인 양 내 속에서 새어나온다. 발밑에서는 아는 듯 기쁨 질척하니 떡갈나무 잎들이 붙는다. 누구라서 나에게 붙을까. 나를 반기는 내 속살이다." 산과 하나가 된 작가의 살이가 더해져 수필의 볼륨이 탱실하다. 거기다 삶을 관조하는 작가의 사유가 더해져 인왕산 속살을 더듬어 주니 글이 깊지 않을 재간이 없다. 마무리로 그녀의 「인왕산」 마지막을 독송해 본다.

겨울잠 얼음에 화석처럼 누운 초록색 단풍잎은 낯설지만 빨갛게 되는 일은 더디지 않다. 인왕산 숲속 낯익은 얼굴, 나무 하나 바위 하나에도 간지러운 정이 붙는다. 일 년 내내 약수터 식용 부적합 딱지에서는 잊혀진 엄마가 보이고 내가 이름 붙인 인왕산 제1 난코스 외줄타기 낭떠러지는 내 마음의 외줄이다. 나 혼자 다니며 개발했던 그 길들이 이제는 위험딱지를 붙이며 통행금지가 되었다. 길도 없어져서 잊혀진 지 오랜 곳을 지난다. 바위산이라 두 손 짚고 다가간 가파른 경사의 후미진 언덕에서 왼쪽은 울창한 숲이요. 뒤를 돌아보면 굽이굽이 소나무 길 뒤 마지막 달동네 개미마을이 있다. 개미처럼 열심히 일하는 사람들이 화사하게 그려진 벽화 속으로 들어갔다.

언어는 몸으로 소통하지 못한 걸 서로 통하게 하기 위하여 만든 약속이다. 그러기에 그 약속을 잘 전달하기란 쉽지 않은 것이다. 언어는 의미론적 의미가 다르고 단어마다 뉘앙스가 다르며, 거기다 읽는 이의 수준에 따라 천차만별의 해설이 보태어지기 때문이다. 그럴진대 이토록 용이한 문장과 준수한 용모의 장르 특징과 사유가 잘 직조된 작품을 만난다는 건 인간으로서의 기쁨과 행복이라 말할 수 있으리라.

글을 읽고 쓴다는 것은 무엇일까. 누군가의 글을 읽으며 우리는 문득 그들의 삶에 동의하고 있는 자신을 발견한 적은 없었는가. 그것도 현실적으로 너무나 낮고 빈한인간의 모습에 매료되어 본 적이 있었느냐고 반문해 본다. 영화나 드라마에서 그토록 멋져 보이는 주인공이 아닌데 책을 덮고도 주적주적 뒤통수에 따라붙는 그림자를 만나보았다면 당신은 분명 행복한 사람이라고 해설 도입부에 적었다. 좀 더 보태자면 우리는 저 끝없는 고요 속에 떠 있는 작고 푸르고 아름다운 지구를 있는 그대로 본다는 건 우리 모두를 지구의 승객으로 본다는 것이다, 라는 말을 하고 싶다. 우리 모두는 이 지구에 영원히 머물 자격도 명줄도 지니지 못했다. 그러나 영원히 존재하는 방법을 알고 있다. 그것은 바로 문학 작품을 남기는 일이다. 사람은 떠나야 하는 존재이지만 작품은 그가 떠난 자리에 남아서 맨 처음 그 모습 그대로 변하지 않고서, 글을 읽을 때마다 언제나 처음처럼 그 시간 그 자리로 우리를 돌려 세워주기 때문이다. 그러기에 작품은 죽지 않으며 그 작품 속의 시간과 인물들은 영원한 생명을 갖고 영원한 시간 속에 존재하게 되는 것이다. 『오후의 그리움』 6집 해설을 덮으며 그동안 동행해준 동인 분들께 너무나 감사한 마음을 전한다. 어떤 이는 두 편 같은 한 편을 넣었고, 어떤 이는 더 많은 편수를 넣었지만 어느 것 하나 아프지 않은 작품이란 없었다.

2019년 11월 비 오는 날 밤
봉천동 서재에서

　2019 『오후의 그리움』 제6집 값진 미학 탐구로 창작의 길을 걸어 갑니다.

　끊임없이 솟아나는 샘물처럼 잠재된 문학 언어 발굴과 삶의 내면에 숨겨진 지혜를 모아 연마해 가는 수정샘물문학회 동인입니다. 용산, 남산, 동작, 강서도서관 문학반이 시, 소설, 수필 등 창작의 문을 활짝 열어젖히는 한 해였습니다. 유난스럽게 태풍이 7개나 다녀가며 글쓰기에 훼방하였음에도 불구하고 고립된 나 아닌 자아를 발견하고, 진정한 문학의 열정을 찾아내었습니다.

　『오후의 그리움』 제6집은 이전보다 가장 많은 동인(37명)의 참여로 독자에게 사랑과 호응을 불러일으키는 수정샘물문학회 동인호를 건조하였습니다. 풍요한 작품과 더불어 어깻바람 일으키며 나이테를 쌓아가고 새로운 꿈과 미래의 꾸밈없는 문학세계를 발견하고 있습니다.

　동인들의 활동상을 보면 개인 시집과 수필집 등 발간을 비롯, 각종 문예 공모전과 무한의 문학 창조의 공간세계에 최상의 창작품을 출품하여 우수한 결실을 맺고 문학의 변신을 키워가고 있습니다. 헌신적인 지도와 작품 하나하나에 격조 높은 수준으로 정갈한 문학 도전의 길을 이끌어 주시는 이수정 지도교수님과 임원진 및 편집위원들의 노고에 아낌없는 응원을 보냅니다.

또한 예년에 이어 홍성 한용운체험문학관과 두 차례 찾은 태안 신두리사구 제6회 문학기행을 통하여 창작의 의지가 더 한층 높았던 한 해였습니다. 이제 제6회 수정샘물동인 문학제를 개최하며 2019년도를 멋지게 보내는 시간이 되어 가는군요. 이번 회기 신입회원은 정현숙, 양대식, 강기영, 양해헌, 강갑점, 김소예, 곽상신, 박현숙, 육홍미, 전귀자, 박태호, 이선(윤정), 김영주, 신윤석, 정화삼, 김현미, 김명선, 안재금, 김예원, 김춘이의 시, 수필, 소설 등 신진작가로서의 기치를 다듬어 다양한 새 출발에 축하드립니다.

맑은 수정샘물 속에 동인들의 순수와 고차원의 창작에 품격있고 알찬 『오후의 그리움』 발간을 기약하며 '내 속의 또 다른 나'를 발견하여 더 큰 보람의 무늬를 그려내는 문학회가 되기를 기원해 봅니다.

— 편집실 일동

수정샘물 제6집

오후의 그리음

1쇄 발행일 | 2019년 11월 30일

지은이 | 수정샘물문학회
펴낸이 | 이수정
펴낸곳 | **수정샘물**

출판등록 | 제2018-000069호 2018. 11. 20
주소 | (08725) 서울시 관악구 성현로 80 107동 2001호(봉천동, 관악드림타운)
전화 | (02)3285-5668
팩스 | (02)3285-5668
E-mail | armangcau5205@gmail.com
제작 · 영업 · 마케팅 | **개미** (02)704-2546

ⓒ 수정샘물문학회, 2019
ISBN 979-11-968683-0-7 03810

값 13,000원

이 도서의 국립중앙도서관 출판시도서목록(CIP)은 서지정보유통지원시스템 홈페이지(http://seoji.nl.go.kr)와 국가자료공동시스템(http://www.nl.go.kr/kolisnet)에서 이용할 수 있습니다.(CIP제어번호 : CIP2019047692)